U0615042

教育部人文社会科学基金青年项目资助（老舍与现代文学叙事的本土化 18YJC751060）

老舍文学叙事研究

在传统与现代之间

易　华◎著

黄河出版传媒集团
宁夏人民出版社

图书在版编目（CIP）数据

老舍文学叙事研究：在传统与现代之间 / 易华著
. -- 银川：宁夏人民出版社，2023.12
ISBN 978-7-227-07890-6

Ⅰ. ①老… Ⅱ. ①易… Ⅲ. ①老舍（1899-1966）-
文学研究 Ⅳ. ①I 206.6

中国国家版本馆 CIP 数据核字（2024）第 020502 号

老舍文学叙事研究：在传统与现代之间　　易华　著

责任编辑　赵学佳　杨海军
责任校对　闫金萍
封面设计　姚欣迪
责任印制　侯　俊

黄河出版传媒集团
宁夏人民出版社　出版发行

出 版 人　薛文斌
地　　址　宁夏银川市北京东路 139 号出版大厦（750001）
网　　址　http://www.yrpubm.com
网上书店　http://www.hh-book.com
电子信箱　nxrmcbs@126.com
邮购电话　0951-5052104　5052106
经　　销　全国新华书店
印刷装订　宁夏银报智能印刷科技有限公司
印刷委托书号　（宁）0028294

开本　880 mm×1230 mm　1/32
印张　9.5
字数　210 千字
版次　2023 年 12 月第 1 版
印次　2023 年 12 月第 1 次印刷
书号　ISBN 978-7-227-07890-6
定价　48.00 元

自 序

在中国现代作家中，像老舍那样有“人民艺术家”“文学语言大师”等多个普遍被读者接受头衔的作家并不多。老舍一生著述丰富，所涉文类广泛，算得上是一个全能型作家。所以，关于老舍的研究可以从多方面展开，可谓历百年而未终结。但不可否认的是，老舍身上有最为明显的时代转型影响，我称之为“传统”与“现代”。“传统”与“现代”都是相对的概念，随着时间的流逝，对象与性质都在无形中转换甚至对换，我们只能在相对具体的短时段内探讨何为“传统”，什么又代表着“现代”。

当然，即便是在相对明确的时段内，不同群体或个人基于不同的价值主张，也都会生成对“传统”与“现代”截然不同的概念界定。20世纪的中国，遇见“三千年未有之大变局”。“五四”虽然开启了“现代”的征途，但“传统”却在各种以“现代”为名的变革中逐渐突显出来。“传统”与“现代”也并非简单的二元对立，而是复杂的继承、包含、摆脱与革新的过程。在这个过程中，你中有我，我中有你，身处其中的现代作家以及现代文学都无可例外地在“传统”与“现代”的纠缠中前行。而老舍则在一众作家中显得尤为明显。

“传统”与“现代”首先在老舍文学叙事的最底层凸显出

来。对文学叙事而言，“人”与“事”是结构故事情节或文本发展的关键要素。中国传统叙事文本重在“事”，而现代叙事文本则更关注“人”的塑造。“戏法人人会变，各有巧妙不同”，老舍文学叙事的生成则更重视“人”与“事”的统一。可以说，在艺术观念上老舍站在了“现代”甚至最前沿的立场，但他也不拒绝“传统”，包括“传统”的叙事策略或手段。化用“传统”而又不见其“传统”，这种处置可以说是老舍的巧妙之处。在这些手段里，最不可忽略的就是对“互文”的运用。想要理解老舍的文学世界，就要在其不同作品间构建起彼此“互文”的世界，使作品彼此呼应地共生在“传统”与“现代”纠缠的“文化场域”，只有如此，才能更清晰地理解那群在这“文化场域”中挣扎的人们。

“传统”与“现代”也呈现在老舍文学叙事的“故事”里。中国古典叙事，无论是文言笔记小说还是白话小说，都自有其叙事套路与情节类型，这对老舍来说是“传统”；而西方的叙事也常常探究“原型”与“母题”，这对老舍而言则是“现代”。老舍的“故事”自有其特点，不同阶段的创作也有不一样的特征，但在不同之中又鲜明地显露出老舍独有的气质。老舍的文学叙事在情节上继承了“传统”，有类可寻，并启承变化。用“模型”一词来探讨老舍的“故事”，并非是要将之纳入类型创作的评价体系。“模型”及其不断的衍生与变化，是作家艺术表达与艺术追求相互平衡的结果。老舍的故事“模型”在不同阶段自我突破、自我变革，有时也大胆地自我否定。精神的痛苦与艺术的痛苦共同支配作家的创作实践，这也常常超出了

“传统”与“现代”的“模型”边界。

老舍与民间文化、传统曲艺之间也有着难以割断的关联性。简单归纳，民间文化、传统曲艺自然是“传统”，但也正是在这样的“传统”之中孕育着“现代”的因子。老舍在民间文化、传统曲艺里挖掘，这为其小说、戏剧等文艺创作提供了丰厚的艺术滋养，可以说，最传统的老舍才成就了最现代的老舍。当我们从武侠、“戏改”进入，去审视老舍的选择与奉献时，就能理解他对本土文化的深厚情感。“传统”是财富，同时也可能成为阻碍文化前行的羁绊，而老舍则将“传统”视作文化的资源。“现代”亦是如此。审视“传统”，亦须警惕“现代”，这是老舍文学叙事的重要内在动力。整体观照作家的创作与人生选择，我们才能理解推动作家创作的原动力是什么。老舍是成功的，他的作品依然拥有号召力；老舍又是被误读的，因为他主动“歌德”。因此，不把动力问题讲清楚就无法解释老舍的选择。

现代文学之所以区别于传统，其表征在语言。文学叙事需要语言作为外壳，而老舍“文学语言大师”的称谓证明，他在语言成就上是受认可的；但所谓“现代”的语言，在老舍那边则少不了“传统”的浸润。对于中国现代文学，“声音”代表着传统文化的传播路径，而“文”则是现代的重要症候。老舍的“文”可以被视作现代白话文成熟的标志之一，常常是“精金美玉”。但老舍“文”的根基却在“声音”之中，是化“传统”为“现代”的典型。现代文学语言虽然已经整体上被书面语言所统治，但它并不因此就与“声音”无关。这里并不论及当代朗读平台对文学作品的声音化传播，而是在文字载体背后，“文”自身所承载的“声音”的特别性。老舍作品成“文”的自身特质被视为自然的存在显然忽略了作家在语言上的努力。

最后是修改的问题。“修”可视作完善，而“改”则是变化。老舍的创作，特别是新中国成立后关于创作的修改问题，是他社会生活的重要表征，是作家面对“现代”之“现代”的冲击，由“现代”落入“传统”的结局。从中，我们可以看到在特定语境下作家对主体身份与社会身份的兼顾，我们也能看到文学创作与文学作品的修改由个人情感的表达转变为公共情感的转述，在创作姿态上以“现代”之名归到“传统”上来——“匹夫有责”的“传统”伦理在“现代”社会被定义为更加“现代”的品质。而“文革”后，影视剧中出现的对老舍作品四十年的改编潮，也是老舍文学叙事艺术在“传统”与“现代”之间生发魅力的别样呈现。

“传统”与“现代”是时间逻辑上的相互印证，更是文化逻辑上的继承与革新。从文学叙事中，我们可以看到老舍四十年文化实践的坚持与牺牲、矛盾与痛苦，这大概也是处于历史中间的他及他们无法逃脱的命运。

2023 年于通州南山湖畔

目　录

第一章 模型与建构

当我们用模型来谈论作家的创作时，很容易招来非议。但是，几乎每一位作家内心都有他们无法回避且不吐不快的伤痕或块垒。这样，作家的创作之中就自然形成相对确定的精神范式。从艺术层面看，“创作”对作家而言就是不断突破与创新，以摆脱哈罗德·布鲁姆所谓的“影响的焦虑”。这种“影响”不只来自前人的经典，更来自他自己构建的艺术范式。但是，如果从精神角度观察，“创作”对作家来说又是不断的重复与强调，以宣泄厨川白村所说的作家精神的“苦闷”。从这个意义上说，作家的使命并不止于突破艺术范式，更在于努力构建和彰显其精神范式。

第一节　故事模式与文化焦虑

老舍先生虽以“幽默”文名始于文坛，可纵观他一生的创作,却充分体现了一位严肃而具有使命感的作家的努力与追求。总体考察老舍作品的故事，可以发现一条较为清晰的线索，显示出一位有社会良知与担当的文学家对时代、文化、国民关切的精神历程。我认为这一历程呈现出老舍创作的精神范式，反映出老舍的文化焦虑。具体到文学创作，这种焦虑又分为三个层面：一是作家作为创作主体的焦虑，二是作家的焦虑艺术化为作品的焦虑性主题，三是作品的焦虑性主题在作品中具体化为焦虑人物。

一、“呈弊”与焦虑生成

鸦片战争之后，“天朝上国”的旧梦慢慢在国人心中退却，“革故鼎新”成为清末民初知识分子的历史性共识，仁人志士为此作出了各种努力。但究竟是什么“故”使得中国这个拥有辉煌历史的大国落后于世界，又是什么“新”使她重获新生？对此，老舍有自己的判断，短文《双十》就是最好的注解。文中他讲述了“二十多年前”（即 1922 年）的“双十节”，他在南开中学的纪念会上发表讲演表明自己的志向：

> 为了民主政治，为了国民的共同福利，我们每个人须负起两个十字架——耶稣只负起一个；为破坏、铲除旧的恶习，积弊，与像大烟瘾那样有毒的文化，我们必须预备牺牲，负起一架十字架。同时，因为创造新的社会与文化，我们也须准备牺牲，再负起一架十字架。①

显然，经过且走出“罗成关”并受到基督教文化影响的舒庆春已清楚感知到他内心的关切是“国民的共同福利”，其根源在“社会”和“文化”。对“双十”的特别诠释——“双十字架”观念实际上也构筑起作家的人生使命，也就是对人的生存、生活方式的关注与想象。这样一个“破旧与立新”的立场选择，在 20 世纪初叶的中国知识分子中并不特别，但区别在于多少人能把它作为“十字架”始终背负。“新的社会与文化”这一美丽愿景虽令人憧憬，但眼前却是“恶习，积弊，与像大烟瘾那样有毒的文化”。理想与现实的巨大落差压迫着作家的神经，老舍开笔之初即以犀利的笔触直指民众性格观念、生活方式等各方面的恶劣之处，直指文化的陈腐、死板和无聊。这些构成了民族、社会发展的障碍，可以称之为障碍性焦虑。老舍以他的笔墨加以呈现，意在“突显”“否定”，进而“摒除”这些障碍，以“消解”其精神的焦虑。老舍的作品表现为一种“呈弊”式的故事模式，即通过对照式结构呈现旧文化中的弊病，显示出问题所在。这一模式主要表现为以下两种类型。

---

① 老舍 . 双十 [M] // 老舍全集 : 第 14 卷　散文杂文 . 人民文学出版社 ,2013:366.

（一）"名实"相映的"现形"模式

"现形"是老舍批判国民劣根性的一个重要方式。故事的进展过程实际上就是人物形象的展示过程。有时（主要是在短篇中），这当中并没有真正意义上的故事，而只是一些琐碎的日常场景、事件的珠串式的展示。故事之初，主人公拥有好的"名"或中性的愿望，而随着故事进展，人物与其名不相符或与实现愿望不相容的真实面目就被"现"出来。解放前老舍创作的许多短篇小说可以被纳入这一故事模式考察。如《善人》《牺牲》《不说谎的人》等"现"人的"虚伪"，《柳屯儿的》《柳家大院》《马裤先生》《东西》等"现"人的"恶劣"，《同盟》《末一块钱》《裕兴池里》《牛老爷的痰盂》等"现"人的"无聊"。有些故事的起点常常并不在作品的开始，而是在作品的标题。即在标题处，作家就把所要描写的对象拥有的名头"挂"出来，同时故事人物也在文中以之标榜。"丑力求自炫为美"[1]是很自然的，这也是老舍作品幽默性、喜剧性所在。另一方面，标题也是作家对所要讨论的问题及讲述的故事走向给出的较为明确的暗示。如"善人"讨论人的伪善，"牺牲"讨论人的自私，"不说谎的人"讨论说谎的人的情不自禁和自然而然等。如果说这里也用同情来理解的话，那只能是老舍自己所讲的"深入人物内心"的同情。可以被纳入"现形"模式的长篇小说有《猫城记》和《文博士》（《选民》的未完稿）。在《选民》的一段已写完的部分，我们看到的还只是对个人价

---

①车尔尼雪夫斯基．美学论文选[M].缪灵珠，译．北京：人民文学出版社,1957:111.

值观念、行为方式的“现形”，而《猫城记》的“现形”则是“歇斯底里”的，它的对象不再是某个人的举止或个别的现象，而是整个民族的价值体系和生活方式。

这一故事模式虽然与旧小说，如《儒林外史》《官场现形记》等“揭黑幕”式的“现形”小说有表现手段上的相似性，但总体上已然呈现出向着现代小说“过渡”的趋势。“揭黑幕”的残迹[1]在《老张的哲学》《赵子曰》等老舍的早期作品中依然存在，老舍自己也在《老牛破车》里提及此事。

（二）“思行”对照的“劝行”模式

如果说上一类故事旨在揭露国民由于品质的恶劣、知识的不足、生活方式中的恶习引出行为的恶劣的话，这类故事则主要是揭示人们由于精神上的软弱、惰性及传统道德观念的束缚对个人造成的遇事缺乏行动勇气的弊病。作家笔下的这类故事如宗教的劝善一样，是一种“劝行”。这类故事可以分成两种形态。

第一种是“敏思而怯行”。中心人物在故事开始便显示出某种欲求，精神上（如愿望、志向）都是积极的，而处境也并不很差。随着故事的发展，中心人物的欲求被各种外力所打压。为了确保现有处境不发生变化，中心人物逐步接受并认同于外力，其精神状态变差，欲求也只能是幻影而无法实现。可纳入这一类型的故事有《离婚》《老年的浪漫》《狗之晨》《新韩穆烈德》等。长篇小说《离婚》虽然是在以“张大哥”为中心、以“离婚”为标准统摄下的故事，但故事的核心显然还是在“老李”，在他的精神之恋[2]。老李自视与周围人不一样，他不满于由父母包办的婚姻，试图改变。然而，他的面前有张大哥的规劝，有妻子的纯朴、儿女的可爱，还有那马少奶奶对马少爷的妥协。他的想法依旧是想法，没有行动也就没有改变，于是他那点儿“诗意”只能是精神审美罢了。与老李一样的刘兴仁（《老年的浪漫》）和大黑（《狗之晨》），都只用了一个早上的工夫便让重新证明自己的想法化为泡影。

第二种是“不行—行”。这类故事常常分成前后两端：一端是焦虑人物自故事的开始便有某种愿望或试图有某个行为，但在外力压迫之下，即使妥协、退让仍无济于事；另一端是焦虑人物（或是别人）抛弃顾虑并真正付诸行动，其结果是获得了某种程度的成功。这类故事包括《哀启》《沈二哥加了薪水》《杀狗》等。老冯（《哀启》）为了救儿子大利求爷爷告奶奶，但因为少五块钱，大利被撕了票。老冯替子报仇，结果杀了俩，伤了俩，于是他后悔——“咱们要是早就硬硬的，大利还死不了呢。”一向抱着“凡事想想看”的沈二哥（《沈二哥加了薪水》）大约是因为没有多少想的机会，于是有点儿“豁”出去，胆大妄为找上司加薪，因为“为”了，“薪”也就加了。《杀狗》中杜亦甫等人各种为“行动”的谋划都被“一条狗”所扑灭，因为他们瞻前顾后。不识字的父亲遇事却“心气”十足，因为他放下了一切。

老舍与佛教、基督教等宗教都有很深厚的机缘。这些宗教要众生将希望放在生后或来生，然而老舍却强调现世行动的勇气。我们这个“敏于思而怯于行”的民族的骨髓之中缺少的正是这点儿勇气！在对宗月大师的追思中，老舍不只是感激宗月大师给予的学习的机会，更强调大师“他知道一点便去作一点，能作一点便作一点。他的学问也许不高，但是他所知道的都能见诸实行”[①]。可见老舍对“行”的崇尚，同时也表明了他这种精神的部分来源。

二、“探索”与焦虑疗治及发展

我们常常以“破旧”为变革的前提，以“立新”为变革的指归。然而，在更多的时候，两者却互为前提。也就是说，不“破”不“立”，但无所“立”也难以“破”。要去除那些被“呈弊”的文化，就必须用新的文化加以示范、规训和占领。从这个角度来说，对未来的文化想象既是建构“新社会和文化”的基础，也是瓦解旧文化的路径。所以，对未来的探寻实际上是作家疗治焦虑的重要方式。但是，这种疗治方式实际上又是焦虑发展的根源，因为作家对未来的想象虽然某种程度上消解了障碍性焦虑，却又必然地引发内心对愿景具体化进程的期待性焦虑和忧虑性焦虑。老舍的许多代表性作品所表现出的“探索”式故事模式，是焦虑疗治及发展的最好证明。

（一）初步“探索”——“呈弊+探索”模式

初步“探索”常常建立在“呈弊”的基础之上，揭示社会中部分人生活观念与社会进程的不合拍；还有则是中心人物从一种生存环境进入另一种生存环境，观念也相应转变，试图寻求新的生活方式，并为之作出努力。老舍初期创作的《老张的

---

① 老舍．宗月大师 [M] // 老舍全集：第 14 卷 散文杂文．北京：人民文学出版社，2013:240.

哲学》《赵子曰》《二马》等几部长篇均具有这种特征。这类故事情节发展常常在两条线索下进行。如《老张的哲学》中的老张、《赵子曰》中的赵子曰、《二马》中的马则仁，是一条“现形”线，相对应的李应、李景纯、马威则是一条“探索”线。这些作品的主体笔墨用在了“现形”上，成功之处也在于那些被“现形”的人物。就作品的倾向来看，探索意味非常明显。我们把它称为初步“探索”。

对作品人物的“探索”，实质上就是对作家精神的“探索”。比如《二马》，作家说：“可是像故事中那些人与事全是想象的，几乎没有一个人一件事曾在伦敦见过或发生过。”这已经与《老张的哲学》《赵子曰》中作家所熟悉的教育界有了大的区别。更重要的区别在于，“写这本东西的动机不是由于某人某事的值得一写，而是在比较中国人与英国人的不同处，所以一切人差不多都代表着些什么；我不能完全忽略了他们的个性，可是我更注意他们所代表的民族性”①。所以，“马则仁”“马威”是作为中华民族老少两代人的符号，进入以英国为代表的西方文明语境之中的。20世纪初叶，中国知识界较流行“全盘西化”[3]的观念，作家将两种文化作直面的碰撞，一方面是比较两种文化的差异，探寻本民族的不足之处，另一方面也是在考察一种文化在另一种文化“全盘西化”的笼罩浸染之下会有怎样的反应，以文学的形式来考察“全盘西化”路径的有效性与可能性。在这次“碰撞”之中，老马（马则仁）是中国传统文化中消极、

① 老舍．我怎样写《二马》[M]//老舍全集：第16卷 文论．北京：人民文学出版社，2013:172.

懒散部分的代表，虽也有其可爱之处，但作家终究对他持批评态度，这才是主要的，所以显然不能代表时代的要求。然而，那些种族主义思想严重、处处自以为是、充满了偏执与狭隘的英国人也不符合老舍所认同的社会发展方向，反倒是一个留英的中国人李子荣成了理想的象征,虽然这只是老舍的一厢情愿。李子荣的行为方式或价值观念已经相当西方化了，同时又道德化了。虽然不真实，可他却代表着老舍对于理想国人的一种想象。所以，小马（马威）与其说是受西方文化影响，不如说主要是受李子荣影响。我们看到小马说出了“只有国家主义能救中国”。然而，马威并没有因为认识到“国家主义”而真正找到出路。马威真正具有决定意义的抉择是“出走”，这也就意味着走出父亲的有效控制，同时也走出狭隘英国的影响（他只认同李子荣）。摆脱老马式的旧有文化中消极部分的影响是小马寻求出路的必然，但“全盘西化”显然也不是“光明大道”。

（二）深度“探索”——“探索+挫折”模式

深度“探索”的前瞻性和它必然附带的复杂性决定这类故事的重心放在了对“挫折”的揭示上。故事常以个人（特别是城市中最底层的民众）为观照对象，所观照的人物都有“超前”于时代及环境的一种愿望、一个目标。对人物、时代及其环境来讲，这实际上是一种“奢望”，但它却有着鲜明的现代“文明”气息。作家让他们去探索，起初他们信心十足、干劲十足，肯为理想付出行动；但几次在即将实现（或部分实现）愿望时，某种外力又将他们打回到起始状态。虽然他们从头做起，然而热情与干劲渐退，最终又不得不屈从于旧的观念和生存方式，不但没有了所谓的愿望，也没有了任何生存的热情。这一模式下的作品有《骆驼祥子》《月牙儿》《阳光》《离婚》等。

老舍的“探索+挫折”思考基于对人的生存状况和命运的忧虑。这里所说的生存状况与命运，既指人外在的物化生存状态，更指人内在的精神状态。老舍绝不回避生存问题而空谈所谓的精神境界，但他也不认为笔下的人物光靠“吃米”就能长大。这些人物的精神追求往往特别强烈而超越了他或她的环境，也因此才有了他或她的“探索”，也才有了他或她的“挫折”。《骆驼祥子》《月牙儿》中的主人公他们要生存，而且是一种独立的生存形式，“独立”意味着他们要求摆脱各种制约和束缚从而获得可能的自由。他们是在与旧的人身依附关系，即旧的社会机制、社会观念相对抗[4]。《离婚》中的老李与《阳光》中的“我”更多的则是要求获得婚姻上的自由（老李追求基于爱情的、更为“文明”的婚姻，“我”则追求符合人性的、女性拥有平等权利的婚姻[5]）。他们所挑战的是旧的婚姻制度和观念。然而，他们试图建立的新的机制或规范无法得到时代的认同，而且由于习惯作用，不但利益相悖者反对，即便处境相同者也敌视之。由于他们对自己的生存和生活加了限定，当这种限定为社会所否定时，他们的生存和生活也同样地被否定了。生存终究是第一位的，他们别无选择，开始妥协[6]。当他们发现对于旧秩序的有限认同尚不能很好地解决生存问题时，只得进一步妥协，进一步认同，最后可能是完全的认同。这时，所有的愿望、观念都不再左右他们的选择，他们几乎放弃，也更真切地认识到现实的残酷。

另一类人虽然没有提出超越时代、超出自己的要求，但他们的面前也是“挫折”不断。《我这一辈子》的主人公只希望能“体面”点儿，《鼓书艺人》的主人公方宝庆一家只希望能正常地唱唱鼓书以谋生，《茶馆》里的王利发只想继续他的茶馆生意罢了……。如果说《骆驼祥子》《离婚》等更多着眼于中国社会成员由臣民变为公民，获得民主、自由的可能性，是“精英”式的开拓性“挫折”的话，那么老舍后几部作品所陈述的则是顺从于臣民地位却也无法在社会中安身的“挫折”。这是真正百姓生活的“挫折”，就是鲁迅所说的“愿做奴隶而不得”。

心理学解释，“挫折感是指趋向既定目标的行为过程受阻或未达到某种目标时产生的情绪体验”[①]。可见，挫折是焦虑的对应物，或者说挫折是焦虑的“题中应有之义”。这一故事模式由两个相对立的概念构成，“探索”是主观见之于客观的行为，显示的是人物的能动性；“挫折”是客观反作用于主观的效果，显示的是人物相对于环境的无力与渺小。虽然相对于“探索”，“挫折”显得极不受欢迎，但是“探索”与“挫折”实际上是不可分割的。表面上看，似乎“挫折”否定了“探索”；实际上，“挫折”不但是“探索”存在的有力证明，还为再“探索”提供了经验。老舍作品中人物的“探索”或“挫折”都是作家的“白日梦”，是他疗治焦虑的途径，也是他焦虑的根源。

① 周宪．超越文学：文学的文化哲学思考 [M]. 上海：上海三联书店，1997:68–69.

三、“胜利”“殉难”与焦虑“消解”

焦虑的消解大抵有两条路径：其一是焦虑对象的消失，其二是焦虑主体的消失。就对象而言，无论是旧文化中糟粕的去除，还是新社会、新文化的生成，作为庞杂的系统都难以在短时间内完成，所以与之相关的焦虑就难以真正消解；而从主体看，如果“消解”表现在作品中的人物身上，那主体的消失本质上也就是焦虑的极端化表达。与其说是主体焦虑的消解，不如说是作品焦点的升华。如果焦虑主体是作家本身，那么主体的消失则已经超越文学作品而成为文化现象。当然，这一现象在老舍身上却是值得分析的事实。

（一）对象“消解”——“挫折+胜利”模式

“挫折+胜利”有两种主要模式。一种是“挫折—胜利”模式，它是以人为中心的故事，即焦虑人物以“探索+挫折”模式推进情节，当接近放弃的边缘时，强大的外力（比如抗战）又促使他们实现“大逆转”。这种模式以《骆驼祥子》在新中国成立后的改本和《方珍珠》（实际上是《鼓书艺人》的戏剧改本）、《龙须沟》等最为典型。从作品的形成我们也可以知道它与上一故事模式的关系。另一种则是“递进式的胜利”模式，它是以事为中心的故事。某个对人们的生产生活有害的问题持续存在，故事人物多次作出努力，试图厘清关系，可却多次遭遇阻碍而使问题无法解决，但问题总归是能被解决的。故事尾声，问题得以解决。这一模式的出现是在抗日战争爆发之后，老舍离开青岛投身于抗战事业。老舍后期的绝大部分作品，比如小说《火葬》《无名高地有了名》、戏剧《国家至上》《西望长安》等，均可纳入这一故事模式中。

显然，对象的“消解”有“抗战”和“新中国成立”等新时代的语境背景，这从客观上使得老舍的关注点发生位移，同时也为作家关切的文化的“破旧立新”提供了新的想象可能性。两种异构的“挫折+胜利”模式的背后，有着精神基础的差异。如果说“挫折—胜利”模式是由于作家对故事人物、读者及自己的“怜悯”（不是“同情”），在“挫折”之后刻意地遮蔽因“焦虑”而产生的某种大团圆结局的话，那么“递进式的胜利”背后则或许是作家刻意地回避“焦虑”，从而出现了“焦虑”的暂时性消失。老舍“焦虑”的消失主要是在新中国成立之后。确实，新中国成立后的城市面貌及人的精神面貌都是令人振奋的，老舍在很多作品中都传达出这种兴奋，他必定感觉到自己已经找到了梦中的“乌托邦”。对于未来的想象与现实的可能性近乎吻合，他的“焦虑”自然也就消解了。这样，“胜利”就成为一种必然，这也是作家心理的最佳诠释。关于“回避”，老舍自有说法。1938 年在《血点·六》中，作家说“爱你的国家与民族”是“最坚定的信仰”，“文艺者今日最大的使命便是以自己的这信仰去坚定别人的这信仰”。① 正是为了这“信仰”及对于“坚定别人的这信仰”路径认识的简单化偏执，使得介入社会的作家的创作风格与模式趋于一致。抗战及解放后老舍的绝大部分创作都可以纳入“挫折+胜利”模式，这一模式恰好又是这个阶段中国文坛的主流[7]。

---

① 老舍．血点 [M] // 老舍全集：第 14 卷　散文杂文．北京：人民文学出版社，2013:200.

（二）主体“消解”——“殉难”模式

这里的“殉难”是指故事的焦虑人物承载或见证了某种价值，然而由于社会状态的变迁或某种内外因素的影响，这一价值的自身存在受到了极大威胁，并趋向消亡。焦虑人物试图通过努力加以改变，但大势已去。他们将自己与那价值相等同，以各种各样的形式“殉难”。

这样的作品有《猫城记》《断魂枪》《老字号》等。当然，这些作品中的人物由于所在层次的差异，其洞穿事态和殉难的方式也大相径庭。大鹰为唤起民众救国而自杀，其死是积极的、充满希望的，这与谭嗣同为改良而献身、陈天华为救国而蹈海自绝异曲同工。小蝎因猫国灭亡而自尽，其死是消极而绝望的。沙子龙将自己与枪法一同埋没，正如关纪新所说，他在显示自己的时代过去之后重新拿定方寸的冷静。老字号里的大徒弟辛德治试图以自己的勤快来挽回老店的颓势，但最终失败。他无法理解他所欣赏的传统商业文化何以无法留存。《黑白李》中白李最后的行为，某种意义上也是一种“殉难”。黑李与白李这两个从肤色到文化修养都迥然不同的兄弟，所代表的是传统与现代的人的价值取向的差异[8]。黑李追求人的社会地位和生存权利的平等，白李追求的是个人道德的完备。白李最终为黑李而赴难，一方面保全了作为社会某种合理性存在的黑李，另一方面也最终坚持了自己的追求，实现了他所认同的道德上的完备。

老舍对于《猫城记》《断魂枪》《老字号》三部作品中所观照的价值，显然也有着三种较为鲜明而又不同的态度。首先是猫国和猫人文化。虽然作品以置身于这一文化之外的外来人“我”为叙述对象，但显然是“喻言体”，作家在感情上是接近于大鹰、小蝎的。于是作家的理性化身为叙述人——“我”，作家的感情则掩藏在作品背后。所以，作家一方面由事实层面判定，猫国不亡，天理难容；另一方面由感情层面判定，作为文化和种群的一支，猫国不应消亡，须革弊而立新。其次是沙子龙所代表的传统武侠文化。老舍自小爱听评书，而评书除以演义方式说史外，叙述侠者的行侠仗义、除暴安良（如《三侠五义》）等内容最为常见。侠者不按律例，而以伦理、道德、正义作为行事准绳，可以说老舍深受侠文化的浸染[9]。所以，老舍对武侠文化有着特别的感情。但老舍终究是在西方生活过多年的人，他清醒地知道，那种文化只属于那个时代，“水大漫不过鸭子去”。可以说，作家对武侠文化是带着几丝留恋，有着万般无奈的。最后是传统的商业文化。讲究诚信、实在、“正气”的传统商业观念，在与以宣传为手段，利用民众贪图小利心理的西方商业文化的竞争中一败涂地。作为一个自小养成诚实、实在品质的人，老舍如同那大徒弟一样，他不能理解传统商业观念何以会败北。老舍用笔下人物“殉难”的方式强化这些文化在读者心中的印象，其实这也是作家自己价值观念的一种传达。

如果将“殉难”作为一种表达方式来看，则这种行为并不止于上述三部作品。《骆驼祥子》《月牙儿》《茶馆》等虽然被划入“探索+挫折”模式，但在其中也不乏社会小人物的“殉难”之举。祥子三次攒钱两次买车，是那样近地接触到他的“胜利”，然而，那只是一场“梦”，而“我”、王利发又何尝不是如此。“胜利”的梦破碎后，他们以特别的方式为其志“殉难”。虽然他们的理想不再左右他们的行为，但依稀尚存的一点点保留，让他们以一种带有“报复”性的自我放弃来回应这个要求“认命”“遵从”的时代。所以，我们会看到祥子近乎“恶意”的“堕落”，《月牙儿》中的“我”无所顾忌地“绝地反击”，王利发决绝地上吊自尽……

人物的焦虑可以在“殉难”中消解，但作家的焦虑却依旧萦绕心头。当主观规避或客观遮蔽的焦虑对象以更直接、更强烈的方式重现于时代时，作家只能以自己“殉难”的方式来消解。于是，老舍投了太平湖……

注释：

［1］虽然作家在初写小说之时“决定不取中国小说的形式”（《我怎样写〈老张的哲学〉》），没有采用章回体写作，但是作品在内容的组织方式上还是有很多旧小说的痕迹的。

［2］老舍在美国请华人作家、翻译家郭镜秋女士翻译《离婚》，题名改为“The Quest for Love of Lao Lee”，译成中文是“老李对爱的追求”。

［3］林毓生在《中国意识的危机》一书中指出：在19世纪90年代的中国第一代知识分子（以严复、康有为、谭嗣同、梁启超为代表）和20世纪初的第二代知识分子（以陈独秀、胡适、鲁迅为代表）之间，存在着许多差异。但这两代知识分子中大多数人专心致志的却是一个有共同特点的课题，那就是要振兴中国，只能从完全重建中国人的思想意识着手。“一元论”和“唯智论”的思维模式使得他们把

传统视为一个有机整体而予以全部否定。

［4］虽然有辛亥革命的胜利与民国的建立，但传统文化中的很多伦理和道德威力并没有随同整个封建政治体系的崩溃而丧失作用。

［5］无论是古希腊以国家服从个人利益的特洛伊战争，还是中国古代以个人服从国家利益的昭君出塞，女子在其中都只是被支配的对象，她们没有自我选择的权利。而中国旧的伦理制度，特别是“三从四德”直到20世纪初依然很顽固地控制着社会中的妇女，让她们处于依附地位。

［6］妥协与放弃还有区别，区别在于他们对旧有秩序的部分认同是一种无奈，他们依然存有某种观念上的坚守。

［7］可以说，包括解放区文艺、“十七年文学”及“文革”文学在内，总体上都是“挫折＋胜利”模式。

［8］老舍在《我怎样写短篇小说》一文中说《黑白李》是“先想到意思，而后造人”的。

［9］中国古代的“侠”倒不一定善“武”，而在于其行为方式。老舍的作品，常常会在人不足信、法不能行之时，突然间以某一人物的非常方式将常人不能化解的问题解决。这些人物的行为有着浓厚的“侠”的特点。实际上，老舍本人的行为方式也有较多“侠”的特色。

第二节　戏剧建构理论

中国现代戏剧已经有一百多年历史，其间大师辈出。田汉、郭沫若、曹禺等对中国戏剧发展贡献卓著，但他们的戏剧对于西方戏剧理论的追随远大于创新。老舍在戏剧创作上开创了现代话剧的东方格调、中国形态，加之他的文学理论、戏剧创作论述颇丰，所以，探究老舍戏剧理论体系的中国特色是一个不应忽视、不可回避的重要课题。这并不是一个单纯的“中国风格”“中国气派”的问题，而是中国现代话剧在汲取西方戏剧理论营养萌芽、生长并逐步壮大之后，在老舍这里获得了属于本民族的美学特征。我们必须对此有一个明晰而理性的认识与判断，否则，中国现代戏剧的自身生命力无法确认，中国现代戏剧的价值评估也就失去了依凭。

抗战之前老舍以小说家之名立于文坛。为抗战，他开始学写戏，合作写戏。这是历史赋予他的使命，他不能违抗。新中国成立后，远在美国创作的老舍被邀请回国。回来后他原本还是要写小说的，内心也正构思着几部大作品。但他被授予各式头衔，充任各种角色，也承担着组织赋予的特别使命，所以小说便是直到生命尽头他也无法光明正大地去写。写戏是新中国成立后他最主要的文艺创作方向，而“人民艺术家”的头衔也并非因写小说而获得，却是戏剧《龙须沟》为他带来的声名。

老舍一生创作了近40部话剧、京剧、曲剧等，在戏剧创作方面成果丰硕。《茶馆》的出现决定了他必然在中国戏剧史上被列入大师行列。对于老舍的戏剧作品及其贡献，有不少论文和著作进行了研究。然而，对于老舍戏剧理论方面的研究，成果却不多。早在20世纪80年代初，王行之先生就收集整理了老舍先生关于戏剧方面的长短文章，并以《老舍论剧》之名出版，算是对老舍戏剧理论贡献的一次重要的集中呈现。然而，近几十年关于老舍戏剧理论的研究却依然寥寥，更缺少对其理论体系的整体研究。

老舍的戏剧理论所涉较广，语言、结构、人物等各方面均有论及，但总体上都是在戏剧创作的范畴之内。虽然老舍也经常到“人艺”，但他对戏剧表演极少涉及。戏剧理论论述与戏剧创作共同构建起老舍的戏剧理论体系。

在《文学概论讲义》中，老舍对于戏剧的认知来自他转述亚里士多德《诗学》中关于悲剧的要素归纳，包括：结构、性格、措辞、情感、场面和音乐六个方面。[①]在现代戏剧里，音乐已经不再是要素，而其他五个方面才是老舍关于戏剧论述的重点。

一、戏剧创作观

中国现代文学的其他诸文体，虽得益于西方文艺观念，但终究还是有传统可续的，唯独话剧基本上算是全然的舶来品。

---

① 老舍．文学概论讲义[M]∥老舍全集：第16卷 文论．北京：人民文学出版社，2013:137.

中国话剧以小学生的态度认真地模仿西方戏剧的原则、形式和审美，即使有如曹禺这样的大师级作家在20世纪30年代横空出世，但其作品呈现出的大抵还是舶来的质地，就连曹禺自己也不无感慨——《雷雨》“太像戏了”。“太像戏”的根本是脱离了中国戏剧传统，而臣服于西方戏剧的美学原则，显示出某些刻意。在创作话剧之前，老舍熟悉的是中国传统戏曲，特别是京剧。在戏剧创作之初，他寻求与宋之的、赵清阁等戏剧家合作，大体上是抱着学习的心态：“《国家至上》演出过了，已证明它颇完整，每一闭幕，都有点效果，每人下场都多少有点交待；它的确象一出戏。”① 不难看出，老舍对在戏写成后能成功上演并产生一些艺术效果是较满意的。在创作经验的积累中，老舍逐渐把握了这一文体，并形成了自己独特的戏剧创作观。

老舍最早系统论及戏剧问题是在20世纪30年代的理论教材《文学概论讲义》中，其中有“第十四讲　戏剧”专章。很显然，这时对戏剧的论述还是立足于一位学者兼小说家的立场与态度，一方面是对戏剧（传统戏曲——旧剧，新兴的话剧——新剧，都在其论述范围内）艺术史的宏观把握，另一方面也有小说家（或戏曲爱好者）的艺术直觉和判断在其中。不过这些创作之前的理性思考，对老舍戏剧创作观的形成有确立根基的作用，也为他在后续戏剧创作中对中西传统的兼收并蓄奠定了基础。可以说，老舍关于戏剧的思考便在这个基础上渐趋丰富，并形成了自己独特的戏剧观。

---

① 胡絜青．老舍论创作[M]．上海：上海文艺出版社，1980:55.

（一）弱矛盾

弱矛盾，不是不要矛盾。老舍的戏剧创作观是开放包容的戏剧观，在他那里，古今中外、高雅民间都是戏剧。老舍习惯以“戏”称之。首先涉及什么是戏？戏有故事——“戏中必须有个好故事”①，戏有冲突——“没有斗争，没有戏剧”②，戏有反面人物……对于这些，老舍显然是了然的。但是，老舍并没被这些“规则”或者“定律”束缚，他遵循的只有合乎戏剧本身的最本质的东西。即便对待矛盾冲突，老舍也是认同的。他认为写戏“须先找矛盾与冲突，矛盾越尖锐，才越会有戏”③，这与西方戏剧“No strage，no drama”的经典论断是大体一致的。1960 年老舍点评《潘杨讼》（保定老调）一剧时说它（第一、二场）“处处有矛盾，一语不发空”，称赞“这才叫戏！”④。矛盾、冲突以及特殊语境里的“斗争”，确实是决定戏剧感染力的最直接的要素。这两处提到的“戏”其实已经超越了艺术形式的概念，而是美学范畴了。即便如此，老舍也并没有被吓住。他不认同“不这么‘跌宕曲折’就不算个戏”，他说戏剧的“全部面貌已被勾心斗角的结构给埋起去了”⑤，所以，他会写出没有矛盾的戏，反面人物、故事也可以不要的戏。比如说《茶馆》：“抱住一件事去发展，恐怕茶馆不等被人霸占就

① 王行之．老舍论剧 [M]. 北京：中国戏剧出版社，1981:155.
② 王行之．老舍论剧 [M]. 北京：中国戏剧出版社，1981:141.
③ 王行之．老舍论剧 [M]. 北京：中国戏剧出版社，1981:221.
④ 张桂兴．老舍文艺论集 [M]. 济南：山东大学出版社，1999:437.
⑤ 王行之．老舍论剧 [M]. 北京：中国戏剧出版社，1981:173.

已垮台了。”[①]因为心里没有那么多条条框框，所以在老舍那里，戏剧是可以不断丰富和创新的。《茶馆》里没有一个独立完整的故事，都是新的尝试，没完全叫老套子捆住。《全家福》里“没有一个反面人物，这也是一种新的写法”[②]。创新可以是打破常规，也可以是将异质的资源创造性地运用到话剧艺术当中。在一些戏的内容和形式上，“我大胆地把戏曲与曲艺的某些技巧运用到话剧中来，略新耳目”[③]。“吸收一些戏曲中的好东西，而主要地是要再创造。”[④]因为是创造性地运用，所以曲艺艺人程疯子（《龙须沟》）的快板儿可以让作品鲜活起来，大傻杨的骨板儿可以使幕间衔接顺畅自然。

（二）弱技巧

弱技巧，不是不要技巧。作为学者讲解《文学概论讲义》的老舍，以及作为学生模仿、学习戏剧创作的老舍，“技巧”还是需要学习掌握的部分。“因为戏剧家的天才，不仅限于明白人生和文艺，而且还须明白舞台上的诀窍。”[⑤]一个可以从天马行空的小说世界跨入有空间局限的戏剧的创作者，清楚其中最需要琢磨的就是戏剧文本要应对舞台转化形成的各种制约。老舍在主观上意识到了，也不断地自我告诫，但这种转换常常在不经意间被忽略——“我还是不大明白舞台那个神秘东

---

① 老舍．我怎样写小说[M]. 南京：译林出版社，2012:122.

② 克莹，李颖．老舍的话剧艺术[M]. 北京：文化艺术出版社，1982:164.

③ 克莹，李颖．老舍的话剧艺术[M]. 北京：文化艺术出版社，1982:181.

④ 王行之．老舍论剧[M]. 北京：中国戏剧出版社，1981:235-236.

⑤ 老舍．文学概论讲义[M] // 老舍全集：第16卷　文论．北京：人民文学出版社，2013:138.

西。尽管我口中说：‘要想着舞台呀，要立体的去思想呀。’可是我的本事还是不够。我老是以小说的方法去述说……而主要的事体却未能整出整入的掀动，冲突。结果呢，小的波痕颇有动荡之致，而主潮倒不能惊心动魄的巨浪接天。”[①]随着戏剧创作经验的积累，老舍渐渐发现，戏剧创作中有些技巧是让文本服务于舞台，而有些技巧全然是为了让戏剧“戏剧化”。“对于戏剧，理当研究技巧，因为没有技巧便不足以使故事与舞台有巧妙的结合。可是，我以为，过重技巧则文字容易枯窘……过重技巧，也足使效果纷来，而并不深刻。”[②]所以老舍反对过重技巧，是因为“我不愿摹仿别人，而失去自己的长处”[③]。这说明老舍已经在实践中发现自己戏剧创作的独特性。既然自己“不甚懂技巧，也就不重视技巧，为得为失，我也不大关心”[④]。说自己不懂技巧，显然是他的某种自谦，而更着意的是“不重视”和“不大关心”。在《谈现代题材》一文中，老舍还提及了“技巧”——“新招数怎么来？万变不离其宗，还是老话，要新思想，要深入生活，要有深广的文学修养，要掌握技巧……”[⑤]“掌握”而非“过重”，不让戏剧过度依赖

---

① 老舍 . 闲话我的七个话剧 [M] // 老舍全集 : 第 17 卷 文论 . 北京 : 人民文学出版社 ,2013:376.

② 老舍 . 闲话我的七个话剧 [M] // 老舍全集 : 第 17 卷 文论 . 北京 : 人民文学出版社 ,2013:380.

③ 老舍 . 闲话我的七个话剧 [M] // 老舍全集 : 第 17 卷 文论 . 北京 : 人民文学出版社 ,2013:380.

④ 老舍 . 闲话我的七个话剧 [M] // 老舍全集 : 第 17 卷 文论 . 北京 : 人民文学出版社 ,2013:380.

⑤ 克莹 , 李颖 . 老舍的话剧艺术 [M]. 北京 : 文化艺术出版社 ,1982:277.

技巧以实现效果。讲究技巧，但其运用不能“竟自使人物的性格屈就技巧，使他成为别别扭扭莫名其妙的人，我们的损失就很大了”[①]。这是老舍对技巧的态度，某种程度上也是他对“戏剧多于生命”观念的具体化。1961 年在祝贺周信芳舞台生活六十年的文章里，老舍称赞他“极讲技巧，而不偏重技巧”[②]。这也是老舍戏剧观的最好体现。

（三）多生命

在《文学概论讲义 · 戏剧》中，老舍引用了沃斯福尔德《戏剧》中的论述：“真实，并非实现，是戏剧的命脉，是以集中把实现提高和加深，使之不少于，而是多于实现。”[③] 基于这段引用，老舍得出一个关键性的结论，并在其文稿中以 8 个字单列成行——戏剧是多于生命的。这一论述的基础是，戏剧是表现“真实”的，所以他在之后关于“结构”的论述中又进一步提出：“它即是这样的一个东西，它的重要便多在于表现真实，而真实是多于生命的。”[④]“多”在英语表述中是“more”，内里是有“超越”的意思的。老舍对戏剧艺术价值的审视是从它对“生命”表现的功能着眼的。戏剧不仅需要集中、凝练，而且需要“提高和加深”。这就意味着它必然地超越现实生活和个体生命的经验。基于这样的戏剧认知与判断，老舍的戏剧

① 老舍 . 老舍论创作 [M]. 上海 : 上海文艺出版社 ,1980:146.

② 老舍 . 老舍文艺评论集 [M]. 合肥：安徽人民出版社 ,1982:21.

③ 老舍 . 文学概论讲义 [M] // 老舍全集 : 第 16 卷　文论 . 北京 : 人民文学出版社 ,2013:138.

④ 老舍 . 文学概论讲义 [M] // 老舍全集 : 第 16 卷　文论 . 北京 : 人民文学出版社 ,2013:142.

创作总是在生活的表象背后去呈现更深刻的历史判断，突破对个体人生的简单关切，而常常以多个体（特别是底层个体）的共同命运去反映时代的面貌和声音。所以，经典话剧往往是独唱，或多人各自独唱，而老舍的戏剧则是多声部的合唱。

二、戏剧资源与要素

老舍重视生活，重视生活中的人物，重视生活中各色人物的语言，无论小说或戏剧都是如此。因为这些是老舍艺术创作的资源。老舍在不同场合用不同方式表达着他的戏剧观，本质上这也是他戏剧价值观与方法论的重要呈现。

（一）一切从生活出发

对于生活的重视是多数艺术家共有的态度。老舍重视艺术的真实。在老舍的戏剧创作观中，戏剧就是从生活中来又生动地去表现生活。戏剧中的表现就是“时代的人与人的关系”，并且用“新颖的艺术形式”和“活生生的语言”来加以表现。戏剧的表现材料从何而来呢？老舍说：“我们去生活！”“去生活”不是“为了去搜集眼前要用的一点点材料”，而是要“深入生活”。[①] 对事而言：“光有个故事，并不顶用。和这故事相关的事儿，你知道多少呢？”[②] 对人物来说：“也许在戏里，只写他的青年时代，但也须要知道他的中年和老年。”[③]“我在构思的时候是先想到人物，到心中有了整个的一个人了，才

① 王行之 . 老舍论剧 [M]. 北京：中国戏剧出版社 ,1981:44–45.

② 王行之 . 老舍论剧 [M]. 北京：中国戏剧出版社 ,1981:97.

③ 克莹，李颖 . 老舍的话剧艺术 [M]. 北京：文化艺术出版社 ,1982:257.

下笔去写。”[①] 可见，老舍“深入”的本意不是在强烈的目的性驱使下对生活的筛选，而是在被生活浸染后艺术的发现。老舍总结自己的创作经验：“不是我极熟习的人与事，便很难描写得好。”[②] 当戏剧能“一切都从生活出发”，观众才能“细细地去咂摸，由赞叹而受到感动，才能有余音绕梁的效果”[③]。所以，在老舍那里，生活不是艺术材料收集的来源，而是艺术发现的方式。

坚持一切从生活出发，戏剧家从生活中提取的戏剧元素是什么呢？老舍强调：从生活中去发现人物、发现语言。

（二）戏是人带出来的

老舍对人物的强调贯穿他戏剧创作的整个过程，因为在他看来，“戏是人带出来的”[④]。要创造人物，首先要认识人物——“认识人，是一项顶重要的基本功！”[⑤] “不怕写的少，就怕知道的少，只有把人物看全了，才能把部分写好。”[⑥] 认识是整体性的，以对整体的了解来构建局部，才可能创造出成功的人物形象。有了认识的基础，塑造才成为有源之水。所以，“写戏主要是写人，……只有写出人，戏才能长久站住脚”[⑦]。老舍强调“长久”站住脚，是要把作品置于历史长河中去检验其

① 胡絜青 . 老舍论创作 [M]. 上海 : 上海文艺出版社 ,1980:178.

② 王行之 . 老舍论剧 [M]. 北京 : 中国戏剧出版社 ,1981:151.

③ 克莹 , 李颖 . 老舍的话剧艺术 [M]. 北京 : 文化艺术出版社 ,1982:144.

④ 王行之 . 老舍论剧 [M]. 北京 : 中国戏剧出版社 ,1981:44.

⑤ 王行之 . 老舍论剧 [M]. 北京 : 中国戏剧出版社 ,1981:57.

⑥ 王行之 . 老舍论剧 [M]. 北京 : 中国戏剧出版社 ,1981:46.

⑦ 王行之 . 老舍论剧 [M]. 北京 : 中国戏剧出版社 ,1981:42.

生命，是要求其能够长远。老舍认为，“不管灵感来自人，还是来自事”，都“必须写出人来”。[①]

写人并不容易，特别是“写出正常人物的思想、感情等等是不容易的”[②]。作为创作者，必须将注意力放在人物思想情感的塑造上，而性格鲜明的人物形象的塑造有赖于“语言性格化、地方性、哲理性”三个方面。作品人物的每一句台词都鲜明生动，“富有哲理，又表现性格”[③]，人物的塑造才可能成功。对人物的塑造，老舍还强调人物形象的深度，要有“余地”，要有“发展”，不能“一下笔就全倾倒出来”[④]。有了人物，控制戏就有了依凭，因为“是人控制着戏，不是戏控制着人”[⑤]。这些经验实际上来自老舍的小说创作积累，他将之运用到戏剧领域，竟然也是有效的。所以，老舍对自己戏剧人物的塑造还是自得的——“总有几个人物还能给人一些印象”[⑥]。老舍一向谦虚，言语从不过头，如此论断也可见他在人物塑造方面的自信。

（三）话到人到

老舍有语言大师的美誉，小说和散文是他展示语言能力的平台，也是他实力的见证。在戏剧家看来，语言就是戏剧的灵魂。在老舍的剧论中，直接谈语言的文章就有十多篇，比如《戏

---

① 王行之．老舍论剧 [M]. 北京：中国戏剧出版社，1981:43.

② 老舍．出口成章 [M]. 北京：作家出版社，1964:5.

③ 老舍．出口成章 [M]. 北京：作家出版社，1964:7.

④ 老舍．出口成章 [M]. 北京：作家出版社，1964:5.

⑤ 王行之．老舍论剧 [M]. 北京：中国戏剧出版社，1981:46.

⑥ 克莹，李颖．老舍的话剧艺术 [M]. 北京：文化艺术出版社，1982:297.

剧语言》《话剧的语言》《喜剧的语言》《儿童剧的语言》等。虽然这些文字主要集中发表在 1961—1963 年，可能存在因青年作家或文学创作爱好者语言功底不足而引起老舍对语言问题突出强调的可能，但不能否认老舍对语言的重视程度，何况强调本身也是他重视语言的一种说明。

中国的话剧自其产生便形成了一套异于日常的语言体系，老舍称之为“舞台语”，“里面包括着蓝青官话，欧化的文法，新名词，跟由外国话翻译过来的字样”，但问题在于“它不是一般人心中口中所有的”。[①] 因此，老舍将语言的资源回归到日常生活，认为唯其如此它才是一般人心中、口中的语言，也就是他一直坚持的“通俗易懂”的语言；同时，这样的语言系统支撑的戏剧才可能真正地表现生活。由于戏剧的高度集中，无法如小说般慢慢呈现人物性格，人物须“头一次开口，便显出他的性格来”[②]。基于这样的需要，就决定了戏剧人物的语言本身是“性格化”的。谈论人物的性格化，老舍有诸多论述。他认为性格化的本质就是让“剧中人的对话应该是人物自己应该说的语言”[③]，“要知对话是人物性格的‘声音’，性格各殊，谈吐亦异”[④]。这里的“异”又如何体现呢？老舍认为，重要的是看人物“都怎样说”。也就是说，每个人物都有属于他自己的言语方式，戏剧创作过程中只有将人物言语方式的差异梳

① 胡絜青 . 老舍论创作 [M]. 上海 : 上海文艺出版社 ,1980:126–127.

② 王行之 . 老舍论剧 [M]. 北京 : 中国戏剧出版社 ,1981:5.

③ 王行之 . 老舍论剧 [M]. 北京 : 中国戏剧出版社 ,1981:32.

④ 王行之 . 老舍论剧 [M]. 北京 : 中国戏剧出版社 ,1981:23.

理清楚，人物的性格才能从对话中表现出来。反之，就会是“没有生命的话，没有性格的话”[①]，人物自然也就变成没有性格的人物，因为“对话是人物性格最有力的说明书”[②]。

老舍大致从三个方面追求语言的艺术化。其一是语言的音乐性或者说是节奏。老舍以老作家的实践为据，说他们在创作中“运用了古典语言的节奏，抑、扬、顿、挫，铿锵有声，很有韵味”[③]。“韵味”既是老舍所提倡的音乐性本身，又是其审美的境界，而“抑、扬、顿、挫，铿锵”等就是他语言审美的具体化。其二是语言的色彩。老舍说：“语言是人物思想、感情的反映，要把人物说话时的神色都表现出来，需要给语言以音乐和色彩，才能使其美丽、活泼、生动。”[④]除了形式的艺术性，老舍还希望语言“富于诗意”。他说：“精采的语言，特别是在故事性强的剧本里，能够提高格调，增加文艺韵味。”[⑤]这里的韵味是文艺韵味，是语言艺术韵味，是言语内容形成的艺术想象的可能性，是言语间联系共生的丰富性，也是言语表达深度指向的拓展性。这样的语言才能达到老舍所期待的有“回味”的可能。因此，老舍对戏剧语言有自己独特的追求——“要既俗（通俗易懂）而又富于诗意，才是好语言”[⑥]。

性格化、艺术化的语言从何而来呢？老舍说“深入生活”。

---

① 王行之 . 老舍论剧 [M]. 北京：中国戏剧出版社 ,1981:6.

② 王行之 . 老舍论剧 [M]. 北京：中国戏剧出版社 ,1981:5.

③ 王行之 . 老舍论剧 [M]. 北京：中国戏剧出版社 ,1981:40–41.

④ 克莹，李颖 . 老舍的话剧艺术 [M]. 北京：文化艺术出版社 ,1982:251.

⑤ 王行之 . 老舍论剧 [M]. 北京：中国戏剧出版社 ,1981:25.

⑥ 王行之 . 老舍论剧 [M]. 北京：中国戏剧出版社 ,1981:35.

这是一个通用的答案，也是一个必然的答案。“深入”的本质就是真正地占有、掌握。老舍自己通过写鼓词、相声等民间曲艺的方式来提高对民间生活语言的运用能力。除此之外，老舍还建议“学一点诗词歌赋”。虽然这在当时显得有些“不合时宜”,毕竟战争中成长的青年,文学修养普遍缺乏是历史的必然，“诗词歌赋”并不在他们的审美视野之中。但这确实是老舍从自己的创作经验中提炼出的真知灼见。真正占有了语言，到了创作之中，要做的就是“调动”——“现成的语言有的是。你要想法去找，去调动。”[①] 然后，“到了适当的地方必须叫人物开口说话”[②]，也就是在恰当的时候，让恰当的人说恰当的话。老舍说:“不怕话通俗，就怕用的不是地方。”[③] 只有如此，才能“话到，人物到，情节到”[④]。结果也正如他期望的那样，他的戏剧语言具备极强的建构性，人物的台词充满生命力和创造力，建构起的人物、结构出的情节，同时又具备形式和意境之美。

三、戏剧建构

关于戏剧建构，老舍戏剧的多声部决定了他的戏不是要组织一个故事，而是要将多个故事（或者是局部故事）编织在一起。布局是他戏剧整体效果得以实现的关键。在大量掌握人物、

---

① 王行之 . 老舍论剧 [M]. 北京 : 中国戏剧出版社 ,1981:46.
② 克莹，李颖 . 老舍的话剧艺术 [M]. 北京 : 文化艺术出版社 ,1982:224.
③ 王行之 . 老舍论剧 [M]. 北京 : 中国戏剧出版社 ,1981:47.
④ 克莹，李颖 . 老舍的话剧艺术 [M]. 北京 : 文化艺术出版社 ,1982:239.

事情、知识的基础上，老舍强调“想象”——“想象不是空想，不是幻想，而是根据现实生活中的材料，重新组织起来”[①]。然而，艺术创作又是感性的流淌，很多时候艺术创作的结果与布局之间相去甚远。所以，老舍也强调戏剧创作过程中的控制。关于老舍的戏剧建构理论，可以从结构布局和创作控制两个方面来概括。

（一）结构布局

在西方戏剧结构理论中，“三一律”是影响深远的理论，它主张戏剧要呈现“一天”“一地”的“一个故事”。“三一律”催生故事性强、集中紧凑的戏剧，但也存在诸多问题。老舍认为：“故事性强的戏，容易使人感到作者卖弄舞台技巧，热闹一时，而缺乏回味。”[②]为故事性、为服从所谓的金科玉律而偏离了艺术创作的本心，这是本末倒置。老舍并不会被这些所捆绑，“一天”“一地”“一个故事”在老舍的戏剧作品里是无法兑现的。但老舍有自己的结构策略，从而保证故事集中、紧凑。“最好是用一件事作故事中心，把人物联系到一起。这样，人与人的关系便更明显一些，彼此间的矛盾也可能更自然一些，不至无中生有地硬制造矛盾。”[③]这里的“一件事”实际上可能只是个对象，比如《龙须沟》里的沟。老舍说：“有了沟，我就有了我所要的戏。”[④]也可能只是个空间，比如茶馆（《茶馆》）、大红院（《大红院》）、商店（《女店员》）等。这

① 王行之．老舍论剧 [M]. 北京：中国戏剧出版社，1981:64.

② 王行之．老舍论剧 [M]. 北京：中国戏剧出版社，1981:25.

③ 王行之．老舍论剧 [M]. 北京：中国戏剧出版社，1981:84.

④ 王行之．老舍论剧 [M]. 北京：中国戏剧出版社，1981:155.

一结构方式在老舍的小说里也比较容易见到，比如《骆驼祥子》里的车、《离婚》里的“离婚”等。老舍自己称之为“拴桩”。老舍要“拴”住的其实是他的人物体系，收紧的是他的故事体系。

老舍认为，要处理好戏剧人物的结构，首先是做好人物布局。剧中人物“应该是多一个也不行，少一个也不可”[①]。其次是处置好人物关系。比如在写《龙须沟》时，老舍说给人物两项任务：“（一）他们与臭沟的关系。（二）他们彼此间的关系。”[②]其实，戏剧中的大事小情都在这两重关系中形成。最后，老舍一再强调“人物中心”论。他说：“作者的眼睛要老盯住书中人物，不因事而忘了人；事无大小，都是为人物服务的。”[③]

老舍的戏剧作品很少围绕一个故事展开，所以上文提到的“最好是用一件事作故事中心”，其中的“故事”往往是系列故事，是在某一要素统摄下构成的一个整体，甚至于这些故事实际上是不同人物分别叙述的自己的故事。上述要素的统摄本身是松散的，真正统一集中的内在需要是由不同故事的共同背景所呈现的历史性判断建构而成的。而系列故事在舞台上或主体呈现或局部呈现，主体呈现的叫故事，局部呈现的叫穿插。故事性在戏剧中是不可少的——“多少总得有个故事”。老舍是擅长讲故事的，然而他并不希望故事掩盖了人物，所以他的

---

① 王行之．老舍论剧[M]. 北京：中国戏剧出版社,1981:44.

② 王行之．老舍论剧[M]. 北京：中国戏剧出版社,1981:170.

③ 老舍．戏剧语言[M]//老舍全集：第16卷　文论．北京：人民文学出版社,2013:530.

故事呈现常常是局部的，可能只是人物的几句台词或者几个动作。穿插可以不“完密”，但有了若干穿插，“话剧能够更集中，更简练”[①]。

（二）创作控制

在老舍的戏剧创作理论中，“控制”是一个重要概念。总体来说，“控制”是创作过程中创作者理性、节制、感性的主观努力，但这个概念实际上是有不同层级或指向的。从宏观而言，一类是作品中的要素控制，另一类是创作主体、创作行为的控制。

从作品本身来看，老舍认为首先需要控制的是创作中的语言。语言是文学的载体，对语言的控制本身就是语言驾驭能力的体现。虽然很多作家可以有不错的文学作品，但其文学语言常常是失控的。而对初学者来说，更是如此。语言控制一方面是言说的控制，不可“贪多”，也不可“把力量都使在前半，致后半无疾而终”[②]。这需要懂得控制。语言控制的另一方面则是恰当的时候说恰当的话。无论是人物的语言还是指示的语言，都需要恰当。其次是内容的控制。“作者不随着故事跑，而去控制着故事。”对于作品内容的控制，老舍说要“知道的多，知道的深，才能够控制”。而“多”“深”的基础在生活，“深入了生活，的确有的可写，且加以控制，自然会出好作品”[③]。老舍认为，在戏剧创作过程中，“对话若能始终紧紧拴在人物

① 王行之．老舍论剧 [M]. 北京：中国戏剧出版社 ,1981:232.

② 王行之．老舍论剧 [M]. 北京：中国戏剧出版社 ,1981:130.

③ 王行之．老舍论剧 [M]. 北京：中国戏剧出版社 ,1981:89.

的性格与生活上”[①]，则会实现对作品的控制。

作品外的控制是创作主体对创作的控制，也就是剧作家对自我创作行为的控制。包括戏剧创作在内的艺术创作行为，在理性布局之后，随着剧情展开，创作往往由理性主导转为感性主导。感性主导的创作过程，创作者往往会在作品内在结构力量的作用下顺势发展作品。老舍说："写东西真不容易，尽管你先定好最完密的计划，及至你一动笔，不定在哪里你就离开了原路，而走到别处去。"[②]感性的任意性带来的后果就是，写作"往往不能完全受提纲的控制，写着写着就变了，东西就多了……"[③]。如果全然依照感性的推动，作品可能就脱离了老舍所要表达的艺术指归。所以，创作需要控制，就"象勒住一匹烈马似的那么用力"[④]。

四、艺术追求

老舍在艺术创作中有其美学追求，在戏剧理论中，他常常谈到格调、情调、诗意和滋味。在《看戏短评》里，他用"破坏了全剧的诗意"（《棠棣之花》）、"全无诗意"（《天国春秋》）、"破坏了全剧的统一情调"（《忠王李秀成》）[⑤]等来对作品的整体或细节作评价，落脚点不外乎"诗意""情调"，而最引人注意的范畴是"空灵"。老舍说，他在戏剧创

① 王行之．老舍论剧 [M]. 北京：中国戏剧出版社，1981:16.

② 胡絜青．老舍论创作 [M]. 上海：上海文艺出版社，1980:54.

③ 王行之．老舍论剧 [M]. 北京：中国戏剧出版社，1981:63.

④ 胡絜青．老舍论创作 [M]. 上海：上海文艺出版社，1980:113.

⑤ 王行之．老舍论剧 [M]. 北京：中国戏剧出版社，1981:239-240.

作中“故意使人物收敛，想要求听众象北平听二簧戏的老人那样，闭目静听，回味着一字一腔的滋味”[①]。老舍刻意的收敛，是不让人物以及人物所引出的情节肆意发展而使观者沉迷。他又在一定的时候使用“惊人的词句”，“使听众深思默虑，想到些舞台以外的东西。我管这个叫‘空灵’”[②]。“空灵”的美学追求是在情节之外、剧本之外引发观众关切的艺术效果，它不必然地指向某个结论，而是让关切者的内心形成波澜，由关切而联想，由联想而发现，由发现而回味。

创造有艺术品位的空间,就必须形成作品内部的要素分离，形成张力。老舍常用的手段有两种：一是正笔+烘托。在总结《张自忠》的得失时老舍说：“演出的时候，每一幕都有个情调”，“苦闷与狂喜是烘托，严肃与紧张才是正笔”[③]。正笔与烘托并非只在《张自忠》中才有，实际上在老舍很多作品（包括他的小说）中，以两种笔调或态度叙事而形成某种“复调”的艺术效果绝非个案。庄谐并出、相映成趣是老舍创作的重要路径。话剧史只注意了《茶馆》中“将，你完了！”的人艺演出本重构的结尾，却没在意老舍原作每幕结尾原本都归于“荒诞”。这种喜剧格调的结尾置于沉重的“三个时代”，更显时代的荒诞性本质。原作的三个幕尾都是作品的烘托，却与正笔共同开掘出《茶馆》的审美空间。二是实+虚。在中国哲学中，“虚”“实”是相生的关系，彼此互为依据也互为补充。在《本

---

① 胡絜青 . 老舍论创作 [M]. 上海 : 上海文艺出版社 ,1980:52.

② 克莹 , 李颖 . 老舍的话剧艺术 [M]. 北京 : 文化艺术出版社 ,1982:228.

③ 克莹 , 李颖 . 老舍的话剧艺术 [M]. 北京 : 文化艺术出版社 ,1982:101.

固枝荣》里，老舍说：“作文章也是这样，要有一个总的目的，要给人什么印象；同时要叫虚的实些，实的虚些。要安排好，哪是主，哪是副。小说、戏剧都如此。”[①]注重虚实的映衬，同时也强调虚实的平衡；既关注“虚”笔带来的可丰富性，也不忽略叙事性作品中“实”写的基础性作用。写实也不零度呈现，而主张“不应当老实；要锐利，有风格，有力量”[②]。

五、戏剧功能

老舍在抗战时才参与到戏剧创作中，戏剧作为“短平快”的艺术形式成为宣传抗战的重要手段。所以，老舍最早的戏剧实践天然地与宣传教育紧密地联系在一起。鲁迅说：“一切文艺固是宣传,而一切宣传却并非全是文艺。”[③]老舍一心做文艺，他用他的作品来表现生活的真实，“用这些小人物怎么活着和怎么死的，来说明那些年代的啼笑皆非的形形色色”[④]。但是，这时的文艺是有宣传功能的,无论是抗战中还是新中国成立后，老舍的创作都或主动或被动地首先与宣传关联在一起。但老舍对戏剧的宣传功能仍然坚持文艺路径，他反对说教，反对“政策变成口号，剧中人成为喊口号用的喇叭”[⑤]。所以，在教育方面老舍最常用的词是“激动”“感动”。“我的剧本要用人来感动人，用人来教育人，没有真正的感情，人物就写不好，

① 王行之 . 老舍论剧 [M]. 北京 : 中国戏剧出版社 ,1981:54.

② 王行之 . 老舍论剧 [M]. 北京 : 中国戏剧出版社 ,1981:69.

③ 鲁迅 . 三闲集 [M]//鲁迅全集 : 第 4 卷 . 北京 : 人民文学出版社 ,2005:85.

④ 胡絜青 . 老舍论创作 [M]. 上海 : 上海文艺出版社 ,1980:172.

⑤ 克莹 , 李颖 . 老舍的话剧艺术 [M]. 北京 : 文化艺术出版社 ,1982:144.

剧本必定要失败。”[①] 戏是要激动人的感情的。

行文到此可以得到初步结论：老舍在戏剧方面有理论，在戏剧创作理论方面有体系。

老舍以开放的态度面对发展中的中国话剧，以丰富的作品践行着自己的艺术追求。虽然其理论用的是最俗白的语言，但说出的却是最扎实的道理。我们大致可以形成这样一个理论架构，它由基础、建构、审美、功能四个层面构成（如图1所示）。

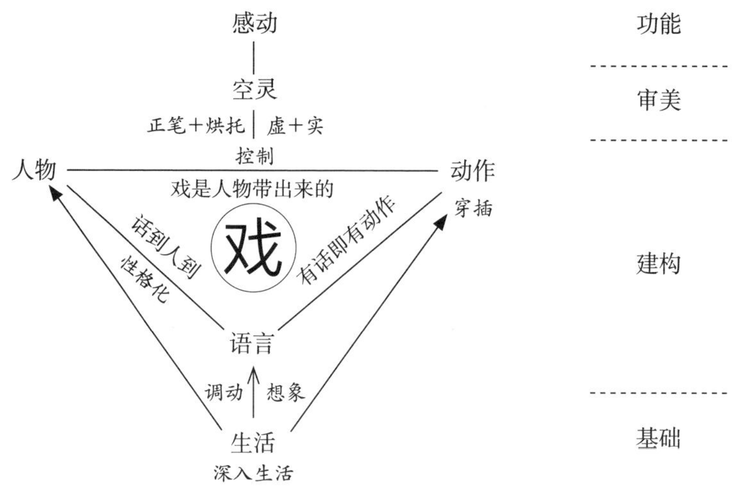

图1　老舍戏剧理论框架

其理论的基础是“真实”，创作的基础是“生活”，戏剧的灵魂是语言。用“调动”与“想象”建构人物和情节，通过“话到人到”“有话即有动作”“戏是人物带出来的”三条原

① 王行之．老舍论剧[M]．北京：中国戏剧出版社，1981:43.

则构成了以语言为核心的戏剧要素关系；再加以适当的控制，共同建构出老舍所希望看到的“戏”来。在正笔—烘托、虚—实的映衬下构建出“空灵”的艺术境界，而观众则在人物、情节和审美中获得应有的教育。

第三节　以互文叙事看老舍文学世界的建构

巴尔特从共时性内涵上称“任何文本都是互文文本”，“互文文本是无名格式和无意识引语或自动引语的总场域”[①]，互文理论家们从文本接受的角度审视文本间性。事实上，许多文学创作者在创作过程中，也有意或无意间利用了某些叙事要素或表象或潜在粘连的关系，搭建起文本之间的互文性，进而构建出超越单一文本的叙事视野与叙事框架。我将之称为互文叙事。最典型的案例莫过于法国小说家奥诺雷·德·巴尔扎克的小说叙事。他一生创作了 91 部小说，塑造出 2472 个鲜活人物，合称《人间喜剧》。《人间喜剧》各文本之间的互文叙事构建出“一部法国‘社会’，特别是巴黎上流社会的无比精彩的现实主义历史”[②]。老舍的小说深切地关注他所经历着的历史，而历史的宏大性必然需要多文本间的互文共建。

《月牙儿》是老舍具有代表性的中篇小说，为读者和学者所喜爱，广受好评，在中国现代文学史上也占据着不可替代的

① 史忠义，户思社，叶舒宪 . 风格研究 文本理论 [M]. 开封：河南大学出版社 ,2009:302.

② 马克思恩格斯文集：第十卷 [M]. 北京：人民出版社 ,2009:570.

位置。而对于《阳光》，读者则很少关注。“设若没有《月牙儿》,《阳光》也许显着怪不错。”[①]作者如是说无疑略显尴尬，但也从另一个方面说明，对于《阳光》的评价深受《月牙儿》的影响。可以说，《月牙儿》的存在左右了对《阳光》的价值判断，两个文本关联的紧密性可见一斑。但从建构的角度来看，两部作品的关联性并不是单向的，而是彼此支撑了文本意义的呈现，即并非只是《月牙儿》对《阳光》构成价值确认的焦虑，相反，《阳光》的缺位反而影响到《月牙儿》表意系统的健全。从某种意义上说，《阳光》与《月牙儿》构成了相互补益的互文关系。老舍先生所揭示与表达的，只有在两篇小说的互文、互证式阐释下才能得到更全面完整的呈现。互文叙事是老舍小说世界建构、文学观念传达的一种方式，与后世西方作家刻意追求的基于互文理论而创作的具有解构特征的意识形态文本有较大的差异。

一、诗化叙事的意象互文

《月牙儿》《阳光》两篇小说超越和突破了老舍先前业已形成的幽默外衣，而是以局外人（第三人称）对世事嬉笑怒骂的叙事模式，构成别样的叙事形态。在老舍的小说作品中，以第一人称有限叙事进行诗化的艺术呈现为数极少。有人评价说：“老舍是一个出色的抒情诗人和心理学家。”[②]这两部作

① 胡絜青．老舍论创作[M]. 上海：上海文艺出版社,1980:37.

② 安基波夫斯基．老舍早期创作与中国社会[M]. 宋永毅，译．长沙：湖南文艺出版社,1987:163.

品是极典型的例证。诗化作为两部作品的重要特征，关键在于意象对艺术世界的建构。意象作为诗的关键要素，是营造诗歌意境的主要参与者。《月牙儿》《阳光》两部作品意境的形成，原因在于创作者充分利用“月牙儿”和“阳光”两个意象支撑起叙事基调、叙事逻辑及小说叙事的线索。显然，一“日”一“月”，“实际上是象征与暗指着中国传统哲学中最古老的‘阴’（月亮为象征物，指女性）与‘阳’（太阳为象征物，指男性）的观念，三千年的中国传统哲学中，‘阴阳交感’、‘男女构精’、‘一气流行，生生不息’的观念与原理，可说是一切哲学产生或派生的最基本的始点”[①]。从哲学的角度看，日、月和阴、阳，实际上就是一种互文的逻辑关系，即当对方不存在，则自身的存在及诠释可能也随之消失。

在《月牙儿》中，“月”这一意象的内涵是多层面的，成了作品诗化意境的主要依托[②]。作为一种自然物存在，“月”是构成主人公生活小环境的重要组成部分。实际上，作者全然淡化了对主人公生活环境中其他自然物的描写，而在“月”这一意象上着以浓墨，从而使得“月牙儿”从一般的物质环境转化、升华为精神环境的重要组成部分。作品叙事发端便在主人公对“月牙儿”这一物一景的回顾中追忆自己近二十年的生活。“我”与“月”在时间的流逝中达到相对的统一，“月牙儿”全然成为并无姓名的“我”的代名词。更进一层考察“我”与

① 宋永毅 . 老舍作品中性爱描写的主体探源 [J]. 天津师范大学学报 ,1988(2):63–67.

② 杨义 . 中国现代小说史 : 第 2 卷 [M]. 北京 : 人民文学出版社 ,1998:197.

“月”同一的原因可以发现，处于无所寄托的被忽视、被遗忘的心理生长环境下，“我”形成了一种自怜、自恋的心理机制。这种心理机制既外化为忧郁中痛苦的思索，同时又外化为一种依恋，即对于“月”（特别是“残月”）的关注，形成“以月自况”的心境。当孤单转变成有所着落时，“月牙儿”已经被视为另一种状态的“自我”而存在。在对“月牙儿”的关注中，客观上“我”也感受到一种被关注的满足。

在《阳光》中，“阳光”虽不像“月牙儿”那样频繁出现，但是，阳光下的灿烂却经常被诗性地描绘。“我”虽然没将阳光作为精神的寄托，但“阳光”在“我”心中的晴暗直接地表明“我”的处境。创作者在意象的象征手法使用上是相似的，“阳光”与“月牙儿”构成了意象上的呼应，但这种呼应并不意味着两个意象在作品中的表意功能具有一致性。如果说“月牙儿”意象在作品中是主人公的自况甚至符号的话，那么“阳光”意象虽与主人公有关联，却并非主人公形象的隐喻。在作品中，主人公虽然也自视为“小太阳”，但更多的时候她还是自比为“花”。其实，无论是“小太阳”或“花”，都只是“阳光”的“果”（是“阴”性的），而“阳光”真正的“因”指向的是“我”生活的依靠——婚前是父亲、兄弟，婚后是丈夫（是“阳”性的）。诚然，“花”是美的，但只有在“阳光”的照耀下“花”才能显其灿烂。因此，“花”“小太阳”等意象与“月牙儿”构成了一种互文的关系。从“月”这个意象上，我们可以更深刻地领会作为“阳光”结果的客体性和被动性。《月牙儿》也让我们更深刻地理解了，纵然是“花”和“小太阳”，也都无法回避作为社会结构中客体存在的事实。它们与“阳光”共同构成了从属关系。表面灿烂的“花”（或“小太阳”）本质上与“月牙儿”一样，只有在太阳的照耀下才能获得自己的存在。从这个意义上说，“阳光”意象是对“月牙儿”意象的进一步阐释，而“月牙儿”意象则是对“阳光”意象的有力证明。因此，两部作品的意象作为标题是互文见义的。

正如上文所说，在这两篇小说中，“月牙儿”和“阳光”两种意象的象征意是多层面的。除了上述主旨性表意外，两种意象也分别投射出两位主人公的价值取向：“月牙儿”象征着“纯洁”，“阳光”象征着“满足”。在作品中，当“我”被校长的侄子迷惑并失去自视珍贵的纯洁时，“我”说：“我失去那个月牙儿，也失去了自己，我和妈妈一样了！”这便是“月牙儿”作为“纯洁”表意功能的明证。当主人公生活丰裕并为之陶醉的时候，我们可以看到她的语言中所流露的相应的满足感：“我是一座春山，丈夫是阳光，射到山坡上，我腮上的桃花向阳光发笑，那些阳光是我一个人的。”①“纯洁”与“满足”两种取向虽被置于作品之中，却并不能单独地表意。《月牙儿》的主人公对于“纯洁”（客观上更是一种主体独立性的彰显）的追求无法摆脱物质基本“满足”的生存前提，《阳光》的主人公则以妥协、无奈让渡“自我”，从而获取物质上的“满足”感，但终究无法回避内心对于“自我”需要的“争取”。读者只有在对“纯洁”的取向有充分认识的时候才能理解“满足”

① 老舍 . 樱海集 [M] // 老舍全集 : 第 7 卷 小说 . 北京 : 人民文学出版社 ,2013:298.

的必要性；反之，只有明了“满足”的有限性才能确认“纯洁”的不可或缺。从这个意义上说，“纯洁”与“满足”也是具有互文性的，二者互为因果，缺谁都会丧失完整性。

二、性别叙事的类型互文

自“五四”之后，中国现代文坛整个都继承着思考人生、反映社会的文学母题。谭正璧说，鲁迅的小说“始于《呐喊》而终于《彷徨》”，“许钦文、王鲁彦、老舍、芳草等和他是一派”[①]。毫无疑问，老舍作品对于社会、人生的反思也是深刻的，因此，《月牙儿》这样的作品很容易被我们定义为底层人生挣扎的文本。但是，当我们将《阳光》拿来与之对读，便立刻意识到它们有更为明显的性别文本（当然，是男性作家代言体的性别文本）特征。在同一时代，两个处于截然不同的生活境遇中的女性，却得到了某种相同的命运。《月牙儿》中的“我”无法依靠自己的能力在世上存活，《阳光》中的主人公无法找到真正的自己和真正的生活，直至生活落魄。追究她们命运相似性的原因，即她们的共同性，不外乎以下三个方面：一是相同的社会大环境，二是她们个性中有相似之处，三是也即最重要的相同处在于她们同为女性。这看似独立的三个方面，却客观地构成了一个关乎女性命运的逻辑结构。

从大的社会环境看，两位女主人公所处的封建社会的国家机器土崩瓦解，而封建的社会关系、思想意识虽处于瓦解前夕，但在一般老百姓中仍有决定性影响。所以，从精神环境来说，

---

①钱理群，王得后．鲁迅散文全编[M]. 杭州：浙江文艺出版社，1991:302.

她们依然处于比较“完整”的封建意识形态之中，男性在社会及家庭中的统治地位仍然十分坚固。虽然社会已处在所谓“男女平权”的民国，但女性于社会而言依然是客体性存在。两篇小说以大量的细节揭示了这个不可回避的事实。《月牙儿》中的“我”自述童年变化源自父亲的病与死，新的平静因为“新爸”的出现，再度失衡则因“新爸忽然走了”[①]。父亲在社会生活中的主体性、决定性不言自明。《阳光》中的“我”看似非常幸福、坚强，但是当“我”试图按自己的意志去描绘将来时，却发现原来“家中的人也很强硬呀……他们的态度使我怀疑我的身分了”[②]。当她选择与丈夫离婚时，一切的地位、富贵和荣耀都离她而去，甚至“母家与我断绝了关系”[③]。社会大环境对两个人物的规约不可见，却又无法挣脱。异质的生活境遇，互文地显示出时代大环境下女性“性别”的属性，潜藏着不可抗拒的人生悲剧。

实际上，女性的性别悲剧更多时候都是以一种潜在的方式存在于以男性为中心的社会结构之中。无数女性在“父权”“夫权”下承受生活甚或生命的悲剧，并在社会伦理秩序的调节与历史叙事的忽略下化为尘埃而无人知。正如马克思所说：“为了有可能压迫一个阶级，就必须保证这个阶级至少有能够勉强

① 老舍．樱海集[M]//老舍全集：第7卷 小说．北京：人民文学出版社,2013:259.

② 老舍．樱海集[M]//老舍全集：第7卷 小说．北京：人民文学出版社,2013:295.

③ 老舍．樱海集[M]//老舍全集：第7卷 小说．北京：人民文学出版社,2013:307.

维持它的奴隶般的生存的条件。”[①] 即女性依照传统伦理秩序要求生活，甘愿为奴隶，在社会没有冲突时，女性或可谋得生存。悲剧性之所以在两位主人公身上凸显，就在于她们身上有令人无法忽视的另类特征。这里所谓的“另类”，是指她们对于自己所处时代及所在性别集体的超越。两位主人公自己也意识到，她们在自述当中有近乎一致的表述——自己比她们“精明”[②]。“超越”体现在她们的思辨性上——对于既有的社会伦理秩序和人生法则，敢于质疑，敢于否定；“超越”又体现在她们的行动力上——她们都基于自己对人生的判断而大胆地努力与选择。敢想尚不足以威胁既有的秩序，行动才是她们动摇社会“平衡”的关键。当现行的社会秩序受到威胁与挑战时，挑战者自然会受到卫道士及其盲从者的仇视。挑战并不会发生在当时社会女性群体的主体中，主体的匍匐方凸显出两个人物的异质特征。从另一个角度说，如果“月牙儿”安于现状，不去寻求所谓依靠自己的能力吃饭，或许她大可不必走进牢狱；“阳光”如果能按照富家小姐的样子去看待生活，不去追求什么真爱、自由，她必定能够生活富足，有大量的荣誉。但是她们都自发地、模糊地意识到自我的存在。如果鲁迅笔下“祥林嫂”的时代意义在于她询问“魂灵的有无”背后有潜在的怀疑，即对社会观念、价值、结构等体系的怀疑，那么老舍笔下塑造的两位女性则是对城市“祥林嫂”形象的弥补。祥林嫂、月牙儿、阳

① 马克思恩格斯文集：第二卷 [M]. 北京：人民出版社，2009:263.

② 老舍 . 樱海集 [M] // 老舍全集：第 7 卷 小说 . 北京：人民文学出版社，2013:271.

光一道表明了旧的伦理秩序、社会秩序在松动和瓦解，这无疑是两位主人公的共性所在。

然而两位女性的性别叙事却着眼于相异之处。《月牙儿》的主人公追求经济上的独立，并以此作为实现自我独立的可能;《阳光》中的“我”并不强调物质上的独立，相反在这方面“我”更多地选择了“妥协”。但在精神自我发现之后，她又不惜冒着丧失物质保障之险来博取实现自我的可能性。这样的差别与两位主人公所处的社会阶层和生活境遇有关。温饱尚未解决，“形而下”的经济独立自然成为人生的大前提。衣食无忧带来的对物质的迷恋及妥协也就顺理成章了，只有“形而上”的精神追求才可能超越它。两个不同社会阶层的女性的命运形成了互文关系，如此，整个社会方能意识到老舍所揭示的旧思想、旧文化观念中“性别”问题的不可回避——它并不只存在于底层社会女性身上，它还存在于整个女性群体之中。她们从不同角度共同对旧的社会价值体系、生存观念投出怀疑的目光，并作出抗争的努力。

三、互文叙事中的女性建构

当然，两位女性无法证明、代表整个女性群体。两部小说围绕主人公的生活，构建起整个女性世界的生活样态。小说采用了自述方式，构建了两个世界——“我的世界”与“非我的世界”。“我的世界”就是作品通过主人公之口所展示的、以主人公为中心的，包括思想、情感在内的世界。在“我的世界”，我的思想中有“向上的追求”和“向下的堕落”两种力量。“非我的世界”是在“我”之外的行为主体及他们的思想和情感。在“非我的世界”，又可以分出“同我者”与“异我者”。“非我的世界”是“我”生活的具体环境。在两类人中，“异我者”是最主要的压迫者，“同我者”则是社会地位、生活遭遇的相似者。

所谓“反抗者”的反抗也因此可以归纳为两个世界的三组“对抗”。第一组是比较直接的，即“我”与“异我者”之间的较量。简单地说就是压迫者与被压迫者的较量。作为缺乏基本生存和独立能力的女性,必须反抗造成这种社会状况的秩序。毫无疑问，两部小说的主人公都试图摆脱命运的安排，为此也作出了各种努力。在饥饿面前，“我”（《月牙儿》）努力读书，学技能，帮别人打毛线，以求得独立的生活机会；“我”还到饭馆做“女跑堂”以求生计……。她的所有努力只是为了不再做一个依附者，虽然她始终无法真正地独立。沦为妓女，她坚强地生活；进入感化院，她宣泄对统治者的恨。女性在这个社会中是弱者，而《阳光》中的“我”却要做具有自主能力的社会角色。面对女性从属于男性的现实，她却要让男性在自己的意志中存在。父母给她议婚，她却要自己去寻求希望的伴侣；丈夫对她似宾客，她于丈夫而言像玩偶，于是她自己去找寻真爱；丈夫软禁她，使她无法正常生活，她就冒天下之大不韪，与丈夫离婚。她们所有的抗争，并不单针对那些具体的压迫者，更针对以男性为中心的社会结构。

第二组是“我”与“同我者”之间的对抗。“同我者”是与“我”有相同社会地位、相似生活遭遇的女性群体。由于这种相似性，她们的生活方式对两位主人公形成了一种无形的示范。但两位女主人公都受到了一定的现代文明教育，隐约地意识到自己不能像“同我者”那样活着。为了逃避“同我者”的命运，她们作出了抗争。在《月牙儿》中，母亲、“磁人儿”、“第一号”都是受尽苦难的悲惨女性，她们对于“我”的生活有着重要影响，而“我”则努力地摆脱她们的影响。母亲在丈夫去世之后，为了生存，为了“我”能有饭吃，作出了各种可能的努力。当物品、洗臭袜子、改嫁，最终沦为暗娼。“我”与母亲的生存环境是十分相似的，“我”也意识到自己与这一职业（暗娼）之间存在着某种必然的联系。虽然如此，“我”仍然试图以自己的能力来养活自己。“磁人儿”与校长的侄子是“由恋爱而结的婚”，她寄希望于一个男人，却没有任何独立生活的能力。当他“一去不回头”[①]时，她仍未能醒悟。“月牙儿”意识到，男人是靠不住的，她不再幻想以嫁人来换得自己的生活。“第一号”以自己“出道”较早的资历教导“月牙儿”，如何从事她们那项职业。“我”虽然知道“为躲它，就更走近了它”[②]，但是“我”毅然决然地拒绝了“第一号”的指导，冒着挨饿的危险辞职回家。“阳光”周围的同龄人大部分是富家子弟（这里主要是女子），她们处于安乐之中。“阳光”与她们有相似的生活环境，却有不一样的生活，因为她努力地创造着自己的

① 老舍．樱海集[M]//老舍全集：第7卷 小说．北京：人民文学出版社,2013:272.

② 老舍．樱海集[M]//老舍全集：第7卷 小说．北京：人民文学出版社,2013:271.

生活，拒绝她们的示范。她们毫无主见，而“我”却是她们的“头目”；她们在恋爱中被动得不知所措，“我”却把男子当成玩弄的对象；她们安心地依照“父母之命”嫁给富家子弟，“我”却要有自己的行动；她们安心嫁人为妻，而“我”却要寻找真爱……。可以说，拒绝“同我者”的示范，“月牙儿”和“阳光”都是很坚决的。但是，她们的抗争并不意味着胜利；相反，她们虽努力却一步步走向失败。“月牙儿”对母亲的处境逐渐同情，实质上表明了“我”对于母亲选择的认同。“阳光”竭力地抗拒“同我者”的示范，但最终她的选择却逐渐与“同我者”合流。

第三组是主人公自身“向上”同“向下”两种倾向的对抗。所谓“向上”，就是指两位主人公在模糊的自我意识的指引下，力图寻求独立的自我存在的愿望；而所谓“向下”，则是指在“异我者”的压迫与“同我者”的示范下，“我们”逐步向外在压力妥协或者与“同我者”合流。因为作品采用了第一人称的叙事模式，所以两部作品绝大部分篇幅都集中于主人公内心动向的传达。所有与“异我者”“同我者”的抗争，都具化为主人公内心的斗争。几千年形成的社会结构、道德体系、伦理关系要在两位女子身上实现突破，这对两位主人公而言是“生命无法承受之重”。因此，在“向上”与“向下”的抗争中，她们一步步走向失败。在与“异我者”的斗争中，“月牙儿”终究没能以自己的能力、正当的工作养活自己，她在斗争中逐步意识到“若真挣不上饭吃，女人得承认自己是女人，得卖肉”[①]；“阳光”在向父母争取婚姻自主、与夫家争取真爱的努力中逐渐被胁迫，在权衡利害中慢慢向他们妥协。

显然，两部作品中主人公的斗争都以失败而告终，但在互文中构建的性别叙事的“失败”，却标志着她们努力的存在价值。老舍以此传达出对女性不平等社会地位和不幸遭遇的抗议。更重要的是，老舍意识到这一社会问题绝非一个“抗议”便能解决。作者以她们的“失败”警示全社会，告诉读者，女性求得社会平等是一个艰难而复杂的社会发展进程；“失败”也让读者在浓厚的悲剧氛围中产生强烈的心灵震撼，并在这震撼中陷入反思，使社会获得一点儿进步的机会。

四、互文中彰显女性的困境

在两部作品中，环境相异的两位主人公的人生际遇都以挫败而告终。《月牙儿》中的“我”为生存而努力，《阳光》中的“我”为相对的自由、自主而抗争。在对读中读者不难发现，当她们的实践带来生活的巨大挫折时，她们所面临的根本问题是一致的——在以男性为中心的社会中，女性无法摆脱“食”、“色”与“自主”的关系。告子说：“食色，性也。”“食”是人类生存的最基本的问题。人类的发展史实际上就是一部人类（其中的绝大多数）为生存而奔波的历史。社会发展到今天，人类所拥有的物质财富已经极大丰富，但是依然有数以亿计的人被衣食所困；“色”，即是性，是人类繁衍的最基本的问题，

① 老舍．樱海集 [M] // 老舍全集：第 7 卷　小说．北京：人民文学出版社，2013:271.

是人类发展的基础。面对“食”“色”这个普遍性问题，不同时代的人（这里指的是整个人类）却有着共同的努力，即都在竭力探求着“平等”与“自主”，寻求相对独立、自在的生活。它也就是人性中另一个根本且重要的方面——社会性、超动物性存在的表现。虽然“平等”与“自主”在不同时期有着不同的标准，但作为一个总的方向，人类确实取得了长足的进步。从这个意义上说，人类的发展史又是一部寻求“平等”与“自主”的历史，而这在女性性别发展史中表现得尤为曲折与悲惨。

“食”与“色”是两部作品中两位女性所面临的两个重要而现实的问题。两个物质性的因素从根本上决定了两位女性的命运，而“平等”与“自主”是两位主人公特有的精神基础与追求。当精神性因素与物质性因素（即现实）产生严重冲突时，主人公内心便形成了巨大的张力。在现实与精神的斗争和选择中，作者充分表明了自己对于人性问题的深刻反思。在知识界高喊“平等”“自由”，追求“个性解放”的十几年后，老舍却用冷静的思考，将视野投向一般的生活者，追问与发现人类走向现代的最根本问题及他们与目标的距离。作为一个知识分子，而且又是在比较长的时间里广泛接触西方文明的人，面对国内外截然不同的社会环境，对于“平等”、“自由”和“个性解放”，老舍自然有着自己的判断。在作品中，主人公有超越现实的要求，但又不能不面对现实。残酷的现实不但让她们的理想不能实现，而且还让她们因为拥有这种理想而受到惩罚。在这样的现实中，无论是所谓“真爱”的“性”，还是“平等”

与“自由”，都不再是努力追求的精神价值，而是真真切切被利用的东西。

（一）人对“性”的利用

几千年来，为生计所迫，无数女性从事了一项最古老的、“最原始的职业”——娼妓。于她们而言，“性”只是谋生的手段。她们只有忘却尊严、廉耻，才能换得物质上的存在。作者站在一般生存者的角度去考察这一极为现实的问题。《月牙儿》中的母亲为了不再受饥寒之苦，不再去洗臭袜子，沦为了暗娼。女儿在潜意识中早就意识到她与这个职业之间有着某种联系，她躲之避之，然而，“黑影又向我迈了一步”[①]。最终，她放弃了自己，也成为一名暗娼，靠出卖肉体求得生存。母亲的生活理想、价值观念无法被当时的社会容纳，其非奴隶活着的理想也必定不可实现。《阳光》中的“我”受到了比较多的现代教育（包括“我”在电影中产生的觉悟）。“我”在认识上有了自由恋爱的理论尺度，但“我”追求真爱的努力却总是节节败退，最终嫁给了“杨四郎”。因为“我”不愿也不能放弃优越的生活条件，这就决定了“我”必须抛弃“爱情”。女性因为生存而利用了“性”，现代的“自由”又让男性从另一个层面上利用“性”。在《月牙儿》中，女校长的侄子与“磁人”，“是由恋爱而结的婚，她似乎还很爱他”[②]。他诱惑“我”，

① 老舍 . 樱海集 [M] // 老舍全集 : 第 7 卷 小说 . 北京 : 人民文学出版社 ,2013:271.

② 老舍 . 樱海集 [M] // 老舍全集 : 第 7 卷 小说 . 北京 : 人民文学出版社 ,2013:272.

成为他的情妇，可“我”所幻想的是真正的爱情。《阳光》之中，“贵人”正是利用主人公对真爱的追求而玩弄她。显然，男人利用女性幻想、追求爱情的心理，欺骗了女性的情感。

（二）人对“平等”“自由”的利用

鲁迅说：“自由固不是钱所能买到的，但能够为钱而卖掉。”[①] 在生存面临危机的时候，“真爱”、“平等”和“自由”都可以待价而沽。“磁人”在他“一去不回头”之后，向“我”诉苦。作者利用主人公之口说出这样一段话：“我真要笑了！我有自由，笑话！她有饭吃，我有自由；她没有自由，我没饭吃，我俩都是女子。”[②] 因为“饭”，“磁人儿”作为女子放弃了自由。“我”似乎拥有“自由”，然而没有“饭”，“自由”也就丧失了实在的意义。在现实的压力下，“我”不得不将自己所有独立的、自尊的理想抛弃，或者说出卖，从而换得“饭”。《阳光》的主人公试图对婚事作出自己的努力，虽然她“不能忍受”父母的包办，认为“自己是个人”，但她最终仍旧屈服于“父母之命”，这是因为她意识到，较之于丧失自己，丧失优越的生活条件更可怕。因为权力的不平等，几千年的文明史就是女性含泪隐忍、委曲求全，放弃“自主”以求得生存的历史。

老舍站在社会底层人的角度向读者表明这样一个事实：

---

① 鲁迅．娜拉走后怎样 [M]. // 鲁迅全集：第 1 卷．北京：人民文学出版社 ,2005:168.

② 老舍．樱海集 [M] // 老舍全集：第 7 卷　小说．北京：人民文学出版社 ,2013:272.

“生存”对女性来讲是第一位的。当“吃饭”问题不能得到真正解决时，“爱情”“平等”“自由”只是空谈，只能成为被利用的对象。

《月牙儿》与《阳光》两部作品实际上是老舍对“性别”这一社会问题的系列思考，它们各有侧重。只有以互文的方式来对比阅读，我们才能确认作品“性别文本”的特征。当然，作品都是复杂的存在，所以文学的表达才会呈现出丰富性。当我们对老舍的不同作品进行互文阅读时，便会产生不同的阅读体验。比如，将《月牙儿》与《骆驼祥子》进行互文分析，你会发现《月牙儿》是一个底层人无论怎么努力都无法实现人生奋斗目标的样本，而这与性别没有太大关系。祥子的命运证明了，底层人的人生无法通过“个人”努力而实现。如果将《月牙儿》与《微神》进行互文分析，你会发现小说主人公就是创作者对于出卖身体者内心“纯洁”最好的证明。显然，老舍的艺术创作并不是独立进行的，不同作品之间的互文关系共同建构了老舍的艺术世界。在这个世界里，有一群被作者深切同情的人们，他们就生活在作者的身边。

第二章 人与事

艾兹立·庞德在《严肃的艺术家》中说："大致说来，写得好就是控制得恰到好处。"也就是说，作家要传达出自己的观念，就必须对作品故事进行有效的控制。作家对故事的控制主要从两个方面加以实现：一是故事的建构，即如何组织故事，这是在观念的故事化过程中进行的。其二是故事的叙述，即如何讲述故事，而这则是在故事的文本化过程中实现的。人物与事件是叙事建构的两大要素，老舍的作品很注重这两者的协调与控制。在《老牛破车》中，他说："小说中的人与事是相互为用的。人物领导着事实前进是偏重人格与心理的描写，事实操纵着人物是注重故事的惊奇与趣味。因灵感而设计，重人或重事，必先决定，以免忽此忽彼。"人物与事件之外，还有联系人物与事件的重要元素——情境。情境设置的好坏直接关系到故事中人与事的融合。

第一节　人物策略

我们现在都强调“文学是人学”，认定在文学作品中，特别是在叙事性作品中，人物的重要性不言自明。但亚里士多德在《诗学》中认为，悲剧模仿“行动”而非“品质”；俄国结构主义也只将人物视作“叙事结构的一个副产品”，在叙事中只发挥“功能性”作用[①]。所以，批评家普洛普将作品人物依据其行动或行为功能抽象出模式并加以分类。当然也有贺拉斯、黑格尔和马克思等组成的另一派，强调人物自身的重要性，主张对人物“逼真”地塑造。中国的小说源于“小道”，也就是出于“街谈巷议”和“道听途说”，这种民间属性决定它必然重视故事。虽然在故事的叙述中，也勾画出很多优秀甚至“逼真”的人物，但这一传统到五四时期才真正发生改变。

老舍说：“假若一本小说或戏剧里的文字很美，事情也好，可是没有人物，就很难成为一本好小说或好戏剧。”[②]这显示出老舍虽然写大众，文笔通俗，但其追求与过往的通俗作家是两样的，即通俗作品重在讲好故事，而现代严肃文学更强调人

---

① 申丹．叙述学与小说文体学研究[M]．北京：北京大学出版社，2004:55.

② 老舍．和工人同志们谈写作[M]//老舍全集：第16卷　小说．北京：人民文学出版社，2013:252.

的重要性。即便有好的故事、语言等其他要素，但若没有成功的人物，作品就丧失了灵魂。“事情差一些，而人站得起来，仍是好作品。人第一。”[①] 老舍所说的“第一”，强调的是评价的尺度。所以，这也是他衡量自己作品的依据，他对人物的重视由此可见一斑。但人物的塑造何为成功呢？老舍认为“故事不怕短，人物可必须立得起来”[②]。“立”是一个比较抽象的概念，却包含着对人物极高的要求。现代作品中的人物不再只是事件的执行者、情节的贯穿者，他或她需要有足够丰富的自我形象与精神层次，需要有外在的顺畅与内在的合理。故事要由人物来主导，而不是人物任故事驱使，成为情节的奴隶。但要让人物“立”起来本身要具备宏观与细节都能通盘驾驭的智慧与能力，因此，老舍不只强调人物在艺术创作中的重要性，还强调对故事中的人物要做故事内外的“全面了解”，要“批八字”，要“看家谱”。只有认识了生活、认识了人，人物才能“立得起来”。

上述针对的是人物塑造问题，而对于作品叙事的进展，关键则在于人物的“使用”，即如何选择和安排人物。

一、选人策略

老舍说“人是故事的主人”，那么人物就成为老舍作品里

---

① 老舍 . 本固枝荣 [M] // 老舍全集：第 18 卷 文论工作报告译文 . 北京 : 人民文学出版社 ,2013:186.

② 老舍 . 人物不打折扣 [M] // 老舍全集 : 第 16 卷 文论 . 北京 : 人民文学出版社 ,2013:521.

最关键的要素。旧时“评书”称之为“书胆”。“主人”也好，“书胆”也罢，重在能够支撑起整个作品。当然，在具体的作品中，有的人物是有“书胆”功能的，比如作品的主人公；但也有人物实际上只是主要人物的环境。老舍在这两类人物的选择上各有策略。

老舍创作的作品，其源起不同，人物的生成也不一样。在《我怎么写〈离婚〉》中，老舍专门提到：

> 也许这是个常有的经验吧：一个写家把他久想写的文章搁在心里，搁着，甚至于搁一辈子，而他所写出的那些倒是偶然想到的。有好几个故事在我心里已存放了六七年，而始终没能写出来；我一点也不晓得它们有没有能够出世的那一天。反之，我临时想到的倒多半在白纸上落了黑字。在写《离婚》以前，心中并没有过任何可以发展到这样一个故事的“心核”，它几乎是忽然来到而马上成了个“样儿”的。[①]

从这段记述中，我们大概可以理出老舍作品的两大来源，其中之一便是“久想写”的酝酿时间长的作品。这种作品往往有故事、有人物，比如《骆驼祥子》《茶馆》等。老舍的相关创作回忆表明，它们绝不是一时的兴起，而是“翻过来掉过去

① 老舍．我怎样写《离婚》[M]∥老舍全集：第16卷 文论．北京：人民文学出版社，2013:188.

的调动”，最终“人也熟了，事也熟了”。[①]所以，这种作品的人物往往是先有故事，比如几个都跟拉车相关的故事，然后设法塑造一个契合故事的人，再由这个人去丰富他的生活、遭遇和情感。《茶馆》也是先因这么个极具旧社会文化社交场特征的场所让作家难忘，尔后才有王利发等人物的入场。实际上，除了故事，有时也是源自作者对社会生活的某种发现。比如老舍在回忆创作《赵子曰》时，想到了“五四”，他说：“于是我在解放与自由的声浪中，在严重而混乱的场面中，找到了笑料，看出了缝子。”[②]所谓的“缝子”就是切入点，就是审视的角度。因为这种既有的判断，然后就将人物——赵子曰——拉了进来。因为老舍没有大学的生活经验，所以赵子曰的校外生活显得更为真切。《猫城记》的创作缘由也是“由愤恨而失望。失望之后，这样的人想规劝”[③]而来。

《二马》的起点也是文化批判的视角，只是这个老马是作家所熟识的。所以，这可以说是因为事而需要人物，也可以说是因为人物而想起事。《离婚》就是因人而设事的。老舍说创作之前是没有“故事的‘心核’”的，但看似仓促动笔却并非没有来由。这来由就是人物，作家熟悉的人物——张大哥。因为熟悉人物，作者便可以把与这人物相统一的事提出来。当

---

① 老舍．我怎样写短篇小说[M]//老舍全集：第16卷 文论．北京：人民文学出版社，2013:196.

② 老舍．我怎样写《赵子曰》[M]//老舍全集：第16卷 文论．北京：人民文学出版社，2013:167-168.

③ 老舍．我怎样写《猫城记》[M]//老舍全集：第16卷 文论．北京：人民文学出版社，2013:185.

然，光有张大哥是不够的，更需要老李来提升。就像《二马》只有马则仁不能成为作品，需要小马来解构一样。回头看，老舍第一部长篇《老张的哲学》应该也是他自己在教育界混迹多年，身边许多拿教育当生意的人物让他难忘而起笔完成的吧。当然，无论人物原型来自哪里，作家都不可能忽略对人物自身的塑造，哪怕他们其实可能只是作家的某种符号："我不能完全忽略了他们的个性。"[①] 只有做到人物自身的丰满才有作家所说的"立"。

主要人物对作品固然重要，但次要人物对作品的影响亦很深远。在《我怎样写〈离婚〉》一文中，老舍道出了他在《离婚》中的人物策略。他说："《离婚》在决定人物时已打好主意：闹离婚的人才有资格入选。""这回我下了决心要把人物都拴在一个木桩上。"[②] 在《离婚》之前，老舍已经创作了 5 部长篇，应该说都获得了不错的文坛影响，特别是他口语化的文风、幽默的笔调，使他成为独树一帜的作家。当然，对其幽默和结构的批评也随之出现。比如，旁枝溢出，或散漫无归。老舍的决心来自他对既有作品的审视与反思，他应该也清楚批评的合理性与问题的症结所在。所以，他要给人物以约束，对情节加以控制。以"桩"为基点，人物的选择便有了依据。

在这样一种选人机制下，《离婚》差不多就是以衙门为中

① 老舍．我怎样写《二马》[M] // 老舍全集：第 16 卷 文论．北京：人民文学出版社，2013:172.

② 老舍．我怎样写《离婚》[M] // 老舍全集：第 16 卷 文论．北京：人民文学出版社，2013:189.

心，以“离婚”为标准的一个小的系统。这个系统中有张大哥这样反对离婚的统治者，也有试图离婚的老李，其他科员也多少有些婚姻上的麻烦。就连有些不入圈的丁二爷也一遍又一遍地讲述着他婚姻的不幸。选人上同样也有“拴桩”特色的《骆驼祥子》，则是以祥子为中心、以“车”为标准的一个系统。在故事中出现的人物，或者是车行里的刘四、虎妞，或者是拉车的老马、小马、二强子等，或者是用车的曹先生一家、夏太太等，还有抢车的孙侦探（或称孙排长），都是这个系统中的成员。通过“拴桩”策略，作家可以稳妥地将人物纳入一个相对集中的主题。人虽然有着各样的特色，但都是对主题的一种演绎，故事也就显得集中、稳妥。而长篇巨著《四世同堂》因为规模宏大，这就决定了如果不略加收束，它很可能会散漫无据。近百万字的篇幅，并且历经多年的延宕，它终究能保持结构的严谨，所得益的还是作家的控制。以“小羊圈”胡同为基点，以战争为依据，作者将相关人物全部收纳进来。无论是面对战争时的无知者、犹豫彷徨者、积极抗战者，或者是投敌卖国者，都被安排在了与战争相关的情节里，不枝蔓，不溢出。《离婚》《骆驼祥子》《四世同堂》在艺术结构上都显示出相当的成熟与圆润，是不可多得的优秀长篇，为作家本人和读者所喜爱。

“拴桩”策略是为了确保作品的集中，而这作为标准的“桩”，即是一种关切。以此为准，就使得它成了作品人物的共同“焦虑”。老舍说，他之所以要在选择人物时以一个标准为桩“拴”牢靠，是因为“一向我写东西总是冒险式的，随写随着发现新事实；即使有时候有个中心思想，也往往因人物或事实的趣味而唱荒了腔”①。其实，这绝不只是老舍自己的问题，中国传统小说特别是清末民初的小说，在人物使用上往往都是肆无忌惮、不加收敛的。如《儒林外史》的人物，真是你方唱罢我登场，没有节制，从而使得作品在结构上相当松散。结构的松散会使作品的焦点不集中，客观上造成中心人物不能突显，而被“否定”的人物反而被“强化”。老舍创作初期的一些小说，如《老张的哲学》《赵子曰》之所以有这样结构上的问题，自然也与传统小说对他的影响有关系[1]。另一方面，这也与老舍大量阅读西方文学后的个人趣味和喜好有关。在《写与读》一文中，老舍说：“我最心爱的作品，未必是我能仿造的。我喜欢威尔斯与赫胥黎的科学的罗曼司，和康拉德的海上的冒险，但是我学不来。”②老舍用以证明自己“学不来”的依据估计就是他初期作品中所模仿的一些手段的效果吧。《小坡的生日》的写作动因也与康拉德的小说有关，作品后半段——小坡的梦境应该就是他学的“冒险”吧。没有相对的焦点，没有“桩”，无论是人物的选择还是情节的发展，在作品中都丧失了收束的依据，最终失之散漫也就在情理之中了。

---

①老舍．我怎样写《离婚》[M]//老舍全集：第16卷　文论．北京：人民文学出版社，2013:189.

②老舍．写与读[M]//老舍全集：第17卷　文论．北京：人民文学出版社，2013:462–463.

二、人物结构策略

当作品有了选择人物的尺度后，各色人物就相应而来。如何排布好人物，使之承担必要的叙事功能或完成自身的发展，这是作家需要根据自己对人物和故事的想象细加权衡、认真设计的。

在老舍的作品里，我们发现人物的设置有其独特之处。主人公以单列和对举两种形态为主，即一个主要人物和两个主要人物。无论单列或对举，主人公总是孤独的、焦虑的；也可以说，焦虑是作家选择主人公的关键依据。早期的《老张的哲学》《赵子曰》，后来的《骆驼祥子》《月牙儿》《断魂枪》等，都是单主人公小说。老舍早期作品中的人物混迹于社会，以自认为“高明”的方式制造着属于这个民族的笑话：或进入骨髓化为哲学的阶段，或被人提点后幡然醒悟。他们特别，但他们身上有大多数人身上都有的问题——民族文化的问题，这是老舍这类作品的焦虑所在。所以，主人公必然也只能是成年的老张与可能成为老张的赵子曰。老舍后来的小说人物则都在自己的世界里，但不能被这个世道所容纳，最终只有“毁灭”。这是一个民族的希望，然而，希望在这个世道里又有几分希望？所以老舍焦虑。于是，这类作品的主人公就是想拉自己车的祥子、想有尊严地活着的“我”（《月牙儿》），当然还有早就看透一切的沙子龙。

对举式的人物常常是一主一辅，相映成趣。比如《二马》里，老马与小马是对应存在的。虽然作家试图突出小马对老马（代表“旧文化”）的叛逆，但作品的主人公仍然是鲜活的。

当老旧的中国在世界民族之林中呈现溃不成军的败象的时候，老舍不能不把这种大家还没有意识到的、存在各种问题的文化展示在大家面前。当然，是将它送到当时强盛的英国，在异域文化的比较中呈现。由此也可以感受到作家内心强烈的民族焦虑。《离婚》中的老李与张大哥也是对举而存在的：一个追寻自由，但又没有决断的勇气；一个办事圆通，为人乐善，但反对“离婚”。他们是新旧文化在成年人的日常生活与婚姻生活中的别样呈现。还有《黑白李》与《铁牛和病鸭》，都是极清楚地由两个不同的人代表两个不同的意思。当然，这两部作品的内在是不同的。在《离婚》等作品与《铁牛和病鸭》里，作家还存着褒贬。在《黑白李》中，兄弟两个，一个追求阶级的集体正义，一个践行道德的善良，对应而存在。这部作品两个主人公所追求的一“新”一“旧”，作家都不想放弃，客观上也构成了作家的焦虑。

除了单列与对举，还有一种是多人物的作品，最常见的是一家多兄弟。这个多，有时也可能是两个，与上文的对举有相似之处。“兄弟”在老舍的作品里经常出现，我就单独拿出来论述。

家庭是中国传统社会的基本单元，个人从属于家庭。个人对家庭负责、家庭向社会负责的结构模式使得中国人的家庭观念往往重于个人观念，也重于国家观念。老舍看到了这一点，所以他的作品中的观照对象常常以家庭为主。但是，他将家庭的社会细胞的位置稍稍转移到了个人身上，而这一点主要通过家庭成员中的年轻一代——兄弟们——在作品中所承担的角色差异来实现。这种策略的真正使用应该是从上文提到的《黑白李》开始的，之后又在《残雾》《国家至上》《大地龙蛇》《秦氏三兄弟》等话剧中普遍使用。而在他的长篇巨著《四世同堂》中，祁家孙辈三兄弟所选的不同道路更是故事讲述的主要对象。

从自然物种的角度看，“兄弟”意味着一种同缘血亲关系；从遗传生物的角度看，“兄弟”则具有更多一致的基因；从中国传统伦理的角度说，“兄弟”则强调彼此支持、协助的责任。而在文学作品中，老舍给“兄弟”赋予了另一层意义。“兄弟”乃至“家庭”在他这里是一种隐喻，是构成“焦虑”复杂性的各个指代符号。《黑白李》中的“兄弟”，如上文所说，代表的是两种人的社会价值取向。在《新时代的旧悲剧》中，老舍自己说：“陈老先生代表过去，廉伯代表七成旧三成新，廉仲代表半旧半新，龙云代表新时代。”[①] 应该说是角色分明。《大地龙蛇》中的“兄弟”代表的是促进社会发展的各种力量。《秦氏三兄弟》更是以“兄弟”为名，代表的是清末社会变革态势下不同社会成员的路径选择：或读书救世，或实业救国，或依然沉溺于个人的小圈子。《四世同堂》中的祁家三兄弟则代表着当国家面临外敌入侵时，民族成员的不同选择：有的如瑞宣那样在家庭与国家的责任间痛苦、彷徨，有的如瑞全那样勇敢地走出投入抗战，也有的如瑞丰那样因贪利怕死而成为民族的“败类”。也就是说，“兄弟”在这里不再只是局限于某个家庭成员，而是整个民族某种成员的代表。他们也

① 老舍．我怎样写短篇小说[M]//老舍全集：第16卷 文论．北京：人民文学出版社，2013:196.

有着“兄弟”自然的、遗传的、伦理的特征，然而作家更强调他们之间的差异，因为只有这样，才能显示出民族的未来是在不同的选择中形成的。作家的创作本身也在于以此指导人们对道路的选择。《茶馆》里的王利发、常四爷、秦二爷，老哥仨虽非兄弟，但也可作如是观。同样，作品中各个具象的小家庭本身，实质就是民族的指代，如马则仁、马威父子就是民族新、旧两种文化观念和生活方式的代表。他们的指代性意义远远超过其个体性意义。

由上述分析不难看出，无论单列、对举还是“兄弟”式的多主人公形态，人物在所处的环境中都显得比较孤独，特别是代表进步、彷徨的人物，他们需要以个人的力量去面对铜墙铁壁式的社会或者迷茫困惑的内心。人或价值在时代的洪流中消逝，作家敏锐地发现了这个问题，他用这些悲喜呈现，但作家“没给他们想出办法来”①。

按照普洛普提出的模型，一个故事只有主人公是不行的，还需要对手、协助者、妨碍者等。在有些作品里，我们确实可以找到一些似乎可以对应的角色人物，但是更多的时候我们会发现，主要人物周围似乎没有真正的对手，没有真正的协助者、妨碍者出现。比如《月牙儿》里的“我”，在寻求独立与尊严的道路上，没有谁是真正的对手，可“我”却一路处于困境之中。这就是鲁迅所说的“无物之阵”。如同奥赛罗边上没有伊阿古、罗德里戈，然而又都是对手。作家弱化了周遭人物的功

---

① 老舍．我怎样写《猫城记》[M]∥老舍全集：第16卷 文论．北京：人民文学出版社，2013:187.

能性，相应强化了社会的残酷性，他们都成为社会的一个符号、一个代表。

三、人物强化策略

老舍作品的人物，并没有特别繁复的描写，但总能让人印象深刻，这得益于作家在创作过程中对人物的准确把握和精准表达。这里面既包含了作家在作品外的构思，也包括在作品内对人物的配置。

老舍在谈论短篇小说人物时强调："一定要集中，集中力量写好一两个主要人物，以一当十，其他人物是围绕主人公的配角，适当描画几笔就行了。"[①]"集中"本身是容易理解的，但怎样处置才能达到作者所希望的"集中"呢？作家说要"熟悉"人物，要给人物"批八字""看家谱"。这里所谓的"批""看"，其实是指创作的延伸，是人物在作品外的延伸。这样的延伸使得人物具有了更为丰富立体的形象基础和性格背景，让作品内的人物拥有更准确的定位，人物也因此摆脱了平面与简单的问题。老舍说："只有我们熟悉人物的全部生活，我们才能够形象地、生动地、恰如其分地写出人物在这个小故事里作了什么和怎么作的，说了什么和怎么说的。"[②]只有做到知道他的"十件事"，才能写好"一件事"。老舍以《茶馆》演员给所演人

---

① 老舍 . 人物、语言及其他 [M] // 老舍全集 : 第 16 卷 文论 . 北京 : 人民文学出版社 ,2013:547.

② 老舍 . 人物不打折扣 [M] // 老舍全集 : 第 16 卷 文论 . 北京 : 人民文学出版社 ,2013:520.

物写“小传”为例，强调拓展塑造的重要性，这是作家创作的重要心得。延伸构思、拓展塑造是对作品人物认知的深入，也是对人物个性的确认方式，唯其如此，创作者才能依照人物自身的特点来进行言语、动作的设计，而非强行植入。

当然，最极端的方式是将长篇浓缩成中短篇，《月牙儿》《断魂枪》实际上都脱胎于长篇小说。《月牙儿》源自长篇小说《大明湖》，作品实际已经创作完成，出版社也已经排版，但终因战火而毁稿。老舍自言不习惯默写作品：“我把其他的情节都毫不可惜的忘弃，可是忘不了这一段。”[①]所以，作家将最出神、最难忘的人物注入到《月牙儿》里，因为有《大明湖》的基础，《月牙儿》的人物就特别精致而传神。《二拳师》只是构思而并未落到纸面，但其人物却经过了长时间的酝酿和充分的资料准备。“这三个人与这一桩事是我由一大堆材料中选出来的，他们的一切都在我心中想过了许多回，所以他们都能立得住。”[②]这两部作品的人物性格鲜明、表达简洁，“人物的一举一动，一言一语，都能够表现他们的不同的性格与生活经验”[③]。“我”“沙子龙”等都是现代文学人物画廊中不可或缺的形象，长篇创作或构思为人物的生成奠定了扎实的基础。当然，这样的创作时间成本、精力成本投入极大。用老舍

① 老舍.我怎样写短篇小说[M]//老舍全集：第16卷 文论.北京：人民文学出版社,2013:195.

② 老舍.我怎样写短篇小说[M]//老舍全集：第16卷 文论.北京：人民文学出版社,2013:195.

③ 老舍.人物不打折扣[M]//老舍全集：第16卷 文论.北京：人民文学出版社,2013:520.

的话说是，经济要吃亏，但“艺术占了便宜”[①]。

以人物自身为依据，才能真正理好“作了什么和怎么作的，说了什么和怎么说的”这个问题。但在人物塑造的过程中，老舍认为还是需要节制的。虽然他主要是针对短篇小说而论，但显然在人物处理上，老舍是有所坚持的。他说：“选定一个特点去描画人物”，“主要的是应赋予人物性格特征”，“用突出的事件来表现人物，展示人物性格”。[②]如此，人物的呈现才会简单而有力。因此，不必要的不熟悉的就不写，不足以表现人物性格的就不写。贪图表现自己知识丰富，力求故事多，那就很容易坏事。

老舍不只练人物的“内功”，他还通过人物的配置手段在外部强化人物的特质，比如“世袭”的手段。

虽然受封建社会交通及社会交流的限制，民众的择业面相当有限，“子承父业”是常有之事，“世家”在封建中国更是屡见不鲜,但这也是为社会价值体系所接受和认可的一种光荣。老舍作品中的“世袭”现象并不以此为据，“世袭”手段有其技术层面的价值，它同样也使得故事中的人物形象得到强化。用“世袭”策略显示社会对人的规定性，表明在不变的社会环境下，人的焦虑具有一致性。

世袭实质上是自然身份更替与社会身份延续的统一，这就意

① 老舍 . 我怎样写短篇小说 [M] // 老舍全集 : 第 16 卷 文论 . 北京 : 人民文学出版社 ,2013:195.

② 老舍 . 人物、语言及其他 [M] // 老舍全集 : 第 16 卷 文论 . 北京 : 人民文学出版社 ,2013:548.

味着人可能以父子、母女更替，但他们的社会身份、职业和地位却没有变化。一种情况是用在焦虑人物身上。《月牙儿》中的母女靠出卖肉体以求得存活的“世袭”，《我这一辈子》中父、子、婿都当巡警的“世袭”，就是最突出的。娼妓[2]、巡警、车夫等是民国初期，无其他技能的旗人最常操的职业，其中的辛酸、苦痛是生于斯长于斯的老舍所熟知的。而老舍要用“世袭”强化的，不只是他们物质层面的艰难，更重要的是以此显示焦虑人物精神抗争的徒劳，最终他们也只能步入父母辈生活的“辙”。老舍并不以此表示一种绝望，而是要寻求真正的觉醒。另一种情况是用在次要人物身上。最为明显的是在《茶馆》中，唐铁嘴、刘麻子、宋恩子、吴祥子、二德子等与他们的儿子构成的一组“世袭”群落。这一群世袭者的存在，一方面表明时代的更替没有发生社会结构上的变化，另一方面也保证了焦虑人物前后环境的一致性，说明焦虑人物若干次的抗争实质上是同一对象的一种无谓的重复，这也预示着他们的失败具有必然性。如在《骆驼祥子》中，几度让祥子愿望破灭的孙排长（或称孙探长），他是社会身份更替、实质社会职能和自然身份不变的三者的统一。他在作品中的作用与“世袭”式的次要人物的作用是一样的。

注释：

[1] 老舍在《我怎样写〈老张的哲学〉》中说：“对中国的小说我读过唐人小说和《儒林外史》什么的。”

[2] 《月牙儿》里的“我”属于暗娼，小福子在虎妞屋里也是暗娼，进入白房子的是妓女，都在此列。娼妓客观上也是一种职业。

第二节　事件策略

老舍是听评书、看戏长大的，所以他清楚，一部有吸引力的作品必须有好的故事。故事作为一个过程，必然由若干彼此关联的事件组合而成。事件是故事的组成单元，事件的选择、安排直接决定了故事的进程与模式。同时，事件的呈现方式决定了故事的结构，所以老舍在《和工人同志们谈写作》时强调："决定了主题"之后就要"盘算"，"该用哪几件事和哪几个人"。[①]

一、事件选择策略

老舍在新中国成立后给工人作家指导创作，看得出是比较基础的指导，可以想见当时工人作家的基础。但在这些相对基础的指导里，也可以窥探出作家的一些基本创作原则。在事件创作上，老舍给出了自己的主张。

（一）选择熟悉的事来写

其实在谈"人物"时，我们就已经发现，老舍高度强调熟悉，而且是深度的熟悉。在事件问题上，老舍的态度是一致的：

① 老舍．和工人同志们谈写作[M]//老舍全集：第16卷　文论．北京：人民文学出版社，2013:249.

"写自己真知道的事，不写自己不十分知道的事。"[①]当然，"熟悉"是个相对的概念。老舍说的"熟悉"就是指作家的生活经验。但是，并不是所有的生活都可以成为个体的经验，这需要作家对生活的关切与热爱。从老舍的文章里，我们可以看到他爱交朋友、爱孩子、爱小动物、爱花草，本质上说是他热爱生活。因为热爱，所以他关注生活中的细微，也能从细微处发现生活之美、日常之变。这些丰富的生活经验与观察，可以通过艺术加工进入作家的文学世界。因为它们来源于生活，所以会显得那样的自然、活泼、真实和可信。老舍第一部小说《老张的哲学》中的很多事，都是他在从师范毕业后从事教育工作过程中所经历或见识过的。虽然小说在结构上缺少设计，但因为作家对事件很熟悉，所以小说中的故事还是能引起读者兴趣的。

随着创作的增加，可直接利用的生活经历会显得相对不足，这在老舍的第二部小说《赵子曰》中有所体现。因为第一部作品的成功，老舍自然地继续他的文学创作活动。他说"赵子曰"是"老张"的尾巴。但是，作为大学生的"赵子曰"的生活并不是老舍所熟悉的，好在老舍说"我在'招待学员'的公寓里住过"[②]，所以，我们会发现小说里的故事校外的比校内多。实际上这是作家努力"扬长避短"的处置策略，是作家尽量利用自己熟悉的素材来创作的结果。在《二马》里，老舍也极力

① 老舍．和工人同志们谈写作 [M] //老舍全集：第 16 卷 文论．北京：人民文学出版社，2013:243.

② 老舍．我怎样写《赵子曰》[M] //老舍全集：第 16 卷 文论．北京：人民文学出版社，2013:167.

去写马则仁父子在伦敦的故事，这里必然有作家在伦敦生活的经历，但是这种经历显然相对单薄且无法与北平的经历相比，于是一部应该是异域风情的小说却依然饱含浓郁的“故都”情调。当然，作家并不以“异域风情”作为创作的指向，实际上彰显中国文化与英国文化的差异并引起中国读者的思考才是他写作的目的。用中国读者熟悉的生活来写大概也是符合“接受”美学要求的。在老舍早期的小说里，很难见到一个真正完整的年轻女性的形象，他自己也承认对年轻女性他没有了解，也就没有把握将她们塑造成功。回避是最好的解决办法。

（二）用调查研究和体验生活的方式去写不熟悉的生活

每一个作家的自身经历总是有限的，随着写作的展开，不熟悉的生活领域必然会出现，所以，作家需要进入那些相对陌生的生活。进入的方法就是调查研究和体验生活。有些作家常以这种方式进入自己不熟悉的生活情境，比如俄国作家列夫·托尔斯泰创作《安娜·卡列尼娜》的源头是研究了一个案件审判的卷宗。这样的研究，是为了“看透”，即对事件有一个比较彻底的了解。老舍说“越挖越深”，心里也就越有底，“咱们也就越有的写”[①]。写《骆驼祥子》时，他对拉车这一行当是有丰富的认知储备的，但对骆驼，老舍显然不太了解，于是他找朋友去了解。尽管如此，最终在小说里，骆驼只是一笔带过的对象。“因为假若以骆驼为主，恐怕我就须到‘口外’去一趟，

① 老舍．和工人同志们谈写作 [M] //老舍全集：第 16 卷 文论．北京：人民文学出版社，2013:244.

看看草原与骆驼的情景了。”[①] 由此可见，老舍对于事和物的了解与把握只有在达到“透”时他才肯下笔，泛泛的了解在他看来是不足以安排与调整的。体验生活是解放后文艺界最常见的活动，其基础在于艺术都以“现实主义”为唯一合法的创作手段，所以向现实生活寻求素材才能求得最真实的“摹仿”。老舍对现实生活的关注早于“体验生活”这一名词的产生，甚至早于他创作的起点。这种体验是非目的性的，单纯是因为生活场景中的方方面面都有令作家着迷的生趣。真正为创作的“体验生活”发生在1966年春，老舍到京郊顺义县木林公社陈各庄大队，住在陈福元家，在这里他参加劳动，观察科学种田和养猪。在三次下乡的基础上，老舍创作了快板儿《陈各庄上养猪多》，这是他生前发表的最后一部作品。

（三）不拒绝想象

小说虽然可以避生就熟、扬长避短，但总会有非写不可但又非自己所擅长的事，解决的办法只有去想象。老舍并不拒绝想象。我们一般都将老舍界定为一位现实主义作家，但正是这样紧扣现实的作家，内心却对想象充满敬佩与向往。在《文学概论讲义》第四讲“文学的特质”中他指出：“感情，美，想象，（结构，处置，表现）是文学的三个特质。”想象是文学特质的重要组成部分，丧失了想象力，文学就丧失了“表现”的可能性，也就不能称其为文学。在《文学的特质》一讲中，“想象”“想象力”共出现了40次，足见想象在老舍心中的地位。

① 老舍．我怎样写《骆驼祥子》[M] // 老舍全集：第17卷　文论．北京：人民文学出版社，2013:465.

虽然想象不等于天马行空，然而老舍确实曾经对那种不受约束的想象比较神往，特别是像“康拉德的小说中那些材料”[①]。于是，我们看到了他途经南洋创作的长篇小说《小坡的生日》，以及后来创作的寓言体小说《猫城记》。显然，超越现实的全程想象对老舍来说是困难的，艺术表现远不及他对熟悉的素材、事件的调动与使用。虽然我们可以肯定老舍不是想象型作家，但并不是说他的作品缺乏想象。老舍的想象力不表现在故事和事件的构思上，但能很好地体现在事件的细节中。比如在构思《骆驼祥子》时，虽然有了车、有了人，但并不因此就有了作品，作家需要用事件及事件的细节让人物丰满起来。“于是，我还再去想：刮风天，车夫怎样？下雨天，车夫怎样？”“他也必定有志愿，有性欲，有家庭和儿女。对这些问题，他怎样解决呢？他是否能解决呢？”[②]正是在这样的想象中，人物变得有血有肉，成为能“立”起来的人。

二、事件关联策略

实际上，在事件选择之前，或者说在选择的同时，作家内心还有一个事件彼此关联的逻辑在。在《事实的运用》一文中，老舍谈到两种人物与事件的关系，实际上也就是两种事件的选择方式。老舍的作品也经历了这样两种处置方式。

---

① 老舍．我怎样写《小坡的生日》[M]//老舍全集：第16卷 文论．北京：人民文学出版社，2013:175.

② 老舍．我怎样写《骆驼祥子》[M]//老舍全集：第17卷 文论．北京：人民文学出版社，2013:466.

（一）创作之初——“事实操纵人物”

这里的所谓“操纵”是指事实在作品中的决定作用，即在作品构思阶段，作家就拥有了大量试图讲述的事件[1]。为了实现这一“陈述”的愿望，作家利用那些熟悉的人物将事件贯穿。老舍早期的创作，如《老张的哲学》《赵子曰》都属于这种类型。在中国的叙事传统中，人们最初对叙事的兴趣便来自对奇闻异事的窥探，“事”的号召力与引导力在叙事文本中具有统治性地位。中国的传统叙事作品，确实有不少被成功塑造的人物形象，但更多的是以故事的精彩而获得认可。无论是历史小说、神怪小说抑或世情小说（《红楼梦》等极少数作品除外），其故事性取向都非常鲜明。因此，很多看似是长篇的小说，如《三国演义》《西游记》等，都如鲁迅评价《儒林外史》一样：“虽云长篇，颇同短制。”吴组缃称之为“连环短篇”。这些作品依照时间逻辑或人物线索来建构，其叙事策略与传统评书等大体一致。

老舍深受传统艺术影响，虽然他的主观意愿是“不取中国小说的形式”①，虽然其作品也确实没有章回体的形式，但其叙事策略的选择大体是承袭了传统评书或传统叙事文本。作家并没有清晰的“人物”塑造立场，为了让故事精彩跌宕，作者大量调动人物以服务于故事的建构，事件成为控制人物的因素，而且不加控制。正如老舍自己所说，对于这些人与事，都有些“没等把它们安置好，又去另拉一批，人挤着人，事挨着事，

① 老舍．我怎样写《老张的哲学》[M]//老舍全集：第16卷　文论．北京：人民文学出版社，2013:162.

全喘不过气来”[1]。应当说在这个阶段，作家对于事件还谈不上有多少处置与控制（对于人物也是如此）。

（二）后来的创作——“人物领导事实”

在《老张的哲学》《赵子曰》之后，拥有了创作经验的老舍“不但读得多了，而且认识了英国当代作家的著作”，意识到要对笔下的人物和事件进行控制。在写《二马》时，他“开始决定往‘细’里写”[2]。实际上也就意味着作家在事件选择上进入了另一个阶段——“人物领导事实”。

这里的人物当然不是一般的人物，而是关键人物。因此，由这样的人物所领导的事实，实质上就是由焦虑来统辖。人物对事实的统辖，打破了原先事实的自然线索，改由按照人物自身发展的需要重构事实。小说的故事性相对弱化，作品中的“故事”让位于“事件”。老舍后来的创作，除了祥子卖车“三起三落”有略为清晰的故事脉络外，其他作品普遍呈现出人物形象清晰而故事性弱化的特征。如《二马》，作家之所以要将两个中国人“送”到英国，是因为他们身上承载着文化比较的重任，所以事件的选择就以文化比较的标准展开。为此，小说通过若干细节、事件来表现中英文化的差异，如马则仁在自己的古玩店里令人啼笑皆非的非商业行为等。虽然小说貌似有父子两人与温都太太母女的感情线索，但实际上只是以之关联若干事件，

---

① 老舍．我怎样写《老张的哲学》[M]//老舍全集：第16卷 文论．北京：人民文学出版社，2013:163.

② 老舍．我怎样写《二马》[M]//老舍全集：第16卷 文论．北京：人民文学出版社，2013:170.

而真正感情的发展是很弱的。《猫城记》和《离婚》两部作品，虽然一个讲城邦的守卫，一个写老李“离婚”（或者用老舍自己的英文版标题主旨“The quest for love of Lao Lee”，即“老李对爱情的追求”），但作品里都没有对故事集中的突显，更多的则是各种生活的场景或细节，外加用少量偶发事件来突出文化特质或人物性格。

三、事件结构策略

有了事件，如何在小说中结构这些素材，使之成为有机的整体，往往是作家对作品构思和想象独特美学选择的体现。依照作为文体家的鲁迅对小说的理解，小说应当是一个又一个的“格式”。老舍在文体上虽然也不断地尝试突破与创新，但并不像鲁迅那样有强烈的文体追求，他更在意故事的精彩、人物的鲜活。因此，在他的作品里，我们可以发现一些相似的结构策略，呈现出某种情节的近似重现。比如《骆驼祥子》中买车情节的“三起三落”，《月牙儿》等其他作品中也有类似情况。

如何理解作家的事件处理策略呢？我们知道，“重章叠句，复沓而歌”的结构是在《诗经》中就出现的艺术手段。在诗歌中，这样的“回文”一方面可以加强语气，增强语言感染力，另一方面也可以反映事物之间的辩证关系，深刻有力地表达思想感情。《诗经》之后，在诗歌及诗歌之外的文学体裁中，这种复沓的表现手法被经常使用。在西方文学里，特别是在童话、寓言等文类中，我们也能看到类似的手法。“一而再，再而三”

是文学世界里常见的情节模型。现代作家在现代作品里也或多或少、或明或暗地使用这样的模型，老舍可能是其中最为明显的一位。

有学者在论述“老舍的讽刺情境”方式时，认为其中一种就是“命运的机械重复与老实善良的人的恶报应”[①]。如果从事件的使用策略考察，我以为这是一种作家的叠加策略，即以同质事件的多次出现叠加于焦虑人物身上，使人物命运呈现同质反复，从而说明人物命运发展的必然性趋势。这里的所谓同质事件，既是指事件的产生原因及对人物生活决定性作用的一致性，又指从客观环境考察，事件都带有某种偶然性，且在人物身上的叠加构成了某种必然。也就是说，叠加构成了人物产生焦虑的原因，人物因叠加的事件而应激焦虑。这一策略的使用，主要体现在老舍所说的“人物领导事件”“偏重人格与心理的描写”的作品中。

在《骆驼祥子》中，有志于买上自己的车、为自己工作的祥子，在奋斗过程中出现的“车被抢”“钱被诈”及后来“车”被迫卖出，这些对祥子来说都属偶然性的事件，以略显机械的方式在祥子稍感“成功”之际出现，成为祥子志向由兴而衰的主导性因素。同时，虎妞的骗婚、虎妞的死、小福子的死等事件又叠加在祥子的生活中，两种力量（两者的内在也存在着某种一致性）共同推动着祥子的命运。《我这一辈子》中的焦虑人物——学手艺，行当不兴了；成了家，爱妻走了；

① 范伯群，朱栋霖.1898—1949中外文学比较史[M].南京：江苏教育出版社,1993:743.

做巡警，无法度日；稍有起色，后台倒了；儿女长成，还是做巡警、嫁巡警；入了辙了，却老了被刷；再谋上差混出点样时，儿子又死了……这一桩桩、一件件，一同加在了这个曾自视不凡的人身上。所有对于个人的偶然都是社会的必然，个人很难以其偶然摆脱社会的必然。《月牙儿》的主人公，《阳光》的主人公，《茶馆》中的王利发、秦仲义、常四爷等，都没有逃脱的幸运。

从事件的结构角度看，老舍的作品往往也暗含着章回的模型，最为典型的也是《骆驼祥子》。《骆驼祥子》是作家尚未创作完结就开始在《宇宙风》发表的作品。老舍说："全部还没有写完，可是通篇的故事与字数已大概的有了准谱儿，不会有很大的出入。"[①] 而且二十四章也正好够杂志一年十二期，每期两章之用。"事实上，我应当多写两三段才能从容不迫的刹住。"[②] 所以，二十四章是老舍既有的规划，最终的执行可以看作是老舍履行了"承诺"而委屈了祥子、委屈了作品。这样的创作规划之所以得到有效的执行，在于作家在构思过程中已经将作品中的相关事件作了精心安排。作品主要涉及几件相对具有连续性的事件：一是祥子买车，二是车厂生活（含包月），三是虎妞的介入，四是小福子的命运。二十四章大体以上述事件的断续关联为骨架，其他拉车的琐碎事件则作为穿插，

① 老舍．我怎样写《骆驼祥子》[M]//老舍全集：第 17 卷　文论．北京：人民文学出版社，2013:466.

② 老舍．我怎样写《骆驼祥子》[M]//老舍全集：第 17 卷　文论．北京：人民文学出版社，2013:467.

使得整部作品有主有次，有详有略，丰富而立体。因为二十四章骨架内容对作品的支撑作用明显，非常近似章回体小说的事件策略，曾有学者[2]带领研究生尝试给作品各章拟添回目。

注释：

[1] 在《我怎样写〈老张的哲学〉》中，老舍说："浮在记忆上的那些有色彩的人与事都随手取来……"

[2] 扬州大学徐德明教授。

第三节　情境与叙述策略

老舍在与工人同志们谈写作时说："为突出主题，咱们顺着主题思想，像一根线似的，串起人物和事件。"虽然有些主题有先行之嫌，却是作品人物与事件选择时实现统一的重要途径。老舍提醒："还须记住：人物和事情不但须串在一条线上，还得逐步地发展。"[①] 我以为，"主题思想"的"串"是形而上的，在具体的作品设置过程中，要实现老舍在这里所谓的"发展"，特别是实现一种合乎情理的"发展"，必须解决人与事在故事中如何实现融合的问题。为聚集于人物精神发展、"灵的生活"，老舍的小说刻意地淡化了作品的故事性与情节性，所以在他的文论里，极少论述对于故事的设计和安排，也很少论述情节的妙处，论说最多的则是事件、事实。事件、事实注重的是客观性而不强调逻辑性，往往呈现出相对的独立性，是生活散在的组成部分。作家并不以逻辑的方式强调事与事之间的因果关系，但又不回避事实、事件对人物的影响。老舍以自己独特的方式结构人、事、物及人物发展之间的联系。

在老舍的作品中，人与事的交汇点是情境，情境是人物存在的背景，又是事件发生、发展的铺垫。恰当的情境是对人与

① 老舍．和工人同志们谈写作[M]//老舍全集：第16卷 文论．北京：人民文学出版社，2013:250.

事的融合。老舍的小说人物往往被安置在特别的情境之中，这使得人物获得了行动的力量与经验的积累。通过情境，人物也获得了相对独立事件和事实的一致性，从而促成人物发展内在的合理性。情境的设置也成为老舍调动人物、引导人物发展的手段。

一、情境的设置

所谓情境，是指在一定时间内各种情况的相对的或结合的境况，包括戏剧情境、规定情境、教学情境、社会情境和学习情境等。本节指向于文学叙事性文本，主要是小说，其是老舍作品中“情”与“境”等要素的相对或结合。在老舍的作品中，作者常通过对人物总体环境或某个阶段微观环境的塑造实现人物的“生长”。这环境不同于其他小说中经常出现的自然环境与社会环境，虽然作家也会涉及一些，但在这些环境构建中，作家将个人对环境的理解与情感裹挟其中，使环境描写具备了相对明确的情感指向。

在一些作品中，老舍常常在叙述之初就通过相对集中的描写来构建情境，为作品定下基调，为小说叙事的展开做好准备。比如在《断魂枪》的开头，作者在陈述“沙子龙的镳局已改成客栈”之后，并没有接续描写沙子龙的过往和故事，而是插入了一段很长很写意的情境叙述。

东方的大梦没法子不醒了。炮声压下去马来与印度野林中的虎啸。半醒的人们，揉着眼，祷告着祖先与神灵；

不大会儿，失去了国土、自由与主权。门外立着不同面色的人，枪口还热着。他们的长矛毒弩，花蛇斑彩的厚盾，都有什么用呢；连祖先与祖先所信的神明全不灵了啊！龙旗的中国也不再神秘，有了火车呀，穿坟过墓破坏着风水。枣红色多穗的镳旗，绿鲨皮鞘的钢刀，响着串铃的口马[1]，江湖上的智慧与黑话，义气与声名，连沙子龙，他的武艺、事业，都梦似的变成昨夜的。今天是火车、快枪，通商与恐怖。听说，有人还要杀下皇帝的头呢！①

这里，既有宏观的东西方文化冲突带来的巨变，又有微观到武术、到沙子龙在这变化之下生活的颠覆。文字突出强调了“变”的情境，为小说正文描写三个人在“变”的情境下不同的处置方式与态度定下了基调。可以说，作品后面所要表达的“意”，在小说开头的情境里已经确定。正如老舍在《我怎样写短篇小说》里探讨《牺牲》的不足之处时说：“后边所描写的不完全帮助前面所立下的主意。”②在前面立下“主意”的路径自然有多种，情境便是其中之一。小说《月牙儿》以倒叙的方式描写主人公“我”的曲折人生，作品开端便写出人物在牢狱中面对“月牙儿”的情境。情境的描述奠定和揭示了整个作品的基调及作品主人公的命运走向。

① 老舍.断魂枪[M]//老舍全集：第7卷 小说.北京：人民文学出版社,2013:320.

② 老舍.我怎样写短篇小说[M]//老舍全集：第16卷 文论.北京：人民文学出版社,2013:193.

在长篇小说中，情境也是人物、故事发展的基础，叙事的篇幅决定了情境如果只在某个固定位置出现，就可能在读者阅读时间的推进中被忽略和遗忘。为了稳固、调整、调动情境，作家会在叙事进程中适时地构建情境以配合小说和人物的发展。在具体作品中，老舍常常通过“陌生化”及“示范”手法等进行渲染。

二、“陌生化”手法

这里说的“陌生化”不同于俄国形式主义的那个核心概念。“陌生化”作为形式主义者最关心的问题，强调的是在内容与形式上违反人们习见的常情、常理和常事，从而实现艺术上的超越常境。这是创作论方面的问题。此处的“陌生化”是指，在具体作品中，人物进入与既往生活经验不同的情境，通过改变人物的生活节奏、生活判断，进而改变人物自身发展状态的艺术手段。这样的手段并非老舍所独创，许多小说都借此来生成作品的“故事”；但老舍在促成故事自身演进的同时，还以此构建人物生活的情境，推动人物的发展。

人是习惯于在熟悉的环境下生存的，因为这样他就拥有大量的经验可供沿袭。这种沿袭对个人而言可能是一生，对一个民族而言则可能是数百上千年。沿袭意味着墨守与遵循，表明人在既有的轨道上，未来可知，结果注定；但是，沿袭的办法在陌生的环境里行不通。老舍让人物去改变，要他们去行动，而让他们从沿袭中走出来的有效方式就是使他们从熟悉的环境中剥离，投入一个陌生的情境之中。这就是“陌生化”策略。

相对于熟悉的轻车熟路，陌生的情境对人物而言可催生出“变”的动力与需要，主人公也在自我的转变中产生新的关切和新的经验。当然，所谓新经验可能与既有经验相重合。老舍在作品中经常使用这一策略赋予人物以生命力。

陌生情境赋予人物动力，但有的人物总会在陌生情境中找到自己熟悉的内容以及熟悉的自己。在《老张的哲学》中，老张营商、当兵、办学堂、争会长等等，虽然将自己置于一种相对陌生的情境之中，但老张都能在其中发现或找到自己熟悉的本质——为钱。所以，虽然情境在变化，但老张的行为、信仰并没有变化，他总能与熟悉的自己相逢，走在既有的道路上。《二马》中的父子二人因为继承遗产去了英国，无法考证当时像马则仁这样的中国人当真正面对这样的遗产继承时，会不会作出离开故土的决定，但老舍确是让他们成行了。正因为这样的成行，陌生的英国情境才使得原本似乎没有问题的老马问题百出。他努力让自己在熟悉的轨道上前行，但环境并不能很好地配合他。即便如此，老马并未改变，他的选择已经溶解在血液里。这里还要讨论下《猫城记》，表面上看，“我”因飞机失事落入猫国，可它却不是情境的“陌生化”。“我”在作品中实际上只是一个叙述者，真正的焦虑人物如大鹰、小蝎是处于熟悉而又正在变化的情境之中的。读者也会感觉到对情境、人物及事件的熟悉，这是因为作家蓄意要让读者知道，他就是在“指桑骂槐”。

有些人物也在陌生的环境里改变着自己，并试图去实现自己，然而努力之后他可能又回到了某条老路上去。小马（《二马》）原本将走父亲之路，但英国之行以及他在英国遇到的人和事都已成为小马生命中的新情境。这陌生的情境促成了相对稚嫩的小马思想上的变化，他开始反思自己，也解放了自己。只不过现存的《二马》是老舍构思中的半部小说，在另外半部里小马出走法国会怎样，不得而知，但似乎又可想见他无法真正逃脱，祥子（《骆驼祥子》）便是证明。

乡下来的祥子熟悉的是田间劳作，日出而作，日入而息。虽然小说没有交代，但祥子一定是因为某些“变故”才进入城市。原本他不属于城市，但当别无选择的时候，他只能去面对。异于乡村的城市，本质上是陌生的。然而，陌生的情境也给了祥子新的可能性，他才敢于在陌生的城市中“创业”。只是，陌生的情境不只包含着希望，更包含着未知的风险。祥子就在这些风险之中，将原本在熟悉的乡村养成的品质耗尽。他人生的末路首先是他城市的末路。

有些人物也在陌生的情境里挣扎,并在挣扎之后获得新生。牛天赐（《牛天赐传》）被卖花生的老胡送到了牛宅，虽然对于新生儿哪里都是陌生的，但是，作家这样的安排是要明确人与环境及事件的关系。作家给异化了的牛天赐留了条尾巴，给出了希望。祁老人（《四世同堂》）面对日本人的入侵，发现他早年间的那些经验已经派不上用场，一切都很陌生，这也是他转变的基础。老人既有的经验被陌生的情境（残酷的现实）击打得粉碎，他再也无法找到熟悉的自己，因为那个自己无力面对这样的现实。所以，在陌生中，他开始懂得民族战争的本义，也在其中找到了抗争的勇气。这是一个历经磨难的老人，也是一个“新”的老人。小坡（《小坡的生日》）的梦境也是一种陌生化的设置，他在历险的梦境里实现了自我的发展。

老舍对情境的陌生化设置与他欣赏的康拉德的“海上冒险”式小说有些关系，与欧洲流浪汉小说在情境设置上存在某种一致性，与唐代传奇也有神韵上的相似。然而老舍没有沉迷于小说的故事性，反倒是将陌生情境下人物命运的选择放大，“用立得起来的人物来说明人生，来解释人生”[①]，让读者去发现，去比较。

三、“示范”手法

如果说“陌生化”为人物提供了自然、社会的宏观情境，赋予其行动的动力，那么老舍还通过微观的人的情境来影响人物的自身发展。故事有逻辑时间和叙述时间，叙述可以改变故事结构呈现的时间顺序，却无法改变故事事件逻辑上的时间关系。事件的逻辑联系增强了故事之为故事的趣味性。人是群居动物，人的个体性与群体性是共存的。集体性会因为个体而突出，个体性也会因其集体性而摇摆。老舍的小说人物是芸芸众生中极普通的一个或一群，他们拥有与周围人不同的起点；但他们又生活在众生之中，最终也无奈地融混在众生之中。周围的人群给他们以人生的“示范”。为了人物与事件达到预期的统一，老舍在逻辑上逐步呈现人物命运的同时，也以“示范”的方式在逻辑上使人物的命运变相地同时展示在同一时空之

① 老舍 . 文学概论讲义 · 第十五讲　小说 [M] // 老舍全集 : 第 16 卷　文论 . 北京 : 人民文学出版社 ,2013:151.

中，于是人物的命运在横、纵两条线上均得以展现。也就是说，人物一边目睹着自己（示范）的命运，一边实践着自己（现实）的命运。

祥子原本属于乡村，于是他就有了其他城里车夫所没有的品质。同样是拉车，祥子起初被视作“高等车夫”。尽管如此，祥子把周围若干车夫精神上的懈怠、经济上的贫困与拮据都归因于车夫们从属于刘四、虎妞，是自身的不独立，被盘剥，于是他立志要买自己的车，并以之为信仰。当他于车几得几失，又见到老马、二强子等人的“示范”，渐渐明白拥有自己的车，生活也未必能与无车车夫有所不同。祥子最终的堕落不止于小福子的离去，而是他从老马等人那里看到自己对拥有车的信仰的荒谬，也对他自己可能的未来感到绝望。《月牙儿》《阳光》的主人公周围的“她们”昭示着自己的前途。

从探寻自己的道路，到被逼到无路可走，“我”(《月牙儿》)因周边的“示范”而走上母亲的路，甚至走上牢狱的绝路。因为她已经明白，看起来她作出了努力，作出了选择，但本质上她以及他们都不过是被选择的对象。示范者的生活示范实际上就是老舍常说的“辙”,示范者给人物构成一种由人构成的情境。情境与人物并不构成对立关系或者竞争关系，祥子的堕落并不直接因为周围的车夫，“我”（《月牙儿》）的悲剧也不出于母亲、“磁人”等人的存在，但是这些周遭人都“示范”着主要人物试图摆脱可又无从逃离的命运——老舍称之为“辙”。故事人物最初不入“辙”的选择显示出差异性和价值，而人物最终与示范者的合流入“辙”则表明人物抗争命运的徒劳。主要人物与示范者的命运的一致性显示出社会对人的规定性。

老舍在强调故事中的人与事之外，还要求“盘算”：“该先说什么，后说什么。”[①]老舍转述约翰·伯罗斯的话说：“文学的所以为文学，并不在于作者所以告诉我们的东西，乃在于作者怎样告诉我们的告诉法。”[②]这就是故事的讲述问题，强调的是讲述本身的意义。老舍可以说是讲故事的高手，对于如何让故事朝着自己所希望的方向发展，他极善于“盘算”。关于叙述，实际上可以考察的方面很多。

四、以人为线的叙述视角

如何将事件呈现在读者面前，这便是叙述视角问题，其实质是叙述人对于事件的一种审视方式。老舍前期的小说如《老张的哲学》《二马》及后来的《四世同堂》都采用了多焦点的审视方式，即故事从多个视角陈述，这比较类似于西洋绘画中的散点透视。传统评书中的“花开两朵，各表一枝”实际上也是多焦点的审视方式。采用这种审视方式的原因在于这些作品中存在着多个关注对象。在《老张的哲学》中，一边是老张，另一边是李应、王德；《二马》中一边是马则仁，一边是马威；《四世同堂》中更是有祁老人、瑞宣、冠晓荷等等。而《赵子曰》《月牙儿》《离婚》《牛天赐传》《骆驼祥子》等则是单

① 老舍．和工人同志们谈写作[M]//老舍全集：第16卷 文论．北京：人民文学出版社，2013:250.

② 老舍．文学概论讲义·第七讲 文学的风格[M]//老舍全集：第16卷 文论．北京：人民文学出版社，2013:66.

焦点审视。单焦点往往通过两种方式来实现：其一是以第一人称进行叙述，如《月牙儿》《阳光》《我这一辈子》；另一种则是以焦虑人物为焦点，整个叙述都以他的行踪为线索。《赵子曰》中以赵子曰为线，《离婚》中以老李为线[2]，《牛天赐传》中以牛天赐为线。虽然在这些作品中，叙述人是外在于故事的，但呈现方式与第一人称叙述有相当的相似性，其差别只是叙述人与主人公的关系不同。

无论是多焦点或是单焦点，两种审视方式有共通之处，即焦点都在人的身上。这一视角的主要特点在于，无论是第一人称或第三人称叙述，叙述人都不作全知报告，而是以人来引导事件。这样，一方面确保了故事总体上的集中紧凑，另一方面人物命运与读者的阅读有了某种虚拟的同步，读者拥有了现场感（不像全知式叙述那样有事后报告的感觉）。故事人物的焦虑情绪在这种焦虑叙述的方式下直接传达给读者，也正是如此，作家才可以让读者和自己真正实现对焦虑人物的“同情”。

五、若无其事的叙述人

这一部分我们讨论一下老舍作品中的叙述人问题。可以明确的一点是，文学进入到现代阶段，作家已经很自觉地退出了作品，作品中的叙述人与作家已经有了截然的区别。也就是说，叙述人讲述也只是作家叙述过程中的一种策略而已，并不像旧小说特别是话本、评书中的叙述人，很严肃地代表着作家（评书中，叙述人即说书人，实际上他也是说书脚本的创作者之一）。

叙述人在老舍的作品中或以第一人称出现，或隐身于作品之外，只以其眼界为审视途径。无论他以一种怎样的形式存在，就像有的学者指出的那样，叙述人总是，特别是在中短篇小说当中，以一种说故事人的身份自居[3]。深究这略带有说书人气息的叙述人，我们发现他总显得有些看破一切，有点儿玩世不恭，其态度似乎总显出那么一点儿不严肃。因此，老舍的作品虽常常是悲剧的品格，却呈现出喜剧的面貌。叙述与主题基调的背离，一方面是以此构成内在的结构性张力，使得悲者愈显其悲，另一方面它又可以使外在的读者及作家的焦虑情绪得到缓解，这样作家在叙述层面便可以抑制自己的焦虑情绪过于直白地宣泄。实际上老舍作品在叙述中所体现的，是他努力追求一种"若无其事"[4]的境界。要揭露，要启蒙，但不呼天抢地，不说教，一切都如生命般自由流淌，所以老舍说："伟大的创作，由感动渐次的宣传了主义。"①虽然创作的事实常常不能与追求相契合，但是我们不能忽略这一追求的存在。同时，二者的不相契合又从另一个侧面反映出作家叙述过程中的焦虑。

六、时隐时现的叙述主体

叙述主体即隐含的作者，他代表的是试图将作品写成什么样[5]。既然是隐含的，那么在作品中，他们往往是不现身的。上文提到叙述人在文中有两种存在形式，或显身（即第一人称叙述），或隐身（即第三人称叙述）。老舍的作品常常会不拘

① 老舍．论创作[M]//老舍全集：第17卷　文论．北京：人民文学出版社，2013:8.

于这些，有时在第三人称叙述的作品里，叙述人偶尔也会忍不住走出来说上两句。但我们发现，在这种情况下，现身者常常具有多重身份，有时他是叙述人、叙述主体、作家的三位一体，有时则是关键人物、叙述主体、作家的三位一体。以叙述人代言时，作家依然保留叙述人那张若无其事的“脸”，说出两句或讽刺或批评的断语，特别是在文末最常出现；而以焦虑人物代言时，作家总是非常直白，或如李景纯、李子荣那样叙述自己的兴国安邦之道，或如祥子、王利发那样向读者和世间发问“我招谁惹谁了”。

现代文学的文体自觉，要求作家必须让自己退出作品。而叙述主体及作家不甘寂寞走到前台，虽然确有传统“述”夹“评”的说书叙事方式的影响，但更重要的是，在这种焦虑叙述的背后隐含着作家的某种焦虑，即对于自己所关注的对象的某种急切、不安，使得作家情不自禁会现身说法。如上所述，老舍的现身还是会悬着叙述人或焦虑人物的幌子，说明对于自己的“情不自禁”，作家还是有所控制的。这也进一步表明，如此行为是作家在“如鲠在喉”的处境下的“不得不发”。可见，老舍的焦虑不但贯穿了故事的全过程，也贯穿了其讲述故事的全过程。

注释：

［1］口马，指张家口外的马匹。

［2］虽然也有老李不在场的叙述，却依然围绕老李展开，他成了未现身的在场人。因此，我认为《离婚》的主人公只有老李一个。

[3] 吴小美、魏韶华在《老舍的小说世界与东西方文化》（兰州大学出版社 1992 版）中将老舍部分中短篇小说的叙述总结为“说—听”模式。

[4] 老舍为作家书屋七大周刊之一种取名为《若无其事》，详见梅林《老舍先生二三事》。

[5] 与之相对的是叙述客体，它代表的是作品可能被写成什么样。

第三章 现代与传统

老舍的创作起步于欧洲，英美两段旅程对老舍的创作生涯也至关重要。毫无疑问，老舍文学思想中的现代性认识以及艺术形式上对一些现代表现手法的运用，多少是受这两段旅程中文化阅历的直接影响的结果。老舍名列现代著名作家行列是当之无愧的，但是，这不是说老舍的创作资源、文化关切、艺术手段都来源于英语世界；相反，老舍的创作更深切地反映出他对传统及本土文化的执着和依恋。因此，老舍的文学作品体现出强烈的传统风格和本土意蕴。

第一节　从“戏改”看老舍的通俗文艺

老舍与传统文艺的关系当然不是新中国成立后才开始有的。他少年时期的文化启蒙，便是周遭的京剧、大鼓，以及放学路上常常由罗常培做东听的相声、评书。老舍在文艺创作上介入通俗文艺是在抗战全面爆发后。作为“文协”的实际负责人，老舍带头贯彻“文艺下乡，文艺入伍”的方针，因为“文艺者今日最大的使命便是以自己的这信仰去坚定别人的这信仰”[①]。所以，“文协”运用快板儿、鼓词等通俗文艺手段宣传抗战，以之坚定“乡”与“伍”中没有太多文化者的“信仰”。这时老舍与通俗文艺的关联纽带是抗战，“因为文艺是社会的良心，作家也是一个公民，在抗战时期，当然必须抗战的”[②]。老舍使命在肩，但他内心对艺术的追求并未丢弃。1944 年春，在文艺界为他办的写作二十年纪念会上，虽然仍然有大鼓、武技、相声等通俗文艺节目，但老舍许下的志愿，应该也是他对

① 老舍 . 血点 [M] // 老舍全集：第 14 卷　散文杂文 . 北京：人民文学出版社 ,2013:200.

② 老舍 . 抗战以来文艺发展的情形 [M] // 老舍全集：第 17 卷　文论 . 北京：人民文学出版社 ,2013:355.

抗战胜利后生活的期许——“为酬答友人的高情厚谊，我就该更坚定的守住岗位，专心一志的去写作，而且要写得更用心一些。”[①]而他接着将这“写作”明确为《四世同堂》。老舍在美国的三年创作、翻译是他兑现这一期许的最好证明。从美国回来后，老舍再次进入通俗文艺领域。

通俗文艺并不等于“戏改”，“戏改”是新中国成立之初对通俗文艺进行改革的简称。新中国成立前，戏曲改革已经被列入新政府筹划中的议事日程。新中国成立伊始，“中华全国戏曲改革委员会”就成立了，并很快改名为“文化部戏曲改进局”。1950年7月，“文化部戏曲改进委员会”成立。1951年5月5日，政务院发布《关于戏曲改革工作的指示》，确定了“改人、改戏、改制”的中心任务。

本节之所以专注于“戏改”有三个原因：一是因为新中国的通俗文艺就是从“戏改”开始的；二是因为作为老舍最后十七年最重要的工作之一，“戏改”很少被人论及和整体地认识；三是人们对新中国成立后老舍与“戏改”工作的关系并不了解，甚至包括专门的研究者。比如有学者在《六十八出京戏“戏改”剧目提纲手稿原作者刍议》中讨论“六十八个京剧剧目提纲手稿”的作者问题。我赞成学问在不疑处有疑，却警惕不以深入学术探讨为目的的武断否定。论文给出的几条理由都出于主观推测而缺乏应有的论据和论证，更草率地认为手稿体现出作者是“一位长期从事传统戏曲研究，且兼通文史的资深

① 老舍．八方风雨[M]∥老舍全集：第14卷 散文杂文．北京：人民文学出版社，2013:406-407.

理论者”，而“老舍并未具有这样百科全书式的才能”。[1]老舍是不是“手稿”的创作者原本并不多重要，但作者立论的基础却是老舍对京剧等通俗文艺无知无识，这显然就与事实相悖了。新中国成立初的十七年里，老舍把大量时间、精力花费在研究包括京剧在内的通俗文艺创作上。老舍深明中国戏曲之道，毋庸置疑！如果对此有疑惑，可能是对老舍的了解不全面，更是因为中国现代文学研究与传统戏曲研究的学科分割已经让研究者的狭隘视野驾驭不了跨界研究。现代文学研究的作家对象与文化产出，从来应该比学科规制的内涵更开阔，我们必须正视：文史与古今中外的多学科的交叉跨界将是现代文学研究对象的自然状态。如果拒绝承认老舍这样的作家会写出超学科知识结构的艺术品对象的话，甚而罗织疑惑、理由，恐怕得首先检讨研究主体的合法性，继而深思我们学科结构的合理性。这里暴露的危机与问题应该是现代文学研究的重要议题。

正视老舍对通俗文艺的贡献是研究者真正应当重视的课题，特别是应关注老舍回国后以怎样的方式与姿态进入通俗文艺创作领域,其精神历程与选择之间的契合与分裂又是怎样的，否则，我们只能用“歌德派”来面对老舍十七年的最后人生与绝大部分文字。我认为这里面应包括不少配合政策的话剧创作，它们在本质上也具有通俗文艺的属性。以此来考察老舍最后的十七年，我们才能理解其内在的一致性。

① 中国老舍研究会.纪念老舍诞辰120周年暨第八届老舍国际学术研讨会论文集[C].北京：北京语言大学,2019:378.

一、认识与参与

老舍回归故土之际就在政治上作了表态，如在记录性的《从三藩市到天津》里表达了他对资本主义社会的厌弃。但是，真正认识和理解新政府的文艺政策、文艺方向是逐步完成的。

老舍最早与“戏改”产生联系，是他与“文化部戏曲改进局”的关系。在《老舍全集》1950 年的日记里，可以看到他频繁出入戏改局。最早是 2 月 25 日“到戏剧局吃酒”，5 月份四进戏改局，7 月 11 日后六至戏改局。之所以如此频繁，是因为 2 月 25 日的日记记述了“到戏剧局吃酒”的后半句——“有约作顾问之意”。这里的邀约主体是戏改局局长田汉，被约的自然是老舍，而“顾问”的事情自然与“戏改”相关联。1950 年 7 月，文化部邀请戏曲界代表人士、戏剧专家以及文化部负责戏曲工作的人员组成戏曲改革工作顾问性质的机构——文化部戏曲改进委员会。由 42 人组成的委员会中不乏京剧界、戏剧界的名家，老舍也位列其中。虽然进入委员会已经证明他与戏山及民间文艺界有不一般的关系，但对于“戏改”等问题，他的认知确有一个转变的过程。

老舍对“文化部戏曲改进局”简称的变化表明他对“戏改”的认识经历了一个不断深入的过程。先称“戏剧局”，后又称“戏曲局”，8 月 30 日开始称为“戏改局”。人们对于机构的简称往往择其要者而存，所以从称呼的变化不难看出老舍认知的变化。当它为“戏剧局”时，老舍所理解的应当是戏曲为戏剧的一部分，若说有区别也只是新旧（先后）之别。1950 年

5 月 18 日，老舍日记记录“戏剧局讨论旧剧改革”[①]，此局以戏剧为工作对象。当改称“戏曲局”时，老舍应该明确了主事者是将戏曲与戏剧二分的。1950 年 5 月 29 日《光明日报》报道“北京市第一次文代会昨隆重揭幕”，通讯中有“代表着北京市文学，美术，音乐，戏剧，戏曲，工人，学生各界文艺工作者”[②]的表述，这很好地证明戏剧、戏曲是被作为两个类别看待的。而最终归于通称的“戏改局”，老舍明白“改”才是此局工作的关键。所以，老舍甚至有记作“‘戏改’局”的表述。

经历认识过程的不只“戏改”及其机构，对自己的身份——“新文艺工作者”，老舍也经历了一个阶段的体察。在讨论“戏改”问题时，阐述最充分的是原载于 1951 年 2 月 25 日上海晨光出版公司出版的《过新年》中的《新文艺工作者对戏曲改进的一些意见》一文，标题立场鲜明——“新文艺工作者”。老舍自称“新文艺工作者”本身并无疑义，他在抗战前的创作，很多都是以新文艺佳作的身份彪炳史册。但老舍在这里强调“新文艺工作者”，显然不是在强调自己过往的文学成就，而是在强调自身的立场。“新文艺”之“新”是五四新文学运动在思想内容与表现手法等方面的全方位革新，它与戏曲、曲艺之“旧”对应存在。1951 年的全国戏曲工作会议闭幕会宣布废除“旧艺人”“旧戏曲”的称号，代以“艺人”“戏曲”“戏曲工作者”

① 老舍．一九五〇年日记 [M] //老舍全集：第 19 卷　日记佚文．北京：人民文学出版社，2013:30.

② 北京市文化局党史资料征集办公室．北京文化史资料选集：社会主义建设时期　第一辑（1949—1956）[M]. 北京：北京市文化局，1992:1.

的称呼。全场代表掌声达十五分钟之久[①]表明，带“旧”的称谓在新时代社会生活中对戏曲工作者压力巨大。“旧剧”之称是相对20世纪初“文明新戏”的出现而对应出现的，1944年毛泽东给杨绍萱、齐燕铭的信中也沿用称之为“旧剧”。1948年11月13日的《人民日报》社论《有计划有步骤地进行旧剧改革工作》也如是称呼，1952年6月周扬的报告——《关于在戏剧上如何继承民族遗产的问题》也沿用“旧剧”的称呼。1951年的废除大概也只是官方如此，民间个人在此后的具体实践中以“旧戏”相称的不乏用例。无论是用或不用，都表明“戏曲”与“新文艺”具有相对性。此时的“旧”与“新”不只是时间上的先后，更是价值判断的依据。与“新文艺”先验的进步与合法相比，“旧戏”（也包括各种“旧”曲艺）都是需要被改造的对象。与同时发生在经济领域的“三大改造”一样，它们被认定有与新社会价值观相悖的东西，是需要加以改造才能被新社会接纳的。“新文艺”的合法性首先来自新政权当时在对待现代文学史的态度上（特别是中国共产党人参与的文学历史。之后，“文革”将除鲁迅之外的所有文学创作全盘否定是预料不到的变化），同时，很多干部都自视为新文艺工作者，这个“新文艺”实际上是经历了延安文艺座谈会讲话改造后的无产阶级“新文艺”。

老舍在刚回国时也将戏曲称作“旧戏”。在他那里，“旧”是相对于“文明新戏”开始后的现代话剧而言的，只是类型不同，没有高低贵贱之分。所以他作为北京市文联主席作报告时说：

---

① 周信芳．周信芳文集[M]. 北京：中国戏剧出版社，1982:4.

“正需要新旧的人才团结到一处，经常的交换意见和合作，才会不偏不倚，共同找出创作民间文艺的道路来。”[①] 老舍所理解的“新文艺”，与干部们所理解的“新文艺”应该还是有差异的。事实上，“在20世纪50年代的初期，戏曲界把革命文艺团体中来的干部称之谓‘新文艺工作者’，把戏曲艺人称为‘旧艺人’”[②]。在1951年前后，老舍自认为与他们并无分别。同时，他的无分别还包括与所谓“旧”文艺的工作者之间无分别。他强调“新文艺工作者”的身份显然是有所指的。从其行文不难看出，他对当时“戏改”的工作者——具体来说就是他文章开篇就提到的“老解放区和新解放区的参加了剧改与曲改的同志们”——在“戏改”中轻蔑傲慢的态度是有看法的，所以他说：“我们愿意坦白地承认：从五四运动起，直到毛主席在延安文艺座谈会讲话的时候，我们新文艺工作者对戏曲改进这一问题并没有深入的研究过，因而往往忽视了它的重要。”[③] 老舍用一种“自省”的语调，突出的是“大家也并没有去深究此中的原因，只取了视而不见的态度，一任旧戏曲自生自灭，随它去吧”[④]。在各种铺垫之后，老舍回到了他的本意——对“戏改”的“意”。诚然，参与戏曲改革领导工作的不乏田汉这样的大剧作家和马少波等对戏剧理论与创作有研究、对戏曲有体认的专家型干部，但在基层，更多的是与文艺本就隔膜，

① 关纪新．老舍评传 [M]. 重庆：重庆出版社，2003:414.
② 余从，王安葵．中国当代戏曲史 [M]. 北京：学苑出版社，2005:8.
③ 王行之．老舍论剧 [M]. 北京：中国戏剧出版社，1981:107.
④ 王行之．老舍论剧 [M]. 北京：中国戏剧出版社，1981:108.

对戏曲更是无知的“新”文艺工作者。从戏曲艺术保护的角度来看,他们在改革中的简单粗暴是老舍不能理解且无法接受的。双方都持有“新文艺工作者”的身份，但“新”的基础是不同的，这是老舍没有意识到的。

二、观点与态度

老舍在参与“戏改”工作之初，有比较鲜明的文艺优先立场、文艺工作者立场以及知识分子立场，也因此他参与相关讨论时往往与主流论调并不契合。老舍并不排斥艺术的“政治”功利功能，在抗战中牺牲艺术而作通俗文艺，他是倡导者。老舍反对的是对艺术无知而带来的盲目性。在参与委员会、文联等会议讨论之外，他还著文阐明自己对“戏改”不一样的看法。

在对戏的修改问题上,老舍有着自己比较明确的稳健立场。他对“戏改”中的激进做法持保留态度。

> 我们赞同这态度。改得少，就不至于因修改而破坏了剧本原来的完整，而且容易被艺人接受。改得准，就能凭只增减三言五语，而明确的把思想教育在适当的地方表明出来。这个态度是改编一切旧戏所应保持的。在这里，我们还愿补充一点意见——假若一出老戏，经过检讨，认为可以不改，就爽性不必改。[①]

他甚至借周恩来的话来论证自己的立场：“象评戏这种剧

① 王行之．老舍论剧 [M]. 北京：中国戏剧出版社 ,1981:111.

种，历史既不长，又接近生活，可以多改一些，对京剧就应慎重一点。”[①] 所以，像改人、改制这些有利于艺人更新观念、改善地位及生活待遇等的内容，老舍并不反对。在他心里，戏是思考的落脚点。1954 年的《论“粗暴”与“保守”》是老舍在“戏改”经历了一段时间之后，很多问题都在改革实践中逐渐暴露出来后写的。不同的立场可能看到不同的问题，不同的立场也会选择在问题面前说还是不说。老舍虽然表达得很委婉，但显然观点是比较另类的。

在“戏改”主体上，老舍在《略谈戏改问题》一文中首先谈了戏曲改进局的职能。

> 领导机关，像戏曲改进局，文艺处等，最好是掌握思想，发动艺人与文人合作改戏，和组织艺人，而不必一定自己去从枝节上改几句戏词，或研究一个新腔调。[②]

直接从职能上否定戏改局，言辞之直接再次表明老舍对戏改局改戏词、改腔调持不同意见。在他看来，原本应由“有民主作风的新班社”里的艺人进行的工作，却由“理论家”“政治家”型的“文艺工作者”在实际操作，同时还要听国际友人的意见难免不妥。

① 老舍 . 谈“粗暴”和“保守”[M] // 王行之 . 老舍论剧 . 北京：中国戏剧出版社 ,1981:126.

② 老舍 . 略谈戏改问题 [M] // 老舍全集：第 17 卷　文论 . 北京：人民文学出版社 ,2013:539.

> 国际友人给我们善意的批评时，如果提到的是话剧、芭蕾舞、歌剧等等，是应该接受的，因为他们是内行。就京剧来说，似乎不能这样。……当然，他们的批评是善意的。但外国朋友一提意见，我们马上照办，不多去考虑一下，也未免粗暴。[①]

国际友人的意见之所以让老舍如此认真地关切，是因为“文化部专门发文要求各地主管部门及所属戏曲团体和戏曲工作者注意研究苏联专家意见，立即着手改善，订出方案予以执行”[②]。

“戏改”的目标是要将旧有的艺术作品中“旧的封建的内容”和“有害”[③]的东西改掉。毛泽东在给《逼上梁山》编者杨绍萱、齐燕铭的信中说：“历史是人民创造的”，而旧文学艺术“由老爷太太少爷小姐们统治着舞台”，戏改要转变的就是恢复“历史的面目”[④]。这被称为“人民性”的转向。而杨绍萱过度强化“人民性”动机带来的“影射”式创作，在与艾青等人的激烈论争中被定性为“反历史主义”[⑤]，这对于看重

① 张桂兴．老舍文艺论集[M]．济南：山东大学出版社，1999:139-140.

② 蒋锡武．艺坛：第壹卷[M]．武汉：武汉出版社，2000:195.

③ 有计划有步骤地进行旧剧改革工作[N]．人民日报．1948-11-13(1).

④ 毛泽东．毛泽东给杨绍萱、齐燕铭的信[M]//中共中央文献研究室中央档案馆．建党以来重要文献选编1921—1949(第二十一册)．北京：中央文献出版社，2011:5.

⑤ 马思猛．攒起历史的碎片[M]．北京：北京图书馆出版社，2007:205.

“历史主义”的艺术创作可以说是又一次重要转向。人们对“人民性”和对“真实”的认识是一个不断发展的过程。

老舍对历史主义等问题有深入的思考，不偏于极端。“戏改”之初的老舍对“文学”与“历史”发出了自己的声音，他在《新文艺工作者对戏曲改进的一些意见》中说：“历史是历史，我们若忠实于历史，便很难找到恰足以影射现今的故事。”① 老舍认为戏剧要影射现今，而拘泥于历史真实不是文艺的取向。这与后来随着对《武训传》的批评渐趋高涨，直至公开批评杨绍萱而明确的“历史主义”戏剧观是不同调的。当然，我们不能因为这段话就认定老舍是杨绍萱的同路人。其实，对于杨绍萱式的新剧创作，老舍明显是另有看法的。同样是在《新文艺工作者对戏曲改进的一些意见》中，老舍又用了较长篇幅探讨：“今天我们若为灌输新思想，而必求将古比今，勉强的影射，也不妥当。”“若在故事中硬添上原来所没有的，使月下老人提倡婚姻自由，或叫王昭君去团结少数民族，就都成了笑话。”“给神话故事加上我们今天的知识与道理，一定不是丰富，而是破坏神话的办法。”② 此文原载于 1951 年 2 月 25 日上海晨光出版公司出版的《过新年》，比艾青、马少波、阿甲等人对杨绍萱的反“历史主义”清算早了半年多。既反对“历史主义”丧失思想力的戏剧观，又反对没有节制、不讲艺术的牵强附会和“勉强影射”，这是老舍既忠实于戏剧艺术也忠实于自己的艺术尺度的“戏改”立场。

---

① 王行之．老舍论剧 [M]. 北京：中国戏剧出版社，1981:116.

② 王行之．老舍论剧 [M]. 北京：中国戏剧出版社，1981:116–117.

三、实践与创作

老舍显然已意识到自己与主流论调的分歧，事实上争论也无法对传统艺术提供多少实质性的帮助。亲朋故旧在新时代生活转变的事实，新社会人们（特别是青年）高涨的建设社会主义的热情对老舍的感染，以及新政府对文艺政策的宣导，特别是对毛泽东《在延安文艺座谈会上的讲话》（以下简称《讲话》）的研读，使老舍意识到自己与新文艺价值观间的分歧。与其否定自己的过去，不如以实践构建新的契合时代的自己。所以，老舍谢绝了出版社提出的像其他知名作家一样出版文集的建议，而是诚恳地表示“我还是今后多写一些新的”[①]，这多写就包含了“戏改”中关于通俗文艺的创作。

毛泽东《讲话》所主张的“批评与表扬”问题，与改革开放时邓小平所主张的“三论”有内在的一致性，即在一穷二白的基础上建设社会主义，需要的不是“争论”，而是以最大的热情投入到伟大的建设中去。老舍从内心来讲是非常愿意为这个充满希望、拥有伟大愿景的时代努力工作的，所以无论是配合时政的话剧，还是与“戏改”相关的实际工作，他都带着极大的热情投入其中。

这里需要说明的是，所谓“戏改”，其实并不只是戏曲的改革。“戏改”的范畴也不仅限于传统戏曲，还包括与之相近的曲艺。根据当时戏曲改进局的机构设置，马彦祥回忆说，当

① 楼适夷．忆老舍[M]//新华月报资料室．泪雨集：乙编．北京：生活·读书·新知三联书店，1979:28.

时的戏改局“业务机构设有四个处：编审处、艺术处、辅导处、曲艺处”[1]，即说明曲艺是在“戏改”范畴内的。1950年5月5日，老舍日记记载他“早到戏剧局参加曲艺会议”，也是一个证明。所以，新中国成立后要“改”的这个“戏”实际上包括了一般意义上的全部通俗文艺，只不过戏曲在这当中占着更重要的位置。老舍本就与戏曲、曲艺从业者过从甚密，当所负职责与之关联后，他关心、关注、参与和投入相关工作便是顺理成章的事了。

从1950年到1964年，老舍前前后后写了50多篇与戏剧、曲艺有关的文章，虽然也有一些应景的简短表态，但更多的是他面对具体作品、艺人和工作所表达的艺术判断与看法。其中《相声改进了》《相声语言的革新》等体现了他对相声改进工作的关切，《大众文艺创作问题》《关于业余曲艺创作的几个问题》等是他对曲艺创作的指导，《谈相声〈昨天〉》《谈〈阴阳五行〉》是他对具体作品的评价，《〈郝寿臣脸谱集〉序》《〈马连良演出剧本选集〉序》等是他对艺术家艺术成果的总评。

如果审视老舍有相对详细行程记录的1950年，会发现老舍在开会、办公等程式化工作之外，还有更多呈现他热心大众文艺事业、非日记无以证明的努力，比如看戏、评戏。1950年老舍看戏几十次，其中京剧大致有15次（因作者并不标明类型，只能依据作品推测）、越剧2次，其他还有话剧等。日记所记同时常伴有评论，有褒有贬，都简洁而明确。日记里与

---

① 马思猛．攒起历史的碎片[M]．北京：北京图书馆出版社，2007:281.

相声相关的记录有10多条，有关于创作的，有相声名家侯宝林等来访的，有品评作品的，等等。其他鼓词等也在日记中占据着篇幅。在老舍的日常生活中，与艺人交往是其生活的重要组成部分。比如与富少舫等人通信、见面，与梅兰芳互访，与艺人们会餐，还有外出为梅兰芳、周信芳等人送行，等等。琐事虽不少，在这当中却沉淀着他们之间的友情，记录了相关工作的顺利开展。这一年中，老舍日记记录参加《说说唱唱》编委会会议9次，《新戏曲》编委会会议1次。因为有了杂志这个平台，宣传才有了阵地。

最后就是忙创作。老舍在这一年里既创作相声、鼓词等通俗文艺作品，又创作出了《方珍珠》《龙须沟》等与通俗文艺有着密切关系的话剧。

老舍的戏曲作品创作稍后也就开始了。这里有新的戏曲类型的创造——1951年创作的曲剧《柳树井》[1]，有既有剧目的异剧种转换改编——1956年根据同名昆曲改编的《十五贯》，有既有类型的剧目新编——1959年新编历史剧《青霞丹血》，有既有剧日的同剧种改编——1963年根据传统剧目改编的《王宝钏》。总量虽不大，但这是在不到十七年时间创作的近二十出话剧，是在各种公务、会议、出访等活动间隙完成的。更重要的是，老舍在不同层面所作的努力是在探索其中的可能性。在新《王宝钏》里，他也明言是“抛砖引玉”①。当然，也是希望以此来示范并践行自己的“戏改”观点。《十五贯》由昆

① 老舍．王宝钏[M]//老舍全集：第12卷 戏剧．北京：人民文学出版社，2013:417.

曲改编成京剧，老舍在改编说明里对情节、文字处理作了交代："涉及迷信的一概删去。""不大像话的陈词滥调，如'地流平'，'马走战'等等，则加淘汰。""改编本删去了旧剧本里的自报家门、定场诗等不必要的东西，而且尽可能地减少上场下场、出来进去的烦琐。"[①]"有些地方，因求新颖，我没有按照老规矩安排。"[②]这些与老舍所持的"戏改"态度是一致的。由于曲剧当时还处在生成阶段，并没有太多陈规约束，所以老舍在《柳树井》的创作中就比较自由。他在剧本前面的说明里写道："宣传婚姻法独幕歌剧。歌词都分上下句，押韵，近似鼓词。可是，有的地方又不像鼓词；若当鼓词去唱，可略加改动。把字句稍加改动，也可以当作评剧去唱。句子稍为紧缩，即成快板剧。若欲谱成新歌剧，则可自由运用韵脚，不必叫上下句给拘束住。"[③]这当中老舍强调了实际表演者在表演和再创作过程中的自由与灵活。老舍用自己的创作实践切实推动了戏剧的改革和戏曲的进步。

新中国成立后，老舍本来是有若干部长篇创作计划的，最后兑现了的，只有开了个头的《正红旗下》。老舍自知计划中的长篇与通俗文艺有差别，他也知道自己的身份决定了"那名字就不只属于你自己，有许多的社会义务"，"是要付出很

① 老舍．十五贯[M]//老舍全集：第12卷　戏剧．北京：人民文学出版社，2013:167.

② 老舍．王宝钏[M]//老舍全集：第12卷　戏剧．北京：人民文学出版社，2013:418.

③ 老舍．柳树井[J]．剧本，1952(8):3-17.

大代价的，甚至牺牲个人的自由”。[①]1950 年 1 月 4 日，文联借庆新年联欢茶话会在老舍暂住的北京饭店给刚回国的老舍接风，周扬用肯定老舍对新中国文艺作用的方式表示：“老舍的回国将有助于中国文艺的通俗化运动。”[②]“文艺通俗化”原本与“通俗文艺”并非一题，却必然地构成关联甚至取而代之，“中国文艺的通俗化”最后就化解为“通俗文艺”的振兴。“以一部分劳动人民现有的文化水平来讲，阅读小说也许多少还有困难。可是，看戏就不那么麻烦。这就是我近来不大写小说，而爱写剧本的另一原因。”[③]老舍是通过挤压自己的小说创作时间来进行通俗文艺创作的，这是一种社会责任的主动担当，是一种牺牲，更显其可贵。

因为十七年历史语境的风云变幻，加上后来“文革”本身对包括档案资料在内的社会生活各方面的破坏，以及当时公安机关对老舍投湖“自绝于人民”的政治定性，要想彻底厘清老舍在“戏改”中的贡献是一项存在先天困难的工作。但是，如果对这个问题不给予适当说明，我们就不能看清老舍在新中国成立后十七年的努力,也不能理解他在这十多年中的文化选择。诚然，老舍不是所谓的“百科全书”，但他用自己的努力践行利于艺术、利于朋友，也利于国家、利于民族，从而背负“十字架”的人生信条，这在“戏改”中并不例外。

---

① 葛翠琳 . 大海与玫瑰 [M]. 北京：天天出版社 ,2012:52.

② 杨立德 . 老舍创作生活年谱 [M]. 昆明：云南民族出版社 ,1989:99.

③ 王行之 . 老舍论剧 [M]. 北京：中国戏剧出版社 ,1981:214.

注释：

［1］以魏喜奎为代表的一批老艺术家运用曲艺的形式编演了一些带有戏剧成分的作品，起初冠名为“曲艺剧”。老舍先生看后感觉这个形式很吸引人，曾撰文描述这种曲艺剧是话剧、歌剧、京戏、评戏和曲艺掺和起来的东西，有点“四不像”。后来老舍为曲艺剧创作了剧本《柳树井》，还建议把曲艺剧的“艺”字去掉，干脆取名为“曲剧”（为区别于河南的“曲剧”，后又改称为“北京曲剧”），并为曲剧的发展提了一些非常中肯的意见。《柳树井》是北京曲剧的开山之作。

第二节　武侠叙事与《断魂枪》的历史感伤

在传统文化中，武侠大概是最让老舍痴迷的。在他的文学作品里，常常会有侠士或具有侠义精神的人物出现，这正合了陈平原所提的“千古文人侠客梦”之说。文人在现实生活中的挫折与哀伤，往往困于自身的无力而向往武侠的张扬，于是，纵横天下、快意情仇的武侠人物在文人笔下诞生。当然，从《二拳师》到《断魂枪》，老舍对武侠的关注有了巨大的转变。

《断魂枪》被定义为一篇武侠小说是没有问题的，因为老舍曾在《我怎样写短篇小说》一文中提及此篇，说：“它本是我所要写的‘二拳师’中的一小块。‘二拳师’是个——假如能写出来——武侠小说。”[①] 当然，武侠小说的一部分可能是武侠，也可能并非武侠。但从《断魂枪》的文本来看，其武侠叙事与我们视作文学类型的武侠小说无法契合。在文学叙事中，《断魂枪》少了对武侠争斗的过度想象与恩怨情仇的肆意衔接，在精短的篇幅中更多呈现的是对历史与文化悖论的思考，流露出的是作家内心的历史感伤。

① 老舍．我怎样写短篇小说 [M] // 老舍全集：第 16 卷　文论，北京：人民文学出版社，2013:195.

一、“侠”的传统

关于“侠”的想象在许多文学文本中屡见不鲜，但最早的武侠记录并非来自文学而是政论。韩非子从“依法治国”的角度审视“侠”这样的社会角色，判断自然直指其消极面——“儒以文乱文，侠以武犯禁”（《韩非子·五蠹》）。而司马迁认为他们虽“不轨于法纪”，但“其言必信，其行必果，已诺必诚，不爱其躯，赴士之厄困……不矜其能，羞伐其德”（《史记·游侠列传》）。班固则认为他们属“暴傲之民”，“罪已不容于诛”（《汉书·游侠传》）。但无论怎样也让“侠”在史册上留了名，而此后的史著就没有了“侠”的痕迹。“侠”进入民间才进入文学（唐传奇，宋话本、戏剧，明清小说）之中，并试图以文学文本从精神的层面追求合法性。唐人李德裕在《豪侠论》中说：“夫侠者，盖非常人也。虽然以诺许人，必以节义为本。义非侠不立，侠非义不成。”也就是说“侠”与“义”融合起来才能获取伦理层面的支持与认同。当代香港作家梁羽生强调：“我以为在武侠小说中，‘侠’比‘武’应该更为重要，‘侠’是灵魂，‘武’是躯壳。‘侠’是目的，‘武’是达成‘侠’的手段。与其有‘武’无‘侠’，毋宁有‘侠’无‘武’。”①宁有“侠”而无“武”，说明“侠”于“武”之外有独立性。清代段玉裁《〈说文解字〉注》中除了“立气齐，作威福，结私交，以立强于世者，谓之游侠”外，还说“相与信为任，同

① 陈平原．千古文人侠客梦：插图珍藏本 [M]. 北京：新世界出版社，2002:110.

是非为侠”。这显然说的是精神层面的侠义。所以，近代国学大师章太炎等人也格外阐扬“以儒兼侠”。这样的侠“心”、侠“情”带来的是对“侠”无限理想化的期待。汤显祖《紫钗记》：“天下多有不平事，世上难遇有心人。”这表明对侠的精神性想象是由民众在压迫下或危厄中生发的被拯救的愿望所催生的。美国文化中的“超人”与之也有相似性。

游侠多出于乱世，武侠小说也在清末民国这样的乱世文坛兴盛。重要作家作品有：南派的平江不肖生《江湖奇侠传》、顾明道《荒江女侠》，北派的还珠楼主《蜀山剑侠传》。它们都风靡一时。但风靡的背后却是小说所营构的侠趋于玄虚，与现实生活中的习武者其实完全不在一个轨道上。老舍显然不是一个试图迎合市场的武侠作品生产者，他在《断魂枪》中塑造了一个与上述“侠”迥异的类型：他既非韩非、班固所谓的“暴傲之民”，也非古代战争中的骁勇或某权贵门下的私剑，更不是济人困厄的“超人”。他习武，也曾有与之相关的合法职业——开镖局（也称镖行），做镖师。作为集现代物流业与保安业于一体的近代行当，有研究者认为：“镖行与雇主之间的关系是属于商业活动的范畴，也不存在着人身强制和依附关系，镖师是自由职业者，镖行的主体——镖局是企业。”① 所以，作为镖师的沙子龙是一个走江湖的职业人。显然，习武者由原先的散游状态向现代职业化转变，这是契合时代变革的自然过程。

① 方彪．镖行述史 [M]. 北京：现代出版社，1995: 序 3.

二、“武”的处境

沙子龙终究是这一过程中的历史“中间”人物。他一头连接着传统的江湖，一头连接着“现代”的职业。一旦社会变革抛开江湖世代，沙子龙这种倚重于江湖的职业也就没有了发展性。这种江湖特征来自武侠的身份，即便是放弃了走镖的职业，沙子龙与“武”都脱不了关系。那什么是“武”呢？从本质上说，它必然是一套技艺（或徒手，或使用器械）。如在描述沙子龙时，文本中用了“这条枪与这套枪”的说法，这里的器械与套路构成了“武”的基本存在形态。从社会角度看，我们在武侠小说中所习见的是习武者之间格斗、切磋的对弈（“你敢会会沙老师？”“就是为会他才来的！”），它也可能是强身健体之术（“国术还没被革命党与教育家提倡起来的时候”），是糊口卖艺的表演（王三胜“在土地庙拉开了场子，摆好了家伙”）。对孙老者而言，“武”是精致化、艺术化了的武“艺”，他自己的那套查拳和沙子龙“一气把六十四枪刺下来”的都是“艺”，是需要不断研习、玩味才能真正领悟和掌握并各具特性的。对主人公沙子龙来说，“武”既是人生曾经的经历——“二十年的工夫，在西北一带，给他创出来：‘神枪沙子龙’五个字，没遇见过敌手”，更是人生价值所在——“想起当年在野店荒林的威风”。枪与人融为一体，武与人生紧密相连，可以说这就是沙子龙的存在方式。在王三胜及众人口中如此，在沙子龙内心亦是如此——“只有在夜间独自拿起枪来，才能相信自己还是‘神枪沙’”。

三个对“武”没有共识的人走到一起，产生的不是令人目眩的打斗、较量，而是不同向度强化构成的对传统武术价值的认知张力，凸显出不同主体的悲剧性。王三胜曾经跟着沙子龙走镖，号称是沙子龙的徒弟（沙子龙只认他是走镖时的大伙计），对于“武”的理解仅停留在格斗与卖艺的层面。“打把式、卖艺”总少不得对自己的虚夸——“拳打天下好汉，脚踢五路英雄”这样的狂言及一趟大刀的展示原本只为唬唬看热闹的百姓混俩小钱儿，但在孙老者这样的习武者看来，多少是有些挑衅之嫌的。当然，孙老者与王三胜动手，既想试试他功夫的虚实，更为获得直接与沙子龙对话的机会。但两人在土地庙前的对阵却并不简单，因为以枪对孙老者的三节棍，王三胜就不再只是为自己而战，更是代表沙子龙应战。枪两次被干脆地在一个回合之内打下，王三胜自我吹嘘的所谓“没人懂”的“玩艺儿”也就现了原形。但枪并不是王三胜的代表，而是沙子龙的标志，所以这两回合在王三胜看来是打了沙子龙的脸。按照一般武侠小说的叙事模式：高手过招儿，巅峰对决就在眼前——王三胜可以挽回面子，孙老者自可领教“五虎断魂枪”的厉害。

小说写到这里“事端”已然发生，眼见就是正邪争斗，继而是结下恩怨，冤冤相报。通俗小说所需要的情节及无休止的篇幅都可以顺理成章地敷衍出来，这也是我们所接受了的关于“武侠”的定义，是被默认了的程式与套路。而此时的关键，是沙子龙的出场与出手。但后续的叙事却是出了场的沙子龙并未出手，只有些言语上的交流。沙子龙先以“要是三胜得罪了你，不用理他，年纪还轻”拆招，以应对可能的“责问”。孙老者提出：“我来领教领教枪法！”沙子龙以“没接碴儿”应对。

孙老者说："教徒弟不易！"沙子龙则回道："我没收过徒弟。"孙老者再提领教枪法，沙子龙回应："功夫早搁下了。""已经放了肉！"孙老者求学枪法，沙子龙则说："早忘干净了！"孙老者以一趟查拳证明自己求学的资格，沙子龙告诉他："那条枪和那套枪都跟我入棺材。"最后"不传"的询问与确认结束了这番"文攻"的较量。

在口头的攻防中，孙老者的主攻试图迫使沙子龙"就范"，为事态的发展作出了各种努力。而沙子龙则呈防守之势，一而再、再而三地切断事态进一步发展的可能性。最终，原本可以有无限可能、无比精彩的武斗场面，被几句不温不火的文攻消灭。如果说孙老者是通过交手告诉王三胜，两人在武艺方面不在一个层面,那么沙子龙则用语言说明自己与孙老者截然不同。而孙老者愤然离开，也说明他无法理解与坦然接受沙子龙在武艺传承方面的态度。三位习武者身上显示的不是简单的武艺高下，而是对武术基本认知的分歧。

如何看待这种分歧？有人会引用老舍在《大地龙蛇·序》中的话："一个文化的生存，必赖它有自我的批判，时时矫正自己，充实自己；以老牌号自夸自傲，固执的拒绝更进一步，是自取灭亡。在抗战中，我们认识了固有文化的力量，可也看见了我们的缺欠——抗战给文化照了'爱克斯光'。"[①]"老牌号"一说似乎成了沙子龙之属的罪证，于是乎他便是保守与落后的典型代表。其实关于"老牌号"，老舍另有一篇小说《老

① 老舍．大地龙蛇 [M] //老舍全集：第 9 卷 戏剧．北京：人民文学出版社，2013:358–359.

字号》发表于1935年4月10日《新文学》第一卷第一期[①]，而《断魂枪》发表于1935年9月22日天津《大公报·文艺》第十三期[②]。两者相隔不久，所以从类型上判断，将沙子龙视为“老牌号”应该是没有问题的，他的骨子里也确有些自傲。但是，我们不能忽略这样一个问题，即在战争语境下的老舍与创作《断魂枪》的老舍是不一样的，文化的需要也不一样。老舍在抗战中还将类似题材的人物写入话剧《国家至上》，访美时他还专门创作了话剧《五虎断魂枪》。比照阅读不难发现，这两部话剧的着力点与价值判断是有明显差异的。在创作《断魂枪》（包括《老字号》）时，老舍的反思、惋惜与无奈要远胜于所谓的“爱克斯光”。

三、与时俱进的保留

要论沙子龙是否保守，其实是有比较现成的依据的。小说开篇便声明：“沙子龙的镳局已改成客栈。”“改”即说明“变”，说明沙子龙没有继续执着于“镳局”这份事业，说明他日常生活的务实。文本中也有暗示，即孙老者“可也看出沙子龙的精明”。精明者的精明即显示在世、事的权衡与判断上。而一个“已”字表现作为完成时的状态与镖局已经没有什么牵扯，沙子龙似乎已经与过去一刀两断了。从这个方面来说，沙子龙显

① 老舍．蛤藻集[M]//老舍全集：第7卷 小说．北京：人民文学出版社，2013:319.

② 老舍．蛤藻集[M]//老舍全集：第7卷 小说．北京：人民文学出版社，2013:327.

然是不迂腐、不保守的。如果我们因此将沙子龙定位成迎合时势的洒脱不拘者就片面了，他与孙老者的对话，尤其是最后坚定不移的“不传”，说明他并没有若无其事地放下。于是，大家可以据此来判沙子龙一个自大、顽固、不知变通之罪，将其视为阻碍文化传承的祸首。但我们不能忽略作者在作品正文第二段所传递的信息，其核心就是“东方的大梦没法子不醒了”，而对沙子龙来讲，“他的武艺、事业，都梦似的变成昨夜的”。“梦醒”就意味着进入当下的现实，在这里，现实就是现代交通工具（火车）与现代武器（快枪）取代了牲口、板车以及“五虎断魂枪”。显然，“现实”二字不会容纳昨夜旧梦作为题中应有之义，所以，拒绝沙子龙的枪及枪法存在与传承的不是他自己，而是时代，是时过境迁式的不可抗拒。他的精明让他看清了时势，所以也就顺应了时代，让“那条枪和那套枪都跟我入棺材”。这里没有任何的自大、孤傲、顽固，有的只是无奈！

这种无奈感，孙老者与王三胜都是没有体验也无法体会的。虽然说同在一个变革的时代，但变革加诸不同个体，其境遇和体验是大相径庭的。如果说沙子龙是时代的清醒者的话，那么孙老者就是个沉醉于武艺本身的人。他们的共性是都热衷武艺，差别在于，前者生活在语境之中，而后者则在语境之外。孙老者的沉醉与痴迷，自然让人想到老舍在《正红旗下》等作品中所显现的清末民初生活艺术化了的满族子弟。他们在自己的兴趣之外，无所关心也无能为力。在能领“铁杆庄稼”[1]时，可以“真讲究”，可以“穷讲究”；一朝天下大变，改旗易帜，便造就了民初八旗子弟生活落魄的残酷。老舍于武艺之外，并未对孙老者的其他有任何着墨，但他的痴迷却是最重要的符号。所以他虽为“老者”，却不能体会沙子龙的痛苦与无奈。王三胜对武艺并不痴迷，对他来说武艺就是个糊口的营生，所以学艺不精也是自然的。对他来说，在世间混口饭吃才是主旨所在。走镖时代他就跟着沙子龙走走镖，无镖可走时就到庙会去卖个艺，再不济就到沙老师那要几个钱。他与沙子龙的相似之处是都在因时而变，与孙老者的相近之处是都“心无挂碍”。过去不过是吹牛时的资本罢了。

沙子龙是有“挂碍”的。诚然，他可以接受事业上的转变——由镖师转而为客栈老板；但从精神层面来审视，对于他的过去与过去的他，沙子龙心存无限留恋：“只有在夜间独自拿起枪来，才能相信自己还是‘神枪沙’。”只有他与枪浑然一体时，他才能找到自己的存在感，但“在白天，他不大谈武艺与往事；他的世界已被狂风吹了走”。在时代的滚滚洪流中，尤其在社会结构及组织形式剧烈变革的时代里，个体是脆弱而无助的，这是纵有“精明”也无法对抗和解决的。“年头一旦大改良起来，我们的小改良全算白饶，水大漫不过鸭子去，有什么法儿呢！”[①]这是老舍的《我这一辈子》中巡警改行时的感受与判断，而作者其他作品中的人物，如《骆驼祥子》中的祥子，《茶馆》的掌柜王利发、秦仲义，《老字号》的辛德治，等等，都抵不过时代的大改良——变革，沙子龙也无力抵挡。

“这条枪与这套枪”于别人看来不过是个“玩艺儿”，但

---

① 老舍．火车集 [M] //老舍全集：第 7 卷 小说．北京：人民文学出版社，2013:498.

于沙子龙而言却曾经给他“增光显胜”。如今所能感受到的杆子的“凉、滑、硬而发颤”，不就是自己内心表面平静的最真实的状态吗？大梦已醒，也因时而变，但沙子龙不能理解更无法接受如此的“变局”。

在正文之前，作品有这样的题记——“生命是闹着玩，事事显出如此；从前我这么想过，现在我懂得了。”[①] 从表述的语气来分析，这可以是沙子龙愤懑的表达，也可以是叙事人在阅历中的启悟。但表述的基点是一致的，都是从沙子龙弃武蜗居的人生经验而来。

文学是人学，相对于时代，老舍更关切时代变革中的人。沙子龙内心的隐痛，呈现的是生命不可承受之“轻”。同时，沙子龙恰恰又是武侠文化最好的象征符号，他所体味的痛楚也是武侠文化的受伤之处，这伤即便是精通拳术的孙老者也发现不了。而别人所不能感受的，却是作者感受最为深刻之处。

民国流行的武侠小说的世界显然与老舍所熟悉的拳师侠客迥异。翻看传记不难发现，老舍自己学武，也结交拳师。早在20世纪20年代初他经历人生“小型的复活”之后，便请人教过形意拳、六合拳和剑术，旅欧回国又在山东济南师从马子元学拳。从形式上看，老舍实践了自己从小便做的侠客梦；但是在他的笔下，侠客已经从梦中醒来，留下的是时代与历史刻下的深深感伤。

1934年的春天，老舍将这个写作计划透露给了赵家璧：

---

① 老舍．断魂枪[M]//老舍全集：第7卷　小说．北京：人民文学出版社，2013:320.

“要写一部长篇小说，内中的主角儿是两位镖客，行侠仗义，替天行道，十八般武艺件件精通，可是到末了都死在手枪之下……”① 显然，许多侠义的、武术家的故事正像那个车夫的故事一样，在老舍心中大量积累并被反复琢磨构思。这本原本名为《二拳师》的长篇小说最终因为《断魂枪》的面世已呈现出老舍关于武家精神的认知从而无疾而终。当然，时代变了，老舍的处理也跟着变了，侠客的形象与精神也跟着变了。在抗战中，老舍写《国家至上》中的张老师，在美国时写《五虎断魂枪》中的王大成，也都以马子元为原型，只是他们都参加抗战去了。

注释：

［1］清朝时，满族子弟皆在军籍，皆领军饷，时称“铁杆庄稼”。

① 老舍．歇夏（也可以叫作“放青”）[M]//老舍全集：第 15 卷 散文杂文书信．北京：人民文学出版社，2013:276.

第三节 “手稿”叙事与戏曲保护

在2012年漳州举行的第六届老舍国际学术研讨会上，舒乙公开了徐国卫发现并收藏的“手稿”，并认定是老舍在“戏改”期间的成果，后以《老舍六十八出京戏“戏改”剧目提纲手稿》为题发表于2014年第12辑的《新国学研究》。2017年齐鲁书社在此基础上出版了《老舍点戏》。这份文物与“戏改”的关系，在整个文艺运动过程中，大约只是束之高阁的一个小小插曲，并不因舒乙和徐国卫追认、史宁否认它是老舍的手笔而能证明它发生过多大的历史作用，我也无意纠缠于此。“手稿”似传统戏曲集览概要的形态给我们提供了一个认知“戏改”的窗口。“手稿”如戏考，考述故事情节与本事来源，点评何处“有戏”之要目，为文简明扼要。在“戏改”背景中谈戏，关键要说它值得“活命”，甚至有“刀下留戏”的吁请。完成这项工作，资格是必需的，得真懂戏，得包含重估其在新语境中有存活必要的判断，执笔者要真的明白文化传承的责任。

一、叙事的策略

从“手稿”本身我们可以看到“戏改”的追求与取向，同时也可以管窥“手稿”作者对戏曲价值的关切及极力保护的努力。这种努力首先表现在剧目提要文本的叙事上。

（一）用代表性台词突出剧的号召力

除了《群英会》一出有近600字外，“手稿”一般都非常简洁，篇幅都以二三百字为准。但在这样有限的篇幅之中，作者却常常援引剧本台词以突出该剧所彰显的戏剧精华。比如：楚霸王的愧疚——“我和江东八千子弟渡江而西，今天只我一人回来，无面见江东父老”（《霸王别姬》）；曹操的狡诈——“宁可我负天下人，不叫天下人负我”（《捉放曹》）；复兴汉室的无力——“谁想汉家四百年天下却在貂蝉手里”（《连环计》）；周瑜的失算——“周郎妙计安天下，赔了夫人又折兵”（《甘露寺》）[1]；等等。好的戏剧作品都有让人神往的戏剧精神、历史咏叹与人文情蕴，否则，就不能给观众带来审美的震动。艺术的效果当然是整体性的，但很多戏剧作品通过长时间、多文体间的不断互动、发展与提炼，其精神往往被凝结在某些精彩的台词对白之中，进而流布于听众的口耳之间，成为经典。作者正是注意到这些台词的经典性，不惜整句引用，以期阅读者因之而产生基于历史、文化的共鸣效应。这在20世纪初叶的《戏考》[2]及新中国成立初的《京剧丛刊》[3]等相似提要里比较少见。“手稿”写作者一方面自身有较深厚的戏曲艺术底蕴，另一方面也极力地要把相关作品的艺术影响力呈现在提要之中。

（二）用关键性调整回归“真实”

对“真实”的回归问题典型地体现在《长坂坡》的情节叙事之中。在“手稿”中，最为特别的是“张飞立马灞陵桥上，大声吓退曹军，将桥梁拆断而退”，但在《戏考》提要中则表述为“其末段收束，即俗语所谓‘张飞喝断灞陵桥’是也”[1]。实际上在剧本结尾也是“拆断”桥梁，但在提要里却明确将大家熟知且神勇霸气的“喝断”变成“拆断”。虽然这合乎《三国演义》的文学叙事，但所呈现的对于“现实”“真实”的关切不只是来自新中国成立初期“历史主义”的冲动，更重要的是它可能是“政治”正误的重要依据。随着新中国成立前《人民日报》社论等具有政策宣导性声音的出现，对于传统戏剧艺术改造的指向日渐明晰；加之第一次文代会对毛泽东《在延安文艺座谈会上的讲话》指导地位的确认，“现实”问题及与之相近的“真实”问题成为文艺工作者思考的重要维度。新中国成立初最早的文艺批判从电影《武训传》开始，《人民日报》曾在 1950 年 8 月连载《武训历史调查记》。“真实”并非《武训传》成为被批判对象的根本，但“真实”确实成了批判的重要依据。说张飞“喝断”明显具有“超现实”的痕迹，这是难被接受的。大约同期的《京剧丛刊》中的《长坂坡》提要对此只字未提。更难被接受的是，在《戏考》中有“至于陷坑复出，上有金龙护罩，则是演义中传会之说矣”的表述。“金龙”现身已经不是“超现实”的问题，而是很可能被纳入“迷信”范畴的东西。作者对此只字未提。《京剧丛刊》在情节提要后作如下修改说明：“（四）赵云抱阿斗跌入陷马坑，原本有阿斗的‘真龙出现’。不但语涉迷信，而且强调阿斗的洪福救出赵云，相对地就冲淡了赵云的英勇；现改为赵云乘马在坑内跃起，

① 中华图书馆．戏考：第九册 [M]. 上海：上海大东书局 ,1933:35.

并将有关的个别词句加以修改。”[①]《京剧丛刊》提出的，正是手稿作者所回避的。没有将有分歧、有争议的内容放入提要而引起责难，写作者显然是深思熟虑过的。毕竟不是关键性的情节，作为小的穿插，隐去就是修改的一种方式，只是说与不说的差别罢了。足见写作者在情节轻重详略的选择上是处处小心、事事留意的。

（三）契合话语体系定性人物或剧本

在六十八出戏剧提要“手稿”里，我们还看到这样特别的叙事之处。《戏考》中的《伍申会》，申包胥与伍子胥相约：“他日子能覆楚，吾必复楚。各尽其力，各行其志可也。”[②]手稿作者把“各行其志”具体化为剧本台词：“我为公，你为仇。”“公”与“仇”本不相对，但伍子胥的“仇”因为是家仇，所以显示出“私”的特质。“公”与“私”的二元对立因为社会主义属性问题而成为新中国成立不久后的重要社会议题。三大社会主义改造（文艺界的“戏改”也有相似的问题）的指向是逐步把生产资料的资本主义私有制改造成为社会主义的公有制。“公”的革命性、正义性与“私”的非集体性、潜在的非革命性甚至反革命性，也逐渐成为社会经济生活中的重要尺度。申包胥的“公”与公有制并无关联，它更接近于孙中山“天下为公”之“公”。他求秦复楚，不为功、不求利，事成而隐遁，成为中国的忠贤典范。然而谈“忠

---

① 中国戏曲研究院．京剧丛刊：第三集[M]．上海：新文艺出版社,1955:60.

② 戏考大全：第2册[M]．上海：上海书店出版社,1990:105.

贤”与时代话语相去甚远，“公”与“仇”既彰显其志之异，又合乎时代的话语体系。迎合话语体系更鲜明的例子在《宇宙锋》《春香闹学》等剧的“手稿”叙事之中。赵高之女（《宇宙锋》）的“金殿装疯”大约是中国历史上较早的为自己的婚姻而抗争的案例。“娶妻如之何？必告父母。”“娶妻如之何？匪媒不得。”（《诗经》）“男不亲求，女不亲许。”（《春秋公羊传·僖公十四年》）可见在婚姻问题上，无论男女，擅自作为都与“礼”不合。戏中赵艳容的行为具备了抗争的属性，而她抗争的对象自然也无外乎左右自己婚姻走向的父亲和垂涎自己的秦二世胡亥。从这个意义上说，“艳容为自己婚姻向父权、君权斗争”的表述并没有什么问题。但早前的《戏考》就没有这样的概括、定性，当时的《京剧丛刊》里也没有这样的时尚话语。与之相类似的是《春香闹学》。在《戏考》的提要里，强调的是管教“顽劣”；到了“手稿”的叙述中，其中心转到了反抗“礼教”和“反封建”。上述细节表明，创作者在努力地贴近时代价值体系。

二、点评的技巧

在这份“手稿”中，我们看到除了类似“戏考”式的剧情简介外，还有几段非剧情的点评或描述。虽然着墨不多，却使我们有了直接接触到写作者最基础想法的可能。

（一）《伐子都》

除了中间的情节概述，《伐子都》的头部和尾部都有说明和描述性文字。段前主要考述戏文与历史的关系：“伐子都所写的应当是春秋时郑庄公会合齐、鲁两国一同伐许的事，事和历史显有出入，戏里的惠南王并不是历史人物，但郑庄公、显考叔、公孙子却都是历史人物。”[①] 这里所述的关键不外乎人、事与历史的对应关系。看似不是问题的问题，在“戏改”之初却曾经大起波澜。曾任文化部戏曲改进局副局长的杨绍萱就因为“历史主义”的问题被从“戏改”的中心边缘化，然后再到北京师范大学教书去了。“戏”作为一种艺术并不能或有必要与“历史”画等号，否则艺术的创造性就无从谈起。在这出戏的情节提纲之前，作者特意加上了“戏里说”三个字，似乎在标识“戏里”与“戏外”、“艺术”与“历史”是有所区别的。

在《伐子都》的情节提纲中，有“后段写颍考叔鬼魂将子都活捉去了。因为有关迷信，近来多半不演”的情况描述。早在 1948 年 11 月 13 日，《人民日报》社论《有计划有步骤地进行旧剧改革工作》就提出了按照“有利”“无害”“有害”标准对“旧剧”进行审定的号召。在“第三，有害的部分”中，就包括了“提倡迷信愚昧”，而此类戏曲作品的命运是“禁演或经过重大修改”[②] 再上演。1950 年 7 月，文化部组建戏曲改进委员会，其职责包括审定戏曲改进局所提出的修改与改编剧本。委员会在首次会议上重温了《人民日报》的社论，明确了需要加以修改甚至予以停演的尺度，其中第一条就是宣扬麻醉

---

① 舒乙．老舍六十八出京戏“戏改”剧目提纲手稿 [M] //汕头大学新国学研究中心．新国学研究：第 12 辑．北京：中国书店，2014:137.

② 有计划有步骤地进行旧剧改革工作 [N]. 人民日报，1948-11-13(1).

与恐吓人民的封建奴隶道德与迷信。[①] 所以，剧情原本与是否上演并无关联，但这里作者却巧妙地以“多半不演”为据对情节避而不谈，这样的策略表明作者在极力保护剧本继续存在的可能性。“有关迷信”，于是“多半不演”，显然这不是单纯的回避。这带着几分“主动”的“不演”，事实上对《伐子都》的后半部分进行了“切割”，而留的部分就具备了上演的合法性。当然，在新中国成立初的东北，《伐子都》确实被列入了禁演的戏剧名单。

（二）《木兰从军》

《木兰从军》中有两段情节外的描述。“木兰是古乐府《木兰辞》里的人物，后来有人说她是北魏的人，有人说她是隋朝的人，至于说她姓花，也是后人传说如此。戏里的花木兰是延安人氏。”作者对木兰所在年代、姓氏的争论是了然的，但关于籍贯问题，写作者只用“戏里”就落定了其归属。“籍贯方面更是传说纷纭，有七种不同的考证：（1）湖北的黄州黄冈，（2）河南的光州光山，（3）直隶的保定，（4）安徽的亳州，（5）河南的归德商丘，（6）甘肃的凉州武威，（7）陕西的延安。”[②] 大多数学者认为木兰故里在湖北黄陂。虽然在有的剧本里确实有一两句唱词或念白提及延安，但籍贯本身对于这出戏并无本质影响。不过，延安在中国现代革命史、中国共产党党史中的

① 中国艺术研究院戏曲研究所《戏曲研究》编辑部，吉林省戏剧创作评论室评论辅导部．戏剧工作文献资料汇编 [M]. 北京：中国艺术研究院戏曲研究所，1984:20.

② 梅兰芳．舞台生活四十年：下 [M]. 长沙：湖南美术出版社，2022:499.

地位，在新中国政治话语体系中的影响力是毋庸置疑的。既然有元人侯有造《孝烈将军祠像辨正记》说木兰“其所据之地域为河套……延安郡人”[①]，那她就是延安人也非臆造。更重要的是，剧本中明确是“延安府”，强调拥有“延安”籍贯的木兰，身上便天然地具备了“革命”属性，应该更容易获得认同。“手稿”作者用“戏里”二字间接地告诉我们艺术与现实是有区别的，所以他在开头说主人公是古乐府《木兰辞》中的人物，情节之后还特别强调“戏里情节和《木兰辞》大致相同”。可见，作者更愿意突显木兰是一个文学人物，而非强调其历史人物属性。与之相类似的是《白门楼》：“戏里情节和三国演义水淹下邳的情节微有不同，演义回目说：‘白门楼吕布殒命。’所以戏名《白门楼》。”这表明写作者在“手稿”写作中一方面努力贴近当代话语体系，另一方面也通过对素材文学来源的强调以撇开历史真实的纠缠。

（三）《打渔杀家》

《打渔杀家》情节前，有一段非常标准的革命叙事：“梁山因官方诱降，革命力量顿成瓦解，虽有少数英雄未被一网打尽，但他们放下斗争武器就只好隐忍度日。”此剧的“革命性”在不同层面得到确认，其合法性是毋庸置疑的，我们也可以从上文已经提到的《人民日报》社论中寻到根据。社论中谈到“有利”的一面时，列举“这包括一切表现反抗封建压迫，反抗贪官污吏的（如‘反徐州’、‘打渔杀家’等）”，因此《打渔

① 王世泉．不爱红装爱武装：花木兰[M]．长春：东北师范大学出版社,2012:114.

杀家》就具备了“旧剧遗产的合理部分，必须加以发扬”。于是，此剧的题材便具备了“革命性”。梁山题材出自《水浒传》，而毛泽东多次将梁山与中国共产党的革命斗争同题并论。如在延安时期，毛泽东在抗大说：“水浒里面讲的梁山好汉，都是逼上梁山的。我们现在也是逼的上山打游击！”[①]1944年毛泽东看完新编平剧（即京剧）《逼上梁山》[②]，才有了那封著名的最早呈现毛泽东关于“戏改”态度的书信。随着中国共产党领导人民取得革命的胜利，关于梁山的论述就具备了普遍的合法性，“梁山”与“革命”便具备了语义上的同一性；而另一个方面，戏剧本身也有了合法性的证明。

与之相仿的是《白水滩》，在情节之后作者补充说：“据说徐、穆同是梁山徐宁、穆弘后人，此戏是宋时故事。”这也是试图借梁山的合法性来保全该剧的曲折手法。后半句进一步阐述：“但通天犀传奇却写的明代故事。情节发展也不全是一样。”在京剧当中，有不少剧的情节相近或相同，但名目不一。手稿作者应该是戏剧研究者或者是资深戏迷，自然不会对《通天犀》这样相近的戏剧视而不见。在相近的戏剧中选择《白水滩》而不是《通天犀》的原因显而易见，但作者又不能让这理由太过狭隘，所以“情节发展也不全是一样”就成为最好的补充。

---

① 湖北省社会科学院．忆董老：第2辑[M]. 武汉：湖北人民出版社,1982:67.

② 中国延安精神研究会．戏剧改革发展史：上[M]. 北京：中央文献出版社,2016:230.

（四）《望儿楼》

《望儿楼》情节后的说明是："这戏是不见正史和小说的戏，写慈母思子，是老旦重头唱工戏。"首先，探究该剧的创作来源，"正史和小说"显然具备了某种合法性和可追溯性，旁门野史之类难经考述，不足为据。"慈母思子"指作品内容，是作者所寻求的合法性依据。"母慈子孝"作为历千年而不废的伦常追求,在作者看来应该是依旧具有号召力的。虽然"五四"被林纾称为"覆孔孟，铲伦常"，可现实世界的伦常并未大变。纵然打倒家族、家庭"统治者"——"父亲"的喊声常有，但对于同样在"被统治"地位的"母亲"却没有异常的声音，更何况还是"慈母"！作者并不因此就认为周全了，所以在这之后又补充说："是老旦重头唱工戏。"这一方面强调了该剧的类型，另一方面则凸显了该剧的价值。对戏曲"唱念做打"四项基本技能来说，"唱"是头等功夫。在全部六十八出戏的介绍中，谈及类型、点评价值的只此一出。单纯从类型考虑则应该每出必及以供参考，但事实是作者要告诉阅读者，这出戏虽然不见于"经传"，但它突出了人伦之情，更显其独特的艺术价值。

三、功能与去处

从"手稿"的叙事细节中我们能体会到"戏改"时代语境的特殊，看到提要在叙事方面呈现出诸多的变通与智慧，也能从中看到与文本创作相关的痕迹。比如，舒乙先生认为它是老舍 1950 年的成果，我认为舒乙关于"手稿"创作时间的判断是有误的，关键性的证据是《三岔口》的剧情提要。戏曲人物刘利华夫妇“见焦赞前来投宿，并探知解差想暗害焦赞，正等商暗地防护”，明确为正面人物的设定，与《国剧大成》[4]中《三岔口》（《戏考》中无此剧）“开黑店”的人物设定完全相反。“手稿”与1953年12月出版的《京剧丛刊》第十集所录《三岔口》的人物设定一致。《京剧丛刊》附有说明：“原本把刘利华夫妻处理为‘开黑店’的匪徒，最后被任、焦杀死。整理本则改为前述的情节；因而刘利华夫妻的性格就有了根本的改变。”《京剧丛刊》作为纸质出版物的调整大概是最早的，但并不是戏剧脚本的最早出现时间，因为在说明的最后还有“目前京剧团在国内外经常演出的就是这个剧本”①的特别提示，表明在此集出版前戏已经改了。《京剧文化词典》称“1951年中国京剧院将其改为正面人物”②，《戏曲鉴赏》称“1951年7月，中国京剧团改编这出戏，将刘利华的身份变为被官府压迫的义士”③，中国京昆艺术家传记丛书《文武全才——李少春》说是“1951年初”④。因此，1951年基本上是可以确认的时间。而“手稿”关于人物设置并无特别说明，叙事平铺直叙，可见人物反转修改并非此稿所为，或已经成为

① 中国戏曲研究院.京剧丛刊：第十集[M].上海：新文艺出版社,1953:68.

② 黄钧，徐希博.京剧文化词典[M].上海：汉语大词典出版社,2001:371.

③ 陈文兵，华金余.戏曲鉴赏[M].北京：对外经济贸易大学出版社,2015:226.

④ 许锦文.文武全才：李少春[M].上海：上海人民出版社,2015:190.

某种常态。因此，这篇（全部“手稿”当为相近时段所作）的创作当在1951年或之后。但是，1951年3月，戏曲改进局与艺术局合并，改组为艺术事业管理局，戏曲改进局机构不复存在，所以信笺应该是机构合并前印制的续用。当然，由于其印制数量及个人领用频率等不可考查，所以，具体创作时间只能明确为1951年及之后几年。

“手稿”内容带有比较明显的知识普及和介绍特征。虽然从形态上看，“手稿”接近《戏考》等传统剧本前的提要文本，但从叙事语体来看则有较明显的对象性、时间性。比如“戏里”“这戏”“有人说”“情节”等语言表明，在戏剧情节叙事之外，存在一个解说对话的场景（类似内容在《戏考》《京剧丛刊》中常以“注释”方式存在），两者以上述语言构成转换。而“近来多半不演”的“近来”则明确了解说对话的时效性，由此表明这批“手稿”的创作是对象明确的戏剧简介。上文分析所呈现的叙述人的审慎态度及鲜明的叙事策略表明，“手稿”的推介对象在作品选择上拥有话语权。因为资料有限，具体的推介对象已难以判定。

对象的不确定就带来了“手稿”功能的不确定，推测与“戏改”工作有关大体上应无异议。其一是信笺上有“中央人民政府文化部戏曲改进局”的标识，其二是可以从所著内容是戏曲曲目提要来判断。“手稿”在“戏改”中的功能，我认为有三种可能。

其一，这是一份许可名单的建议稿。1953年5月13日，在文化部下发的《关于中国戏曲研究院1953年度上演剧目、整理与创作改编的通知》中，公布了准许上演的194个剧目。虽然只是中国戏曲研究院的年度上演剧目，实际上其合法性意味极强。进入这样的许可名单，就意味着这出剧获得了生存的机会，对相关艺术工作者而言就是获得了谋生的机会。

其二，这是戏曲丛书汇编的推荐剧目。从《京剧丛刊》《京剧汇编》等大型丛书及《戏曲选》《戏曲剧本丛刊》等的编辑与出版不难看出，20世纪50年代虽处于新中国的起步期，但对于戏曲中的代表剧种京剧的整理工作已经开始，这为戏曲资料的保存、传播发挥了不小的作用。《京剧丛刊》共50集，是“戏改”工作的具体成果，所收剧本都经过整理加工。《京剧汇编》由北京市戏曲编导委员会编（第96集以后由北京市戏曲研究所编），北京出版社出版。与《京剧丛刊》不同，《京剧汇编》对未经加工的传统戏剧原本全部收录。《传统剧目汇编》共58集，由上海传统剧目编辑委员会编，上海文艺出版社1959年出版，至1963年出齐，内部发行。20世纪50年代戏曲史料及理论研究论集的编著也有成果，起到了介绍推广戏剧的功能。如傅惜华的《中国古典戏曲总录》，陶君起的《京剧剧目初探》。“手稿”与这些汇编、研究并无明显的关联线索，但作为研究的基础性资料也未可知。

其三，这是一份面向基层“戏改”工作者的戏剧普及教材。论普及的可能性与必要性，首先必须了解“戏改”的整个背景。在老舍这样对传统艺术包括戏曲情感深厚的人看来，改戏、编戏的事还得“专业”的人来做——专家或艺人——那当然是有了“新思想”，生活在“有民主作风的新班社”里的艺人。然而，事实上动手的可能是“理论家”或被分工从事“戏改”工作的非专业的革命工作者。但单就“戏改”本身而言，它涉及两个关键性的立场，一是“戏”，二是“改”。“改”几乎是这场运动中的核心主题，是落脚点与归宿，它关系到新政权在群众中的宣传与教育大计。前文所述的许多细节正是“改”的一种方式。“改戏”“改人”“改制”哪一项都是伤筋动骨的大动作，如“捅了马蜂窝”[①]。“改”又是一个过程性的工作，且在改到位之前，很多戏实际上的处境是“禁”。50年代初文化部明文禁演的戏只有26个。1951年政务院的“五五指示”申明：“一般地不应当依靠行政命令与禁演的办法。对人民有重要毒害的戏曲必须禁演者，应由中央文化部统一处理，各地不得擅自禁演。”[②]这间接地证明当时各地在“戏改”过程中有肆意禁戏的现象。有学者研究并在其成果中专门罗列了《人民日报》社论发表后到1951年间各地的禁戏情况，虽数量不一，但常常是以几十或数百计的。在“禁演”乱象之外，是地方政府“未经改良的旧戏一律停演”[③]的禁令，以及来自表演者、经营者主观认为的不知可否上演的忧虑，事实上这也让众多戏剧处于“禁止”的状态。通过普及，让基层“戏改”干部对作品有个整体把握显然是必要的。

明确文献创作者的身份固然对把握文献价值大有帮助，但

---

① 老舍．略谈戏改问题[M]//老舍全集：第17卷 文论．北京：人民文学出版社，2013:538.

② 马少波．戏曲改革论集[M].上海：华东人民出版社，1952:135.

③ 傅谨．新中国戏剧史:1949—2000[M].长沙：湖南美术出版社，2002:29.

也不会因创作者身份的不确定而轻易地否认文献可被认知的价值部分。“手稿”撰写者对戏曲情节叙事的用心，是关切戏曲保护与发展心态的最直接流露。“手稿”是一个时代戏曲文化保护者努力的证明。直接或间接保护戏曲文化的人一定很多，老舍是否为“手稿”作者也不是判定他为保护戏曲文化而努力的唯一依据。正视文化，正视历史，“手稿”是我们审慎面对文化及文化遗产的最好警示材料。

注释：

[1] 本节所有手稿引文皆出自《老舍六十八出京戏“戏改”剧目提纲手稿》（《新国学研究》2014 年第 12 辑，第 133–168 页）。

[2] 1915 年初版刊行，至 1925 年出齐，共四十册。收录京剧（包括部分梆子戏、昆剧）剧本近六百出。每册附有故事提要、考证和评论。

[3] 京剧剧本选集，共 50 集。其中：1—32 集由中国戏曲研究院编辑，1953—1955 年出版；33—50 集改由《京剧丛刊》编辑委员会编辑，1958—1959 年出版。共收剧本 160 种，多数是当时比较流行的京剧传统剧本。剧前有剧情和故事来源简介，重要改动亦作说明。

[4] 这套书是 20 世纪 60 年代末台湾的张伯谨根据自己所藏的京剧剧本及“中央研究院”所收诸本整理而成的京剧剧本集。

第四章 叙事与动力

知其然，也须知其所以然。叙事动力的探究可以帮助我们更清楚地了解作家在艺术创作中的力量源泉，从而明白其创作的指向。老舍步入文坛并不像鲁迅“弃医从文”那样激烈慷慨，也不似沈从文那样四处投稿走投无路，用他自己的话说，他是在伦敦闲极无聊，阅读了欧美的小说后引发的创作冲动。一时冲动固然可以让人起心动念，但也往往不能长久。20 世纪 20 年代老舍就步入文坛，也算是少年成名，一直到 60 年代依然笔耕不辍，这显得难能可贵。

老舍在北京师范读书时就有作品在校刊发表，1923 年在天津南开中学校刊发表的《小铃儿》大概是他的小说处女作。他真正意义上的文学创作始于 1925 年在伦敦。此后，做过学校老师也做过社会工作的老舍一直将自己定位为一个“写家”。直到他离世的 1966 年，《北京文艺》第四期还刊登了他最后的作品《陈各庄上养猪多》。前后四十多年，中国社会波涛汹涌、跌宕起伏，在这样的环境里，生存下来都委实不易，何况是坚持写作！是什么在驱动作家的创作欲望，作家的内在动力又是什么呢？

第一节　在矛盾之中

老舍幽默一生，但大家太多地关注了他的笑，而忽略了他的泪。1944 年，文艺界为老舍庆祝创作 20 年，与老舍过从甚密的罗常培、胡风等人在文章里都提到他在人后的泪。这是老舍感性的证明，也是胡风所说“真”的证据。笑与泪是作家自身及作家所处各式矛盾的标志，犹如公民与臣民的矛盾、新与旧的矛盾、雅与俗的矛盾、悲与喜的矛盾、感性与理性的矛盾，等等。这里，我们主要谈论老舍忧国与忧民的矛盾、时局与个人的矛盾。

一、忧国与忧民的矛盾

老舍生在19世纪末长在20世纪初，正是中国被逼开启国门，中西文化在中华大地冲撞交融之时。在这样一个特殊的时代，老舍深受三种文化形态的影响：一是以中国经典文学、文化为主要内容的精英文化，二是以北京为主要地域、以市民生活方式为内容的民间文化，三是以基督教文化为起点、以西方文化和英国市民生活为依据的西方文化。而当时的中国知识界，普遍地将国家振兴的希望寄托在了“全盘性的反传统”和“全盘的西化”上。梁实秋说，老舍“绝不俯仰随人”，这不但是在为人处世上，更是在观点与观念上。虽然理性思维并不是老舍的强项，然而他有自己明确的立场。民族、国家的衰落与亟待振兴虽是不争的事实，但“全盘性的反传统”和“全盘的西化”的前提是对两种文化资源价值判断的绝对化，而这是老舍所无法接受的。在老舍的观念中，传统中有价值的东西是有必要维护的[1]。在西方文化的参照下，老舍也确能更清晰地发觉和认识到中国传统文化中存在的弊病，虽然这种认识并没有以著作的方式形成理论论述体系。基于他的认知经验，老舍以文学的形式将他所理解的中国社会的问题一一呈现，并探讨未来社会的可能性及实现这一可能所必须付出的代价。

西方势力、文化的侵入和中国知识阶层寻求国家的出路实际上是一体化的过程。西方势力的入侵迫使国门洞开，反映出国家实力的不济和在世界民族之林中的发展困境。同时西方现代资本主义文化又给一向以“修身齐家治国平天下”为己任的中国知识分子一个思考国家、民族问题的参照系。不少有识之士纷纷提出如军事救国、民主救国、实业救国、教育救国等主张，并不遗余力地将自己的主张付诸实践。这些努力是中国先进知识分子探索中国前途命运的组成部分，是民族发展动力的组成部分。老舍生长在这样一个特别的时代，国家、民族的困境又与个人的不幸融合在一起，压在了他的肩上。所以，探索国家的前途命运对作家而言具有三重意义，可以说这是历史赋予的使命。这种使命感在《双十》一文中表现得尤为强烈和明确。20 世纪 50 年代老舍创作的《五十而知使命》，看似“才”知使命，实际上是对使命的一种重新确认，也是特殊语境下对于自己使命的某种修正。

作家对于文学所感悟的是“看生命，领略生命，解释生命”①，是“认识生命，解释生命”②。这两种责任便形成了作家忧国与忧民的矛盾。中国知识分子对生命价值的定位向来是修身齐家治国平天下。忧国、忧民是属治国平天下之列的。范仲淹在《岳阳楼记》中说要“先天下之忧而忧，后天下之乐而乐”，这大可以代表中国传统知识分子的社会心态。其所忧为何，范仲淹说：“居庙堂之高则忧其民，处江湖之远则忧其君。”“忧君”与“忧民”实质上就是“忧国”与“忧民”。从范氏的话中我们可以看到，“忧国”与“忧民”是两种不同的忧虑，也往往是两种不同处境下的忧虑。荀子说民是水，君

---

① 老舍．论创作 [M] //老舍全集：第 17 卷　文论．北京：人民文学出版社，2013:8.

② 老舍．文学概论讲义·第二讲　中国历代文说（上）[M] //老舍全集：第 16 卷　文论．北京：人民文学出版社，2013:15.

是舟，“水能载舟，亦能覆舟”。所以，“国”与“民”在一定意义上利益是一致的，但整体与个体之间不可能完全一致，总会出现矛盾。而自负天下兴亡之责的知识分子常常在这种利益发生冲突时会产生心理矛盾或行为矛盾。唐代杜甫写《石壕吏》、元代张可久在陕西开仓放粮、宋代岳飞镇压杨幺领导的渔民起义，无不显示出“国”与“民”之间的不一致性。

老舍秉承了传统知识分子的生命价值观念，也继承了忧国与忧民的矛盾。现代社会的“国”与“民”的矛盾在于：国要发展，要有序，要奉献；民要发展，要生存，要自由。老舍20世纪20年代开始创作，其目的显然是在为国家的命运探索道路，如此才有了《二马》这样的优秀作品。30年代是老舍在山东七年文学创作的高峰期，他试图以中国普通人的生存、解放和民主权利的获得作出探究，于是有了《月牙儿》《离婚》《骆驼祥子》等不朽的作品。30年代末到抗战胜利这段时期，老舍为民族抗战事业鞠躬尽瘁，不单是个人精力的投入，还包括自己的文学创作。若干年的勤奋笔耕，《张自忠》《国家至上》《谁先到了重庆》等作品总离不开为抗战摇旗呐喊。抗战后及在美期间，老舍以一个参与者的阅历，冷静地反思中华民族所遭受的劫难及民众在灾难中的得失，写出了史诗巨著《四世同堂》等优秀作品。1951年回国后，基于对新中国成立后北京城与人的面貌变化的认识，老舍创作了《龙须沟》等优秀的剧本，热情地歌颂党和政府为人民办实事、人民积极参与社会主义建设的精神风貌。作家的晚年，即从50年代末到1966年辞世，老舍一面忙于公务，一面反思国家与人民的处境得失，写出了《茶馆》《正红旗下》（未完）等传世之作。从老舍一生的创作轨迹来看，我们不难发现，他的目光一生不停地在个人与国家之间辗转。而当我们再考查上述创作时，发现其焦点也是关乎“国”与“民”的错落。

二、时代与个人的矛盾

余德美说：“老舍主要关心的是个体介入国家危机的责任感。”[①] 所以对老舍而言，他当然不可能回避这种历史责任，因此他对社会的介入是积极的。而介入本身即表明了一种认同、一种服从，即认同时代、服从大局。20 世纪 20 年代国内局势动荡，身在国外的老舍便开始了他的“探索”。当抗战烽烟四起时，老舍已颇有“文”名，创作也趋于成熟，正处于高峰期，而他却毅然抛妻别子投入抗战的事业之中。老舍说：“人家要什么，我写什么。我只求尽力，而不考虑自己应当写什么，假若写大鼓书词有用，好，就写大鼓书词。艺术么？自己的文名么？都在其次。抗战第一。我的力量都在一枝笔上，这枝笔须服从抗战的命令。”[②] 新中国成立后，人们“需要一些泻药，去洗刷干净肠胃中的封建的余毒积滞。同时，他们也需要一点补药，去补心健脑，使他们壮实起来，好作人民政府的健

① 余德美 . 受难图：老舍的四世同堂[M]∥曾广灿，范亦豪，关纪新 . 老舍与二十世纪：'99 国际老舍学术研讨会论文选集 . 天津：天津人民出版社，2000:331.

② 老舍 . 这一年的笔 [M] ∥老舍全集：第 14 卷 散文杂文 . 北京：人民文学出版社，2013:157.

全公民”①，于是，无论领导开出什么“方”，他便不惜代价地抓出“药”来。

服从之下，老舍并没有将个人的独立忘却。在 1944 年 12 月的《抗战文艺》第九卷第五、六期合刊上，老舍发表了《梦想的文艺》。特殊时代下个人独立创作的愿望被他作为“梦”加以阐述，其实质也就是一种要求，一种抗议。新中国成立后，当他感觉自己的独立创作丧失时，甚至连创作的时间都为公务所侵占时，老舍又著文“抗议”[2]。没有用，于是，他要么坚持己见，如写《茶馆》；要么干脆转入“地下”，如写《正红旗下》。

注释：

［1］正如林毓生《中国意识的危机》一书所论述的鲁迅思想上的矛盾之处一样。

［2］参阅《老舍自传》（江苏文艺出版社）第 283 页的脚注。

① 老舍．北京市文学艺术工作者联合会成立大会的开幕词 [M] // 老舍全集：第 18 卷 文论工作报告译文．北京：人民文学出版社，2013:391.

第二节　何以安身

老舍真正走进写作的世界，其动机就是通过写作解闷以打发独居伦敦的寂寞。这与五四时期作家试图将文学与“群治”相关联的目标相比真是相形见绌，说来是多少显得上不了台面的。作为从底层走出来的“写家”，他的兴趣与他的关切始终与身边的人群保持一致。而他们要面对的第一个问题就是“如何安身”。老舍的很多作品描写的人物，如“我”（《月牙儿》）、祥子（《骆驼祥子》）、王利发（《茶馆》）等，他们所要解决的其实都是“安身”的问题，他们都以自己的方式寻求“安身”的路径。作家的创作实际上也是他“安身”的一种方式。

矛盾与痛苦需要通过必要的方式来化解，老舍选择了以文学表达来排解内心的苦闷。当我们谈论叙事的问题时，需要将老舍创作的古典的、现代的诗歌（虽然诗歌也存在叙事）以及写景的散文等放到讨论之外。他在这些文类创作方面依然成就卓著，而且我们所探讨的动力问题实际上也契合这些文字的创作。但为了让叙事更像叙事，我们主要讨论小说和戏剧的问题。

一、以文为乐

老舍叙事的冲动首先来自对叙事的需要。老舍的叙事与两个要素关联紧密：一是北京城，二是青少年。一个指向空间，一个指向时间，但两者本质上又是一体的，就是他成长中关于北京的记忆。有研究者将他的叙事归为记忆叙事[①]。确实，记忆为老舍的创作提供了丰富的生活素材与生活经验，更重要的是，在北京生活期间他接触了大量以叙事为介质的艺术，如评书、戏曲、鼓词等等，都彰显着叙事艺术的魅力。可以说，这些艺术生活经验的累积点燃了他内心叙事的冲动。当然，与冲动相关联的另一层是寂寞。当老舍远离了他熟悉的北京，离开了他享受的北京生活，“到异乡的新鲜劲儿渐渐消失，半年后开始感觉寂寞”。在伦敦大学东方学院里，他是寂寞的，老舍用阅读打发这寂寞的时光。在学习英文的同时，他也对英语文学世界，特别是当时英语文学的主潮有所了解。西方文学世界确实给老舍开辟出了一片与中国传统文学完全异质的天地，让他沉浸其中，也让他内心言说的冲动越发的强烈。“小说中是些图画，记忆中也是些图画，为什么不可以把自己的图画用文字画下来呢？我想拿笔了。”[②]

叙事之乐是可以重返自己熟悉的北京生活的情境的。厨川白村在《苦闷的象征》里说：“凡是不为道德和法律所拘囚，

---

① 崔芳芳．老舍创作的记忆叙事研究[D]．南京：南京师范大学，2017:19.

② 老舍．我怎样写《老张的哲学》[M]∥老舍全集：第16卷 文论．北京：人民文学出版社，2013:162.

竭力来锐敏自己的感性，而在别人以为不可口的东西里，也能寻出新味的人生的享乐者，我以为就是这味觉锐利的健康的人，就是像爱食物一样，爱着人生的人。”[①] 老舍有别于现代一众名作家，他几乎是从社会最底层，从物质的极度困窘和精神上的孤苦无依境遇里走出来的，这样的经历使他与社会底层生活——鲜活、热烈而又难免苦涩相贴合。老舍感受到北京底层百姓生活的艰辛，也体味到遍布琐碎生活各处的趣味，因此，越是生活不易，他越是用火一样的热情爱着北京的生活。用文字书写他所熟悉的北京，是老舍排遣内心孤独的最好方式。所以，从创作《老张的哲学》开始，哪怕是本该描绘伦敦的《二马》，老舍的每一部作品里都有浓郁的北京气息。“北平是我的老家，一想起这两个字就立刻有几百尺‘故都景象’在心中开映。啊！我看见了北平，马上有了个‘人’。我不认识他，可是在我廿岁至廿五岁之间我几乎天天看见他。”[②] 在对北京生活的重构中，老舍再次沉浸于那个他熟悉的生活情境。苦闷的情绪得以排解，这是他快乐的活动。

叙事之乐是可以分享自己的见闻与异趣的。老舍虚岁二十就开始工作，他说：“接触的多半是与我年岁相同和中年人。我虽没想到去写小说，可是时机一到，这六年中的经验自然是

---

① 厨川白村．苦闷的象征[M]．鲁迅，译．南京：江苏文艺出版社，2008:144–145.

② 老舍．我怎样写《离婚》[M]//老舍全集：第16卷　文论．北京：人民文学出版社，2013:188–189.

极有用的。”[①] 兴趣的差异、教育背景的差异使得在别人看来司空见惯的生活、工作及相关人等的见闻，都能引起老舍的兴趣,引发他的思考,也转化成作家的生活积累与素材储备。所以，在很多创作谈中，老舍会经常强调，某些人、某些事是他所熟悉的——“‘老张’中的人多半是我亲眼看见的，其中的事多半是我亲身参加过的”[②]；老马“虽然他只代表了一种中国人，可是到底他是我所最熟识的”；张大哥“我不认识他，可是在我廿岁至廿五岁之间我几乎天天看见他”[③]；等等。不只是熟悉，在这些记忆里老舍还找到了趣味。“在解放与自由的声浪中，在严重而混乱的场面中，找到了笑料，看出了缝子。”[④]“太稳，稳得几乎像凡事在他身上都是一种生活趣味的展示。”[⑤] 张道一在给《中国美趣学》作序时，将中国人的美趣观念与英国人克莱夫·贝尔提出的“有意味的形式”、德国人卡拉姆津说的“美学是趣味的科学”相联系，我以为是有些牵强附会的。“趣”有更多形而下的特征，是日常审美、大众审美的重要取向。作家看重的并不一定是“有意味”的，“无意味”的也未

---

① 老舍．我怎样写《赵子曰》[M]//老舍全集：第 16 卷　文论．北京：人民文学出版社，2013:167.

② 老舍．我怎样写《赵子曰》[M]//老舍全集：第 16 卷　文论．北京：人民文学出版社，2013:167.

③ 老舍．我怎样写《离婚》[M]//老舍全集：第 16 卷　文论．北京：人民文学出版社，2013:189.

④ 老舍．我怎样写《赵子曰》[M]//老舍全集：第 16 卷　文论．北京：人民文学出版社，2013:167-168.

⑤ 老舍．我怎样写《离婚》[M]//老舍全集：第 16 卷　文论．北京：人民文学出版社，2013:189.

必见得就是无趣的。老舍正是在他曾经的生活里，看到了很多有趣的人、有趣的事；尤其是那些有趣的人，如老张、老马、张大哥等老一辈人物，在表意层面应该是被否定的、无意义的，应当是被“撕碎”的。但也就是这些人物，让老舍写出了灵魂，写出了生气；也是这些人物，会让人会心一笑，会让人因之记住作品。老舍最初写作给读者呈现的这样的人与事，是他主要的叙事动力，有了人物后他再将之结构到故事的世界中去。老舍此时的写作也是有趣的，他说：“一直到我活了二十七岁的时候，我作梦也没想到我可以写点东西去发表”，“我只是写着玩”。[①] 最初尝试写短篇小说时，他也是“写着玩”[②]。“玩”字一方面强调的是他自认为并不严肃的写作态度，另一方面也说明他在创作过程中自得其乐。

二、以文述情

老舍的童年是灰色的，不只是物质上的困窘，更在于幼年失怙。“面黄无须”的腰牌无法抵达对父亲真切的记忆，更无法替代父亲在家庭中和人生成长中的角色。弗洛伊德《梦的解析》提出“童年创伤”理论，认为被压抑在心理底层的潜意识中的童年的痛苦经历，留下了阴影或“情结”，令人痛苦，所以被压抑。所以，在带给世人幽默温和的同时，老舍的内心却

---

① 老舍．我怎样写《老张的哲学》[M]//老舍全集：第 16 卷　文论．北京：人民文学出版社，2013:162–164.

② 老舍．我怎样写短篇小说 [M]//老舍全集：第 16 卷　文论．北京：人民文学出版社，2013:192.

有无法摆脱的痛以及难以与人言说的苦。

父亲的殉职只是清王朝大厦倾覆过程中的一钉半铆，但对老舍一家来说却是失去了支柱。好在老舍有一个刚强的母亲，支撑着家庭，也给了他道德和人格上的示范[①]。虽然如此，老舍追问“丧父”之由，所以他“好骂世”，他确认是这个世道不济。然而“世道”是一个感性的概念，只能描述为好或坏，并且改变这好或坏不在人心，而在“老天”慈心与否。这显然是不可讨论也不可改变的，也无法契合接受了一些现代教育的老舍的认知，他敏锐地将这“三千年未有之大变局”以及不济的世道与中国社会文化相关联，这应该是五四新文化运动对包括老舍在内的新生代人群最深刻的影响。

所以，老舍要用最猛烈的怒火去抨击“有毒”的文化。文化在人，老的如《二马》中的老马守着“官本位”思想，蔑视一切与为官相左的人生道路，保守且顽固；大的如《老张的哲学》中的老张，“是‘钱本位而三位一体’的”[②]，“老张的哲学”本质上就是赤裸裸的市侩哲学——以钱为中心的无道德、无操守；小的如《赵子曰》里的赵子曰，他“身上，体现了市民阶层庸俗、软弱和愚昧的弱点。他常常被人愚弄，给为非作歹的人作帮凶和奴仆。他是一个跟坏人做坏事的‘傻好人’”[③]。

---

① 老舍．我的母亲[M]//老舍全集：第14卷 散文杂文．北京：人民文学出版社,2013:329.

② 老舍．老张的哲学[M]//老舍全集：第1卷 小说．北京：人民文学出版社,2013:3.

③ 朱林宝，石洪印．中外文学人物形象辞典[M].济南：山东文艺出版社,1991:691.

大而无形，老而无当，小的也庸庸碌碌，从老到小都中毒甚深。再看社会，在《猫城记》（是老舍最痛心疾首也有些用力过猛的作品）里，作品以猫国的荒唐写中国社会文化中的积弊，用猫国的灭亡来警示国人。老舍对旧文化的鞭挞是猛烈的，除了上述长篇,《赶集》里的多数短篇也从细处剖析中国文化的病根。

现实的困窘也是生在底层的老舍最深切的痛。老舍最初读书是刘大叔（刘寿绵）资助的，因为“每月间三四吊钱的学费”①，对他家来说也是巨大到无法承受的负担。中学时代，老舍选择师范也是因为吃、穿、住都由学校提供，但入学“要交十圆的保证金。这是一笔巨款！母亲作了半个月的难，把这巨款筹到”②。所以，在作品里，老舍有时会将这种童年的痛直接呈现出来。《月牙儿》里他用写女性的尊严来阐明“肚子饿是最大的真理”这一残酷事实，并直言“人若是兽，钱就是兽的胆子”③。老舍不但呈现底层的困境，还要探寻底层的生活逻辑。抛开日常的“好 / 坏—善 / 恶”的浅层伦理，他痛定思痛，提出了“穷人的狡猾也是正义”④的看法。

痛与恨是一种情绪的宣泄，多少带着些非理性。但表达中

---

① 老舍 . 宗月大师 [M] // 老舍全集 : 第 14 卷 散文杂文 . 北京 : 人民文学出版社，2013:238.

② 老舍 . 我的母亲 [M] // 老舍全集 : 第 14 卷 散文杂文 . 北京 : 人民文学出版社 ,2013:329.

③ 老舍 . 月牙儿 [M] // 老舍全集 : 第 7 卷 小说 . 北京 : 人民文学出版社 ,2013:274.

④ 老舍 . 我怎样写《老张的哲学》[M] // 老舍全集 : 第 16 卷 文论 . 北京 : 人民文学出版社 ,2013:163.

的非理性，却是情绪最热烈的呈现，是作家童年创伤的痕迹，也是作家对底层百姓处境最深切同情的证明。

三、以文代思

因为爱之深，所以痛之切。但从另一个角度来说，将“痛”付诸文本，也是作家思索追问的结果。因为出于爱，所以老舍的作品里不只有对如“迷叶”般的文化痛恨的宣泄，更有面对它、改变它的思考。对作家而言，在日常中观察生活、体悟人生，终将都置入思想的环节——虽然作家一再强调，他是在以文字的方式向读者传达自己的理解与判断。老舍不以深邃的思辨见长，但他有火热的感情、敏锐的洞察，能在纷繁的世态里看到值得关心的问题，而关于问题的思考则是通过写作来进行。写作可以思辨，更可以让自己用笔头来审视、思考社会与文化。梁实秋评《猫城记》时说：“借了想象中的猫国把我们中国现代社会挖苦得痛快淋漓，而作者始终保持一种冷肃的态度。”[①] 所谓“冷肃”，当作冷静严肃解，是指作家在文本“心痛”的情绪之下，依然保持着冷静的思考和严肃的态度。因为严肃，所以作品没有流于全然的讽刺嘲笑，从而走向闹剧；因为冷静，所以作家对所批判的对象没有简单粗暴地一棍子打死而无理性分辨。

作家更多地将思考放在了对“人”的分析上。老舍身处中国社会结构深度转型的时代，中国人由家庭本位逐渐向个人本

---

① 梁实秋．译《猫城记》[M]//梁实秋文集：第 7 卷．厦门：鹭江出版社，2002:198.

位转换。个人如何走出家庭面向社会，这是一个严肃而又现实的社会问题，需要作家观察和解答。用老舍自己的话说："世界上有千千万万的受压迫的人，其中的每一个都值得我们替他呼冤，代他想方法。"[①] 于是，我们看到了从老马家走出来的马威，他最终出走；寻求爱情自由、试图摆脱包办婚姻的老李携妻小回乡下去了；没了父亲的"我"（《月牙儿》）想要有尊严地活着，却一步步走向丧失尊严以换取生存之路；乡下来的祥子在不断的打击下走向了深渊；等等。"五四"作家没来由地将人物轻易地置入完全的个人空间，面对的更多的是抽象的形而上的理念问题，比如郁达夫的个人欲望与国家想象问题，冰心的人际交往及人生理想问题，茅盾笔下的革命理想与个人成长问题，等等。老舍将个人拉到最现实、最基本的层面，从形而下的角度思考个人空间的可能性和个人最基础的"安身"问题。

四、以文"混"世

写作的动力并不全部来自内部，外部的动力也会促动写作。可能对作家来说，最尴尬的就是为生活而创作。虽然尴尬，但老舍并不回避，这与他童年的记忆没有什么区别。没有基本的生活保障，创作——真正艺术的、自由的创作又如何成为可能呢？作家毕竟不是"只喝点露水的什么小生物"，只有"给我

① 老舍．我怎样写《牛天赐传》[M]//老舍全集：第16卷 文论．北京：人民文学出版社，2013:200.

时间与饭，我确能够写出较好的东西”[①]。老舍绝大多数时候是教师兼作家，或做其他社会职务兼作家，所以，他极少直接因为生计而动手写作。老舍曾借《火葬》的创作论强调：“假若社会上还需要文艺，大家就须把文艺作家看成个是非吃饭喝茶不可的动物。”[②]作家为抗战中的文艺家们的生活、创作中的艰难而呼号，其中也可以看见老舍在抗战中的困窘生活和几分无奈。这是第一层“混”世。

第二层“混”世，是朋友的期待与索取。老舍待人以宽、待人以诚，所以往往会在与朋友的交往中不善也不愿拒绝，于是经常要去面对那些可能超出自己日常生活承受范围的索取。老舍有一部小说集名为《赶集》，其来由就是：“刊物增多，各处找我写文章；既蒙赏脸，怎好不捧场？”[③]既捧场，就得写，而且要赶紧写。当然，写不见得就能成篇。他曾经将残稿寄给朋友以证明自己并未敷衍，还曾用非常幽默的方式向朋友调侃自己的作品。如给赵景深的一封信：

元帅发来紧急令：内无粮草外无兵！小将提枪上了马，《青年界》上走一程。吲！马来！

参见元帅。带来多少人马？两千来个字！还都是老弱

① 老舍．我怎样写短篇小说[M]//老舍全集：第16卷 文论．北京：人民文学出版社，2013:196.

② 老舍．火葬·序[M]//老舍全集：第3卷 小说．北京：人民文学出版社，2013:329.

③ 老舍．赶集·序[M]//老舍全集：第7卷 小说．北京：人民文学出版社，2013:3.

残兵！后帐休息！得令！正是：旌旗明日月，杀气满山头！[①]

作家在人情债中赶着创作，不得不赶的创作状态虽不合于作家的理想和想象，但并不是说所有的“赶”就不能出好的作品。《离婚》就是一个例子。因为《猫城记》，作家欠下了人情债，只得赶作“十万火急”的替代作品。作家曾开玩笑地说：“拼命与灵感是一样有劲的。”[②]《离婚》遂成为老舍的代表性作品，成为中国现代文学的经典之一。

---

① 老舍．致赵景深[M]∥老舍全集：第15卷　散文杂文书信．北京：人民文学出版社，2013:464.

② 老舍．我怎样写《离婚》[M]∥老舍全集：第16卷　文论．北京：人民文学出版社，2013:188.

第三节　以何立命

对满族而言，他们之所以能够入主中原，并统治近300年，其前提和基础是他们的八旗制度。建立在牛录制度基础上的八旗制度，保证了满族能在非战争状态下从事农业和畜牧业生产；而在战争状态下，又能把全体民众充分地调动起来转化为军人，形成必要的战斗力。但是随着满族的入关，他们分化成了两种完全不同的生存状态——关外的满族人依然保留其地，继续着他们的“旗地”，继续着他们的农牧生活；而进入关内的满族人，或者驻守在北京城周围成为“京旗”，以保卫中央政权，或者被派驻各省保卫地方政权。如果说关外的旗人还能够以土地作为生存依凭的话，那么入关的旗人则已经完全丧失了这样的权利，只能够以当兵（当官的只能是贵族）谋生。上层统治者为了强化其统治，保卫其安全，以法律的形式禁止满族人进入农、工、商等各行业。虽然因此满族人的军事实力得到增强，皇权得以保卫，但是下层满族人的生活被绑在了“铁杆儿庄稼”之上，从而丧失了任何其他的可能性。虽然“铁杆儿庄稼”保证了满族人旱涝保收，但随着清末军饷被层层盘剥，士兵到手的钱饷已难以度日。“至于我们穷旗兵们，虽然好歹地还有点铁杆庄稼，可是已经觉得脖子上仿佛有根绳子，越勒越紧！”[①] 因此，新中国成立后周恩来有这样的论述：“满族统治阶级入关统治中国近三百年，奴役各族人民，虽然曾使中国一度强盛，但最终还是衰败了，这应由清朝的皇帝和少数贵族负责，满族人民是不用负责的，他们也同样受到灾难。”[②] 而这种灾难，往往是会被历史所忽略的。

另一个不可忽略的问题是，随着满族入关后政权的稳定，军事斗争日趋减少，满汉两族之间的文化融合日趋紧密，原本以游牧为主要生活方式的满族人，逐渐被中原文化所浸染，满族人尤其是满族上层贵族的生活日益精致化、艺术化、娱乐化。而在上层贵族的示范下，中下层满族人对于生活艺术化的追求也非常明显。到了晚清，这种追求呈现出某种病态。老舍在小说《正红旗下》中说的“讲究”，就是这种病态的重要表现。“有钱的真讲究，没钱的穷讲究。生命就这么沉浮在有讲究的一汪死水里。”[③] 这一方面呈现出满族人在生活中对文化、艺术的执着，另一方面也说明这种追求某种程度上已脱离了他们既有的物质生活基础。但这已经成为一种生活方式，他们无力抗拒，也无法摆脱。

中国近代历史的转变从任何层面上说都是颠覆性的、史无前例的，李鸿章称之为“三千年未有之大变局”[1]。此前的

---

① 老舍．正红旗下 [M] //老舍全集：第 8 卷　小说．北京：人民文学出版社，2013:462.

② 周恩来选集：下 [M]. 北京：人民出版社，1977:319.

③ 老舍．正红旗下 [M] //老舍全集：第 8 卷　小说．北京：人民文学出版社，2013:462.

中国并非没有任何与外来文明、文化接触的机会，只是对于这个经济文化发达而又高度自信的国家来说，外来的点滴影响并不能直观地改变人们的生活状态。正如王国维所指出的：“元时罗马教皇以希腊以来所谓七术（文法、修辞、名学、音乐、算术、几何学、天文学）遗世祖，然其书不传。至明末，而数学与历学，与基督教俱入中国，遂为国家所采用。然此等学术，皆形下之学，与我国思想上无丝毫之关系也。”[①] 但 1840 年及之后中国所面临与承受的则完全是另一种面貌。有学者指出，近代中国的变革从器物、制度和观念三个层面逐步推进和展开，这与西方近代的变革首先是精神层面的变革，然后是制度层面的变革，最后才是器物层面的变革正好相反。对中国人而言，这些变化在形态上最直观、最真切的，就是中国从原先的王朝帝国走向“现代化”国家。

在所有“现代化”当中，最关键的要素是人的现代化，人的社会关系在这场变革中渐趋变更。在传统社会中，个体的“人”包含在“家—国—天下”的结构中，本质上是包含在“家”之中，这也是为什么中国的人情小说（如《红楼梦》）向来要以“家”为中心。因为“人”存在于“家”之中，而面向社会的是“家”的代表。传统叙事的日常询问常常是“你是谁家的孩子”，而不是“你是谁”。因为作为个体的“你”是不足以成为社会的信任符号的，只有家庭甚至家族才可以确认个体在社会中的位置。但当中国社会发生巨变，原有的社会关系慢慢解体，个体从家乡走出，基于村落文明的“家”所指示的功能式微，“个

① 佛雏 . 王国维学术文化随笔 [M]. 北京：中国青年出版社 ,1996:8.

人—社会/国家”的关系逐渐形成。当然，在20世纪的中国，“出走”成为中国社会最重要的社会景象，但还是有很多未出走或走不出的人依然被禁锢在原有的社会结构中。另外，“出走”之后又会怎样？关系的转变构成了人的现代化的第一步，但个体最终如何为社会/国家所确认，这是人的现代化的关键。

一、“三无”弃儿

每个人的存在都需要被证明，所以，无论谁的名号前都得有个姓氏，以表明其宗其源。阿Q就在这个问题上遇到了大麻烦。他自称姓“赵”而不被“赵太爷”所允许；加之有名无字，最后只能以洋文“Q”为记号。其实，鲁迅这一看似戏谑的表现手法，是中国人在长期的社会进程中形成的关切历史流变、关切渊源线索、关切家族脉络的文化特质。如果说西方文明更强调人的独立性的话，那么，东方文明则更强调人与人之间的关联性。从阶级论立场来审视，关联性可能是依附关系的结果。但中国文化内质中个体与社会、个体与个体之间有着非常明晰的界定，个体也正是在这个界定中明确着自己的位置和自身的价值。修纂家谱、族谱曾经是中国社会上上下下最普遍、最常见的文化工程，非如此就无以证明自身的合法性，非如此就丧失了立身之本。传统中国向现代中国转化的过程，是人们挣脱既有关联界定下的社会身份而向独立个体努力的过程；且在这一转化过程中，文化的惯性对于深深扎根于传统文化中的现代个体依然具有强大的冲击力。

老舍是传统的，虽然他接受的学校教育是改良的中西杂糅式的教育，虽然他年轻时曾在英国住了5年。老舍的传统是植根于生命、溶解于血液的本质化的无意识文化立场，这是他前20年家庭、教育、社交及文化环境熏陶的结果，也是他自身文化气质的自然选择。因此可以说，对于身份确认的需要是老舍与生俱来的。然而，老舍的身份确认却自小就有他特有的困境。

（一）无父

“君君臣臣、父父子子”是20世纪初叶中国社会努力突破的社会关系，是“三千年未有之大变局”的中国思变、求变的目标，也是不得不变的年代对自身文化影响最深刻的变项。君臣父子之间的伦常之变是臣子获得自身的合法性，实际上也是彼此“放过”，并将彼此交还给自己，然而在老舍看来却是无须交还的。老舍生于1899年2月3日（农历腊月二十三），其父舒永寿1900年在抗击八国联军入侵的巷战中阵亡。关于父亲，老舍的依据大概就只有父亲留下的腰牌——“面黄无须”的描述。其他，就只能在母亲、哥哥、姐姐的叙述中建构。老舍对父亲的叙事是在解放后的《正红旗下》里进行的，其时老舍已经50多岁。“幼而无父曰孤。”（《孟子·梁惠王下》）《礼记》云“少而无父者谓之孤”，所以，未满2岁父亲阵亡的老舍就是一个“孤儿”。说到“孤”，我们自然会想到孤苦伶仃、孤身只影、孤立无援等等。虽然家中有姐姐、哥哥，虽然后来老舍的人生也得益于刘大叔的慷慨资助，但“孤”的感受以及由此带来的不可摆脱的“孤独感”却是老舍童年里的主要情感。

（二）无君

老舍生于清末的北京，满族正红旗人，可以说身份明确。但从时间点上看，老舍生在了社会变革剧烈的时代，这让他的身份很快陷入困顿与迷茫之中。之后八国联军侵入北京，清廷败逃最后只能赔巨款以求平安。也正是在这场抵抗八国联军入侵的战斗中，身为皇城护军的“面黄无须”的舒永寿阵亡，从此老舍“无父”；而此前一年，因戊戌变法、百日维新，最后成就了“戊戌六君子”的英勇豪迈。变法的失败为革命的必要性作了论证，十几年后辛亥革命的枪声让清王朝走到了末路，从此老舍“无君”。

在年届不惑时，老舍自拟“小传”，郑重宣称自己“无父无君”[①]。这样的申明首先基于中国几千年“君臣父子”的伦理传统及其强大的社会约束力，其次基于以陈独秀为代表的现代中国的呐喊者深知必须拿“旧道德”开刀。同样，他们也深知其难度。在中国文学领域真正能够最终走上鲁迅所说的“异路”并有所成绩者，却很奇怪地共有“无父无君”的特性。比如鲁迅、茅盾、巴金、郁达夫等，当然还有老舍。从这个意义上说，中国现代文学的颠覆性是以“无父无君”为前提和基础的。当然，老舍的申明并不是对“君臣父子”的全盘否定，而是一种幽默的表达。所谓“无父无君，是禽兽也”（《孟子·滕文公下》），强调的是不受教化，不晓伦常。“无”所指也并非“没有”，更多的是“无视”。老舍的没有，甚至于并没有

---

① 老舍．小型的复活 [M] // 老舍全集：第 15 卷 散文杂文书信．北京：人民文学出版社，2013:355.

试图超越“伦常教化”。但是，生活中“君”与“父”的客观“缺席”使他更早地也更自主地认识了那个时代与社会。

（三）无族

“非我族类，其心必异。”（《左传·成公四年》）族的不同向来被视为类的差异，人以“族”聚背后往往是生活方式、价值观、信仰的分歧甚至相左；但满族入关后的 200 多年，上述差异、分歧大抵都已消弭。清政权的腐败无能与帝国主义列强侵略的加深，激起了中国革命的力量。1895 年孙中山在香港成立兴中会，提出“驱除鞑虏，恢复中华，创立合众政府”的革命纲领。这一纲领深刻影响了在清朝统治下的国人，在非满族与满族之间建立起“驱除”与“被驱除”、“革命”与“被革命”的关系。6 岁的溥仪在大人的“提线”下宣布还权于民，几千年的封建政体土崩瓦解。只是，“君”的退位不只是一姓之王朝的没落，还可能是一族民众的末路。虽然革命党与袁世凯及清廷之间达成了《关于大清皇帝辞位之后优待条件》等协议，协议中“丙、关于满蒙回藏各族待遇之条件”“今因满、蒙、回、藏各民族赞同共和，中华民国所以待遇者如左”的第一款就是“与汉人平等”。第五款规定：“先筹八旗生计，于未筹定之前，八旗兵弁俸饷，仍旧支放。”① 虽然如此，但“被驱除”“被革命”的身份已早早在社会中界定，旗人基本的生存需求并未因协议而有所保障，底层旗民只能在一无所长的残酷现实中自寻生计。这时的他们都不会亮出自己的“满族”身

① 李剑农 . 中国近百年政治史 :1840—1926[M]. 上海 : 复旦大学出版社 ,2007:306.

份，一来确实已经没有什么差别，二来哪怕倡导“五族共荣”亦无法消解他们内心的恐慌。“中华民族”的政治概念回避了民族的自然属性，客观上聚拢了各族共同的归属认知，也使彼此之间的芥蒂得以消散。多民族[2]形成相对统一的民族身份，客观上消解了认同障碍。

所以，对老舍来说，他不但是“无父”“无君”，同时也“无族”，真正是“三无”弃儿。“我是谁，我从哪里来，我要到哪里去”的哲学问题，变成了现实社会空间中的基本问题。第一个问题本质上包含了后两个，将个体转入时空轴线中。要回答“我是谁”，实际上必然需要追问其来处与去处。来处原本无须回答，但“三无”的老舍不但要回答“到哪里去的”人生选择问题，还要以自己的行动来证明自己的归属，并以之回答“我是谁”的问题。浸润在传统文化、民间文化之中，又被基督教文化所洗礼，再受西方文学和西方文化熏陶，当老舍寻求以文学的方式自我表达时，哲学的根本问题就需要老舍去面对，自然会在文学上给予呈现，本质上就是“立命”。

二、从“无”到“舍”

如果说“无”是老舍的自然属性，那么“舍”就是他的社会担当。舒乙在《父亲的最后两天》一文中说：“舍予两字是父亲十几岁时为自己取的别名”，“愿意以‘舍予’作为自己的人生指南，把自己无私地奉献给这个多难的世界，愿它变得更美好一些，更合人意一些”。① 十几岁的老舍正处于世界观、

① 舒乙．作家老舍[M]. 北京：中国青年出版社,2014:317.

人生观及价值观形成的阶段，而他“三观”形成的基础是“三无”。实际上，比“三无”更为实际的，是他及他的家庭面对的困窘。“刚一懂得点事便知道了愁吃愁喝”[①]，这种“无”是无法回避的，也是刻骨铭心的。他说：“穷，使我好骂世。”[②]“骂”虽然可以暂时宣泄内心的不平之气，但终究无法找寻到真正平衡自我的立足点。“因为穷，我很孤高，特别是在十七八岁的时候。一个孤高的人或者爱独自沉思，而每每引起悲观。自十七八到二十五岁，我是个悲观者。”[③]老舍在十七八岁时的“孤高”是将自我与现实分隔的方式，与其说是抛弃现世，不如说是放弃了自我。所以，我认为此时的“舍予”不过是在汉姓文字的拆解中获得了“孤高”的指向与依据，其内质还是悲观与隔绝。这样的状态持续到他 23 岁所谓“罗成关”（大病一场），抽烟、喝酒、打牌、看戏、逛公园，行为上的任性与放纵将他的悲剧情绪推到了极致。

“罗成关”是老舍的成人礼，他在 23 岁时与旧有的情绪告别，也在 23 岁时获得了新生。“舍”本质上是要建立在“有”的基础上的，所以 23 岁前的老舍之“舍”，符号大于意义。但当他重新审视自己的人生、回答自己的哲学三问时，他的选择真正契合了“舍”之本意。大病初愈的老舍放弃了待遇优渥

① 老舍．神拳·后记 [M] // 老舍全集：第 11 卷　戏剧．北京：人民文学出版社，2013:619.

② 老舍．我怎样写《老张的哲学》[M] // 老舍全集：第 16 卷　文论．北京：人民文学出版社，2013:163.

③ 老舍．我的创作经验（讲演稿）[M] // 老舍全集：第 17 卷　文论．北京：人民文学出版社，2013:68.

的京郊劝学员职务，到天津南开中学工作，薪水大降。这是一次真正意义上的“舍”，更是一次与过去的告别。也正是在南开中学，老舍为自己取的字“舍予”作了最清晰也是最宏大的注释：“两个十字架。”[①]“两个十字架”被他视作两重牺牲，牺牲的就是自己，即契合“舍予”之意。这段文字是作为教师给学生们的引导与倡议，更是对自己人生的定位。1944 年 4 月，文坛 300 多人聚会为老舍创作二十周年庆祝，更有多人撰文列举其文学贡献，主要是肯定老舍的人格魅力，尤其是他对抗战文艺和“文协”工作的贡献。这都与“舍”相关：舍家为国而从青岛只身赴武汉参加抗战；舍个人为抗战而担当起“文协”这一抗战中文艺界组织者的工作；舍文艺为宣传而弃写擅长的小说改写话剧及通俗文艺。一向谦和的老舍在彼时应该是确认自己兑现了取“字”之意、之愿的，所以他才会在报纸上写出《双十》这样的短文，确认当年“倒似乎不完全是信口乱说”。

如果说抗战是老舍负起的一个“十字架”的话，那么新中国成立后从美国回归就是试图负起另一个“十字架”——“创造新的社会与文化，我们也须准备牺牲。”只是“新中国”之“新”是超出老舍认知范畴的，他再次“舍”弃原先的“予”，努力靠近“新”时代、“新”政府、“新”政策，努力创造“新”作品，宣传“新”方针。他被喻为作家中的“劳动模范”——这个本该更多针对体力劳动者的褒奖。新中国成立后的十七年里，老舍舍弃了自己许多的志愿、理想、规划，也确实拼上了

① 老舍．双十 [M] // 老舍全集：第 14 卷 散文杂文．人民文学出版社，2013:366.

不少的体力，去做与文艺有些距离的“文艺工作者”的活儿。只是，这一回极左时代没有给他以认可，临了依然是个“资产阶级老人”，虽然中间曾经被授予“人民艺术家”的称号。当然，他说“我们不必道歉”，足见他也确认自己并未辜负自己的“字”，虽然自己的牺牲并不被认同。

可以说，老舍的人生既从无到“舍”，也从“舍”中立。中国传统知识分子崇高的人生追求莫不出“三立”——立德、立功、立言，老舍源于传统，又出于传统，也在时代的变迁中不断追求人生，重私德，也重文品，似乎在“三立”之中。但他最重要的“立”是“立人”（近乎鲁迅的“树人”）或称“立命”。启蒙精英知识分子的“树”更多是居高临下地对蒙昧者加以启迪，老舍之“立”首先在“自立”，在对自己名字的践行。在人生的实践中，老舍又顺乎了上至传统君子下至民间侠士的不更名、不改姓的坚持，所坚持的即是信仰——老舍终其一生都在以舍弃自我的方式寻找与发现自我。这是老舍人生的动力，也是他文学叙事动力的源泉。

三、“安身立命”

很多现代文化名家,其人生最基础的信条就是“安身立命”。老舍虽是满族，却也是最底层的旗人，一出生便面对生存的困境，“幼年境遇的艰苦，情感上受了摧伤”[①]。幸得刘寿绵襄助读书，尔后读师范毕业做了小学校长、劝学员，再然后成了

① 罗常培．我与老舍 [M] // 曾广灿，吴怀斌．老舍研究资料．北京：北京十月文艺出版社 ,1985:262.

大学教师、作家和文艺工作者的领导。看似不断上升的人生阶梯，其根底都是“安身立命”。出生的啼哭为“生”，跟着刘大叔去私塾就是“命”；做小学校长、劝学员可“安身”，辞职去南开中学、入基督教便为“立命”；在伦敦大学教书是“安身”，工作之余创作是为“立命”；回国在大学任教为“安身”，开始文学创作甚至辞职创作是为“立命”；抗战爆发提个皮箱去“抗战”是无法“安身”，参与“文协”是为另一种“立命”。老舍主要关心的是个体介入国家危机的责任感，是以战时文艺在国难中舍“我”而“安”作家并“安”天下的“使命”；留在美国更多的是“安身”，回国更多的则是“立命”。老舍在南开中学有一次对他一生来说都是非常重要的演讲，其中提到：“因为创造新的社会与文化，我们也须准备牺牲，再负起一架十字架。”① 当老舍所期待的“新的社会”来临的时候，为创造它、建设它是需要“牺牲”的，而老舍几十年前就准备好了——“舍予”。但老舍终究是“一个普通的知识分子，不是思想家”②，所以，他无法预见他的“牺牲”是不是真的可以建设他所期待的“新的社会”。当他发现其实这社会已经走向“疯狂”时，他以死“立命”，警示世人。

注释：

[1] 同治十一年（1872）五月，李鸿章在复议制造轮船未可裁撤折中称：

---

① 老舍．双十 [M] //老舍全集：第 14 卷 散文杂文．北京：人民文学出版社，2013:366.

② 徐德明，易华．老舍自述：注疏本 [M]. 北京：现代出版社，2018:356.

“臣窃惟欧洲诸国，百十年来，由印度而南洋，由南洋而中国，闯入边界腹地，凡前史所未载，亘古所未通，无不款关而求互市。我皇上如天之度，概与立约通商，以牢笼之，合地球东西南朔九万里之遥，胥聚于中国，此三千余年一大变局也。”“中国遇到了数千年未有之强敌，中国处在三千年未有之大变局。”

[2] 到 1982 年第三次全国人口普查时，国家正式认定的民族有 56 个。在这个阶段，还进行了恢复、更改民族成分的工作，其中恢复、更改民族成分的有 260 多万人。到此，“不论从全国或从有关省、区看，民族识别和恢复、更改民族成分任务已基本完成”。（黄光学《民族识别和更改民族成分工作已基本完成》，《民族团结》1987 年第 2 期）

第四节　解脱与无从解脱

黑格尔认为，历史的目的，即其进步的方式，不过是精神即理念的自我意识的展现。自我意识有两个时刻：一是精神本身客观地融入宗教、法律和国家存在的合理性之中，二是个人主体意识。[1]老舍所探寻的正是这两种进步方式的可能性。而我们发现，它们一起构成了一个整体，一个系统。如果说老舍一生极力描写与构建的是“人”，那么，这个“人”也一定是被困在“城”狱之中的。

“城”在这里有三个层面。首先“城”是一个地域概念，是一个物质空间。老舍的作品主要写城市，而这城市就是他出生、成长之地，首善之区——北京。其次，“城”又是文化之城。老舍的一些作品就是对这文化之“城”腐朽、落后部分——“恶习，积弊，与像大烟瘾那样有毒的文化”的呈现（当然，与此同时也部分地显示出它的优异之处）。而这些对于“人”及其集合体——民族的发展构成一种外在的约束或限制。最后，“城”是精神之城。“怯弱”“敷衍”“屈从”“退让”“家庭本位”等等就是这精神之城的负面部分，对“人”及民族的发展而言是一种内在的制约。老舍以文学“劝行”，主要就是对这精神之城的呈现。“猫城”（《猫城记》）、“文城”（《火葬》）、“阴城”（《蜕》）便是这样的城。

“人”首先是在城中的“人”，他既是个体的，也是人的集合体——民族。老舍一些作品描写个人的奋斗，所要展示的就是人的抗争、人试图攻破（由内而外的）城池的过程。将“奋斗史”分解，我们可以看到以下几个阶段：“企图”的起点在“探索”，经历了“挫折”，获得了“转机”，而最终归于幻灭。“城”与“人”的较量充满着矛盾，因为所谓“城”与“人”本来就是一体的。实际上，“城”只是“人”（民族）的一个“假想敌”，“人”真正要对抗的恰恰是他自己（民族自身）。

焦虑、矛盾、困惑都围绕着“城”和“人”在进行。那么，“城”与“人”的表象之下是作家什么样的精神实质在起作用呢？我们将老舍对“人”的焦虑与他对自己身世的记忆相联系，而“城”则与他对于北京城的记忆相联系。

一、身世记忆

老舍的身世包括了个人的记忆、民族的记忆、国家的记忆三重，这些阴影是他自卑的主要根源。从个人讲，老舍出身寒门，“3岁失怙”[2]，老母以洗衣补袜为业艰难维持一家人的生存。“自幼儿过惯了缺吃少穿的生活，一向是守着‘命该如此’的看法。”① “命该如此”，足见老舍的宿命、悲观和自卑。从民族来说，老舍是旗人，是清王朝统治的民族基础。然而，自19世纪中叶开始，清王朝日渐衰落，随之而来的是整个国家濒临危亡，终于在1911年腐朽的清王朝被孙中山领

① 老舍.《老舍选集》自序[M]//老舍全集：第17卷 文论.人民文学出版社,2013:521.

导的辛亥革命推翻。虽然国民政府讲“五族共荣”，但是他族民众对于曾是统治民族的旗人存在不健康的心态。同时，旗人自身由于社会结构变化和生活境遇变化，对于自己这个民族也有不健康的心态。于是，旗人不再公开自己的满族身份。老舍也是如此（直至新中国成立后）。清末，国家可谓是危在旦夕，泱泱大国无法挡住几艘舰船，八国联军气焰嚣张，长驱直入杀进京城皇宫，如入无人之境。后老舍留英教学，在中英两国的经济、文化、社会比较中，老舍很清楚自己国家弱小的根源。更重要的是，父亲阵亡于八国联军侵入北京的战斗中，个人、民族、国家三重影响一股脑儿地加在了老舍身上。

聪慧而勤奋的老舍在他所处的群体中很容易凸显出来，特别是在学校的学习方面。成就往往是会带来自信的，虽然这不能改变过去，但常常可以改变未来。

二、“北京城”的记忆

老舍对于北京城的记忆与描绘不胜枚举，这显然不只因为北京是他的故乡，还在于“北京城”包含了老舍几乎一切的精神“创伤”。不但上述的“三重记忆”在北京，而且关于民族认同的痛苦也在北京。

“中国人常把民族观念消融在人类观念里，也常把国家观念消融在天下或世界的观念里。他们只把民族和国家当作一个文化机体，并不存有狭义的民族观与狭义的国家观，‘民族’与‘国家’都只为文化而存在。”[①] 钱穆所说的实际上就是民

① 钱穆．中国文化史导论 [M]. 北京：商务印书馆 ,1994:23.

族认同的方式问题。“不存有狭义的民族观和狭义的国家观”的中国人，并不是不区分“我”与“他”的。然而，其区分标准是“文明”及文化认同。大一统后以汉族为主体政权下的百姓，他们所谓的“夷狄”不是以种族或狭义的民族相区别，而是认为“他”未“文明”，没有认同儒家文化（由于政权对儒家文化的利用，因而在他们看来，儒家文化是“文明”的基础）。所以，后来入主“中原”的非汉族的“他”如果认同了这一文化基础，那么，原本作为“他”者被看待的“夷狄”也就被认同为“我”，其政权的合法性也自然得到承认。

原先的少数民族对于中原文化的接受，事实上就是他们汉化的过程，客观上他们也就逐渐接受了其中所包含的民族、国家的认同方式。入关二百余年后，除了社会地位的特殊，满族人身上所特有的东西已经消失殆尽，客观上已经完全汉化。在民族认同上，他们与汉族人具有了一致性。然而，在清王朝被推翻之后，一方面因为对于清统治时期的不满，社会上出现了对满族人的肆意杀戮，另一方面章太炎、汪精卫等人又提出了从汉族立场出发的民族观念。于是，满族人在民族认同上出现了“失重”：说自己是满族人，却已经汉化而无半点儿满族人原有的特质；说自己是华夏子民，可他们所认同的儒家文化却被汉族人独霸且遭遇彻底否定。老舍内心矛盾和痛苦的根源是丧失了归属感，是对民族认同的迷茫。《茶馆》中常四爷的那句“我爱咱们的国呀，可是谁爱我呢？”的责问，即反映了当时满族人的心灵困境。

虽然鸦片战争后，中国人知道外国的存在，不再用“天下”

来指代中国及周边，然而，在民族、国家的认同上却没有什么质的变化。走出国门的老舍明白，他是作为一个中国人存在于异国的。认同了“国”，也就找到了归属，这样的族群认同就是所谓的“国家民族主义”[3]（State Nationalism），其终极目标是民族建构。它要求各族群融入一个大“民族”之下，进而实现一种超越族群区隔，并以政治效忠为核心的文化统一，要求在文化和政治上的合一。这在某种程度上与中国传统的以“文化”为民族标准的划法是一致的。这是中国政治话语最终的必然选择[4]，也是中国人的唯一合法选择。“文化”作为民族认同的基础，必然成为老舍关注的焦点。在老舍看来，民族文化中存在的各种各样的问题,必然是民族自身问题的根源。正是基于此，老舍差不多一生都抓着中国文化问题，而这文化问题常常被他物化为对于“北京城”及“人”的描绘。

三、超越焦虑

老舍之所以为老舍，而不是一般的旗人，在于他在焦虑、困惑之中的自我超越。这种超越伴随着他的成长，也是他成长的一部分。老舍曾给学生题词：“对事卖十分力气，对人不用半点心机。”① 这也是他自己的超越方式。

（一）母亲的示范——独立

老舍有一位独立自强的母亲,这是他的一个重要精神资源。母亲能在绝境中寻出生机，这对老舍影响至深。“在这种时候，母亲的心横起来，她不慌不哭，要从无办法中想出办法来。她

---

① 舒乙 . 老舍的关坎和爱好 [M]. 北京 : 中国建设出版社 ,1988:70.

的泪会往心中落！这点软而硬的性格，也传给了我。我对一切人与事，都取和平的态度，把吃亏看作当然的。但是，在作人上，我有一定的宗旨与基本的法则，什么事都可将就，而不能超过自己画好的界限。我怕见生人，怕办杂事，怕出头露面；但是到了非我去不可的时候，我便不敢不去，正像我的母亲。”[①] 母亲是位平常的妇女，她要让自己及子女生存下去，只能用忍耐，即正视现存的境遇，严肃对待自己的生活，尽自己可能的力量做好每一件事。同时，清晰地划出自己的“界限”，只有它才能保证自己的尊严，也保证了自己在社会中的独立。老舍说母亲把性格遗传给了他，实质上他获得了一种处事方式。考察老舍的一生，他确实是“对事花十分力气”。1918 年 7 月，老舍从师范毕业后被任命为小学校长，差不多一年后就因办学认真、恪尽职守而被派赴江苏考察。1920 年晋升为劝学员。后因办事认真被艾温思推荐去英国。在英工作期间，校方对他的评价也是认真。八年全面抗战时期的“文协”工作更有力地说明了他的工作风格。同时，老舍也有很清楚的“界限”，“公私分明”。“他对朋友的态度总是诚恳的，但必看什么人。倘是‘莫明其妙’的朋友，他用沉默或‘噢噢，是是’式的态度对之。”[②]

① 老舍．我的母亲 [M] // 老舍全集：第 14 卷　散文杂文．北京：人民文学出版社，2013:328.

② 舒济．老舍和朋友们 [M]. 北京：生活·读书·新知三联书店，1991:109.

（二）宗月的示范——向善

老舍对宗月大师是心存感激的，这不只因为“刘大叔”使他这个“不体面”的小家伙念了书，更重要的是他的精神对作家老舍影响至深。“他好善。尽管他自己的儿女受着饥寒，尽管他自己受尽折磨，他还是去办贫儿学校，粥厂，等等慈善事业。他忘了自己。就是在这个时候，我和他过往的最密。”[①]作家在他圆寂之后所希望的，依然是“他真的成了佛，并且盼望他以佛心引领我向善”[②]。宗月大师以现世的善举显佛陀之善心，他给老舍的一个重要影响就是“对人不用半点心机”。几乎所有与老舍有深交的人都会得出这样的结论，老舍很“真”。邵力子说：“他对于生活的认真，对于朋友的挚爱，对于事业的公正，对于国家的忠贞，一贯地流露着他的坦白真诚的性格。”[③]胡风在与老舍交游近七年之后，感慨“一直得到的是这个‘真’的感应”[④]。

老舍曾在《小人物自述》里间接地调侃刚出生的自己：“我一点不能自立：是活下去好呢？还是死了好呢？”[⑤]这么一个

---

① 老舍 . 宗月大师 [M] // 老舍全集 : 第 14 卷　散文杂文 . 北京 : 人民文学出版社 ,2013:239-240.

② 老舍 . 宗月大师 [M] // 老舍全集 : 第 14 卷　散文杂文 . 北京 : 人民文学出版社 ,2013:241.

③ 邵力子等 . 老舍先生创作生活二十年纪念缘起 [M] // 曾广灿，吴怀斌 . 老舍研究资料 . 北京 : 北京十月文艺出版社 ,1985:243.

④ 胡风 . 在文协第六届年会的时候祝老舍先生创作二十年 [M] // 曾广灿，吴怀斌 . 老舍研究资料 . 北京 : 北京十月文艺出版社 ,1985:249.

⑤ 老舍 . 小人物自述 [M] // 老舍全集 : 第 8 卷　小说 . 北京 : 人民文学出版社 ,2013:275.

源自莎士比亚的名句的哲学问题，显然是创作时的他回顾自己一生而突发的感慨。老舍生于清末，满族是皇族，但老舍又处在满族的最底层。经历民国，他首先是一个典型的遗民，这“遗”中包含遗弃、遗忘；而且民国基本没太平，留给人们的是战乱及颠沛流离。进入新中国，老舍度过了十七年国家百废待兴、充满激情的岁月，也是激进意识形态渐趋高涨并最终堕入疯狂的岁月。老舍无法摆脱时代大潮的裹挟，只能适应时代，在风浪中曲折前行。

四、国家与民族认同

老舍在他的话剧《茶馆》里，让一位正直而平凡的常四爷在年迈无依时感慨：“我爱咱们的国呀，可是谁爱我呢？”这个“国”不是特指大清国或中华民国哪一时的政权，而是指在异族列强欺凌之下顽强存在的民族共同体——中国。虽然“中国”之名由来已久，但更多的是一个中原地理、中原文明概念下的衍生物。谁主中原就可自称“中国”，而谁承续中原文化也可自称“中国”。满族入关两百多年的历史是逐步汉化的历史，但到了清末，他们突然之间重新被退回为“鞑虏”，成为“中华”的对立存在。如果说满族贵胄曾经奴役异族、鱼肉百姓，他们被“驱除”、被“革命”有其历史必然性。但整个满族在时代的动荡之中突然间，不仅丧失了生活的基础“铁杆庄稼”，还丧失了作为一般民众存在的合法性。在人民政府需要他作为民族团结的象征而突出强调他的满族身份前，老舍基本不提自己是旗人。人是需要精神归属的，因为外敌入侵、因为现代教育、因为出国，老舍有更强烈的国家、民族认同的心理需要。无论你是中华民国也好、中华人民共和国也好，只要你代表中国，为老百姓办事，你便是依靠。正如《茶馆》里的一句话："人家给咱们改了民国，咱们还能不随着走吗？"

五、作家的隐喻

郁达夫说任何作家的创作都是作家的自叙传。老舍自己所构建的"城"与"人"，以及它们的矛盾和统一确也可以作为他一生的另一种隐喻。

"五四"起的现代作家均持着"启蒙"的态度。他们都将自己定位为"启蒙"的施动者，宣称"可以诊断社会的弊病，而且能用独立的智慧来加以治疗；甚至于他们凭此不仅能够设想出社会结构的模式，并且认为可以把人类的基本习俗改造得更好"[①]。他们从未将自己纳入被"启蒙"和被"改造"的范围内。

老舍也持有"启蒙"的思想。他一生写了很多带有讽刺意味的作品，所讽刺的对象都是日常生活中的芸芸众生和他们的生活。他们是民族的组成部分，他们的生活是民族文化的组成部分。作为民族的一分子，作家反省自己的民族，反思民族的文化，同时也自我反省。老舍在谈自己幽默风格的形成时说："我不喜欢跟着大家走，大家所走的路似乎不永远高明，可是不许人说这个路不高明，我只好冷笑。赶到岁数大了一些，我觉得这冷笑也未必对，于是连自己也看不起

① 约翰逊．知识分子[M]．杨正润，等译．南京：江苏人民出版社，1999:2.

了。这个，可以说是我的幽默态度的形成——我要笑，可并不把自己除外。”[①] 由此我们可以知道，在作家的作品中，无论是好的或是坏的，都带着作家自己的影子，“他们”都只是作家的代言者。

可以说五四时期的绝大部分知识分子是将自己“客体化”于民族大众之外的，他们以居高临下的姿态来“拯救”这个民族；而老舍则是将自己纳入这个民族，他要寻求民族大众的出路，同时也寻找自己的出路。鲁迅曾给钱玄同作过关于“铁屋”的比喻，可以说“铁屋”就是老旧的民族，鲁迅等是屋外的清醒者，而老舍是屋内的觉醒者。“铁屋”就是那座“城”，老舍就是“城”内的“人”。

围困老舍的第一重“城”便是穷困得出的生活“只能如此”的结论。有幸得到刘大叔的帮助，老舍进入学堂，于是他努力用读书改变自己的命运。在因学业优异而获得不错的工作后，他又遇到了关于生命价值与意义的困惑。经历了“小型的复活”，他开始为大众的福祉而生活，为民族的大义而工作，为国家的富强和民主而奋斗。他在传统与现代价值的取向中彷徨。在积极为新社会摇旗呐喊时，阶级学说又让他迷惑于自己的社会位置。他立志从头再来，改造自己。获得“人民艺术家”的荣誉使他以为自己真正成功了，但“文革”又将他打回到“资产阶级老人”的阵营。这次最直接的否定让他再次陷入无限的迷茫之中，再度回到少时的“独自沉思”里，也由此重返“孤独”。

① 老舍.我的创作经验(讲演稿)[M]//老舍全集:第17卷 文论.北京:人民文学出版社,2013:68.

最后，他决定永远“孤独”……

一个人带领着一群人试图以自己的努力逃离他们的假想敌——围困自己的“城狱”，为此他们作出各样的努力。当他们以为自己已经逃脱时，却发现还在原地，因为逃离“城狱”的出口却是“城狱”的另一个入口。老舍引述叔本华的话说：“我们看到生活的大痛苦与风波；其结局是指示出一切人类努力的虚幻。”①

注释：

［1］参阅〔美〕杜赞奇《从民族国家拯救历史——民族主义话语与中国现代史研究》（江苏人民出版社2009年版）第一章。

［2］老舍自言3岁失怙，只因他生于1899年2月3日，而农历是戊戌年（清光绪二十四年）腊月二十三。其父阵亡于八国联军侵华战争时的1900年5月，是农历庚子年（清光绪二十六）。旧时计岁是历年即为一岁，故老舍自称其时“3岁”，而按“周岁”计算，当时他还不满2岁。

［3］与之相对的是种族民族主义（Ethnic nationalism），其终极目标是国家建构。

［4］保皇的梁启超持这样的态度；孙中山起初为汉族“革命”，最终也回到“五族共荣”；中华人民共和国则明确地要“各民族共同繁荣”，并把“大民族”命名为“中华民族”。

---

①老舍．文学概论讲义·第十四讲　戏剧[M]//老舍全集：第16卷　文论．北京：人民文学出版社，2013:143.

第五章 语与文

语言是文学的载体，是文学叙事的依托。人们将老舍推崇为文学语言大师，但简单地从语言的精彩处来认识老舍作品的叙事语言是表象的。语言实际上既包括了口头的“语”，又包括了书面的“文”。从老舍所处时代的文学形态看，文学大多都依托书面的“文”存在，之后戏剧、影视等实现了文学的跨媒介转换。但在老舍身上，其文学实际上是超越了书面的。从既有的文学文本、理论叙述中去发现老舍文学语言真正的资源与处置，才能从根本上认识到老舍这位大师对语言的感情之深切、用心之良苦、手法之精妙。如此，我们才能确认，老舍无愧于“文学语言大师”的称号。

第一节　文学叙事的声音

老舍是“语言大师”，1956年周扬在《建设社会主义文学的任务——在中国作家协会第二次理事会会议（扩大）上的报告》中提到，“作家茅盾、老舍、巴金、曹禺、赵树理都是当代语言艺术的大师”[①]。这代表官方的头衔授予并不见得会被学界与读者所接受，但在老舍，“语言大师”已经与“人民艺术家”一样成为读者确认他对文学史贡献的重要标志。这也从另一个角度说明，老舍的语言成就、贡献是被普遍认同的，相关论著也较丰富。但是，老舍的文学语言内质和文学语言形成机制并未得到充分的认识与探究。那么，老舍以何为文？我认为“声音”是我们认识、理解老舍文学叙事语言生成的关键要素。声音是老舍文学叙事的媒介。

一、建构与检验：老舍创作中的声音

老舍文学语言的和谐之美是被普遍认同的。创作初期，作为现代诗人的朱自清在评论《老张的哲学》和《赵子曰》时认为，老舍作品中的写景总是好的，并引用《赵子曰》第十六章

---

① 张炯．中国新文艺大系:1949—1966 理论史料集[M]．北京：中国文联出版公司,1994:197.

第一节一段写景文字，指出“这是不多不少的一首诗”[①]。老舍这一语言特点在之后的创作中不断优化和拓展，学界关于其语言美、韵律美的论述渐成主流。但是，老舍的语言之美来自以声音为媒介的问题却未被重视。

王国维说：“一代有一代之文学。”[②]在现代社会，语言也有鲜明的代际更替。中国现代文学之所以最初被称为“新文学”，在语言上用白话替代文言是重要的表征之一。“五四”作家虽然都从文言教育中成长，但又努力自我变革，实践着白话文学的创作。遗老的嘲讽与论辩者的挑剔没有阻止现代作家们的探索。如何创作白话文，不同的作家有不同的理解，也有不同的实践。开拓现代作家文学视野的林纾，他的文学语言是文言。林译小说实际上是重译的文本，即从外文经由魏易、曾宗巩等人口译为汉语口语，再由林纾将汉语口述转译为桐城古文。“五四”作家生活在传统私塾教育与现代学校教育的过渡时期，他们一般各持三套言语系统：其一是方言，其二是官话，其三是文言。为文的思维是文言塑造的，交际的口语是各带方言特征的官话（民国初的拼音推广对语音的统一有一定促进作用），而真正自己的话则是方言。三者间较难彼此替代，只能通过转译来过渡。对“五四”作家而言，现代白话创作也需要转译。周作人说，晚清白话文也是通过转译实现的，文章先“用

① 朱自清．你我 [M]. 北京：生活·读书·新知三联书店 ,1984:176.

② 王国维．宋元戏曲史 [M]. 上海：华东师范大学出版社 ,1995: 序 1.

古文想出之后，又翻作白话写出来”[①]。

我们认为老舍在这场实践活动中，走了一条迥异的路径。老舍的不同也自有原因。首先，他是“五四”的旁观者[②]。“五四”新文学发端之际，老舍尚在北京师范读书，即将毕业，后做小学校长、劝学员等。1924 年秋赴伦敦大学东方学院任教，直到 1925 年才开始文学创作，彼时“五四”早已落潮，这让他避开了现代白话文的草创阶段。其次，他是长篇小说的先行者。此前，中国文坛短篇小说兴盛，而其看点在立意谋篇，语言的欠缺可以忍受。长篇小说必然要求有可读的文学语言，否则难以为继。在老舍创作之前，除了因袭明清通俗小说外，长篇小说只有张资平等人的零星创作。所以，老舍的长篇创作在现代小说史上是立于潮头的。现代长篇文体的初始状态给了他新的可能性。最后，他的创作具有一定的独立性。他创作的念头来自为学英语而阅读英语文学的促动，多少带着些消遣之意。又由于老舍在伦敦并不能有效获取国内对其作品的评论，所以他的海外创作具有某种独立性。后来回到国内，老舍的创作也并不合于主流。这种独立性是他在文学语言上自成一格的重要原因。

老舍生于北京，虽然北京方言与国语官话比较接近，但也有词汇、语法等诸多差异。老舍享有语言上的优势，而更大的优势是其在创作构思时所用的就是口语白话而非文言，这样也

① 周作人 . 文学革命运动 [M] // 周作人散文全集：第 6 卷 . 桂林：广西师范大学出版社 ,2009:95.

② 老舍 . 我怎样写《赵子曰》[M] // 老舍全集：第 16 卷 文论 . 北京：人民文学出版社 ,2013:167.

就少了转译的环节。老舍日常生活般自然流淌的语言，给现代文坛注入了一股别样的清新。老舍对作品语言非常用心，大量关于文学语言的论述是他文论的重要组成部分。我认为这里的语言与其他作家所论述的语言有着本质的不同，即老舍所论述的语言虽然也最终落实为书面的文，但都是以口头“声音”为基础的语言。

在其他作家那里，书面文字是以形表意，意在形之中；而在老舍这边，书面的文字更重要的是以形注音，意在音之中。他在论述“语言”时最常用的名词是“话”，而相应的动词是“说”——“文学是语言的艺术，我们是语言的运用者，要想办法把‘话’说好，不光是要注意‘说什么’，而且要注意‘怎么说’”①。这里固然有面对新中国成立后工农兵作家接受心理的影响，但也显露出作家无意识思维习惯的痕迹。在《我怎么写〈骆驼祥子〉》一文中，顾石君提供了许多原以为“有音无字”的“北平口语中的字和词”②，于是对声音的调动减少了因文字造成的限制。对于口语的强调，文字对声音的记录在此得到了印证，可见论者所言非虚。具体来说，老舍是从三个方面运用声音进行创作的。

首先，声音是创作思考的基础。上一代作家如周作人等，因为从小的文言训练，使得他们在文学创作的构思谋篇上自然

---

① 老舍．人物、语言及其他[M]//老舍全集：第16卷　文论．北京：人民文学出版社,2013:550.

② 老舍．我怎样写《骆驼祥子》[M]//老舍全集：第17卷　文论．北京：人民文学出版社,2013:467.

而然地用文言思考; 而老舍则直接将文学创作建立在日常言语、口头声音基础上。老舍说他是“出着声儿写的”[1]，即创作中描写场面、对话都以口头声音为具象化的介质，通过口头的虚构形成书面文本的基础。虽然也有现代作家借助口语进行创作，但落实到声音，能使书面文本与日常口语直接关联的作家大概少有。老舍虽生于社会底层，但并非文言功底薄弱。他在师范学校受方还等名师指点，散文学桐城，诗学陆放翁、吴梅村等。现存 300 多首旧体诗词是老舍几十年人生经验的另一种记录。同时，老舍也有极好的西学修养，他不但有在英国、美国近十年的生活、阅读经验，还在英国帮助艾支顿翻译了《金瓶梅》，在美国与蒲爱德等人合作翻译了《骆驼祥子》《四世同堂》等。所以，老舍对口语并非无知地排斥，而是在对不同语言的阅读比较中体会民间口语的魅力。“它的独立与自由，因为它自有它自己的生命。”[2]基于这样的认识，老舍选择借助他认为“活的、自然的”的语言来支撑自己的创作。

其次，声音是表现方式。老舍认为对话最能揭显个性[3]，“对话是人物性格最有力的说明书”[4]。老舍的叙事性文学文

① 老舍 . 对话浅说 [M] // 老舍全集 : 第 16 卷　文论 . 北京 : 人民文学出版社 ,2013:542.

② 老舍 . 我的“话”[M] // 老舍全集 : 第 17 卷　文论 . 北京 : 人民文学出版社 ,2013:306.

③ 老舍 . 人物的描写 [M] // 老舍全集 : 第 16 卷　文论 . 北京 : 人民文学出版社 ,2013:220.

④ 老舍 . 戏剧语言 [M] // 老舍全集 : 第 16 卷　文论 . 北京 : 人民文学出版社 ,2013:530.

本在酝酿构思时最重视人与事两个方面，二者又互为表里。他认为通过长时间的构思琢磨，把复杂的人与事“翻过来掉过去的调动，人也熟了，事也熟了”[①]，创作就顺理成章、水到渠成。人的“熟”在老舍那里就是批过“八字儿”与婚书，“知道”家谱[②]。如此，才能钻到人物的心里，体察人物在具体情境、具体场面里可能说出的话以及说话的方式，从而替人物说话[③]；也因为人物声音有这样的基础，它就成为人物性格的重要表现方式。老舍以高度性格化的白描式口语刻画人物，声音成为塑造作品人物性格最有力的因素。

最后，声音是检验的尺度。老舍不但以口语作为创作的先导，还以口语作为检验作品的尺度。念作品是老舍创作之后最常做的一件事。通过对作品的诵读，来检验作品是否契合“口头”，“耳朵通不过的，我就得修改”[④]。他不但自己读，还要读给朋友听，在英国创作小说时尤其如此。写《老张的哲学》时他给来伦敦的许地山“念两段”[⑤]，写《赵子曰》时“交给

---

① 老舍 . 我怎样写短篇小说 [M] // 老舍全集：第 16 卷　文论 . 北京：人民文学出版社 ,2013:196.

② 老舍 . 戏剧语言 [M] // 老舍全集：第 16 卷　文论 . 北京：人民文学出版社 ,2013:532.

③ 老舍 . 关于文学的语言问题 [M] // 老舍全集：第 16 卷　文论 . 北京：人民文学出版社 ,2013:363.

④ 老舍 . 对话浅论 [M] // 老舍全集：第 16 卷　文论 . 北京：人民文学出版社 ,2013:542.

⑤ 老舍 . 我怎样写《老张的哲学》[M] // 老舍全集：第 16 卷　文论 . 北京：人民文学出版社 ,2013:164.

宁恩承兄先读一过”[①]，写《二马》时更是“写几段，我便对朋友们去朗读”[②]。这当中“念”和“朗读”无疑是通过口头的方式进行，而且由他自己实施。宁恩承的“读”未必是口头，但显然老舍的期待是通过口头来进行检验。虽然从效果描述看，“朗读”不免有口语才华分享和娱乐的成分，毕竟他的创作起步于幽默，但更多的还是最初创作的不确定促使他求证于人。

这种求证兼带展示的情形，在新中国成立后的老舍戏剧创作中也频繁出现。新中国成立后老舍的戏剧创作因为涉及对时政的配合，所以经常需要“政治”把关，本文所述的是他验证自己的戏剧文本是否贴合口语的要求。在李翔《老舍与祥子们》、高君箴《一个难忘的人》、吴晓铃《老舍先生在云南》、濮思温《老舍先生和他的〈龙须沟〉》等文章里，都曾提及老舍在剧院给导演、演员朗读作品的情形[③]。这里，验证的动机肯定是第一位的，但期待以口头更准确地把自己的创作构思、人物设计想法传达给导演、演员的意思大概也是有的。据于是之回忆，创作《茶馆》时，“老舍先生还没写完就跟我谈起王利发这个角色了”[④]。虽然老舍努力将书面文本口语化，但显然书面文本无法承载口语的全部要素。他直接的演绎可以最忠实地将自己在创作想象中的内容传达给导演和表演者。“剧

① 老舍．我怎样写《赵子曰》[M]//老舍全集：第16卷 文论．北京：人民文学出版社，2013:169.

② 老舍．我怎样写《二马》[M]//老舍全集：第16卷 文论．北京：人民文学出版社，2013:174.

③ 舒济．老舍和朋友们[M]．北京：生活·读书·新知三联书店，1991.

④ 于是之．于是之论表演艺术[M]．北京：中国戏剧出版社，1987:99.

本完稿以后，老舍先生按照老习惯，仍由他自己向导演和演员们朗读。一边读一边解说，并示范剧中人物的音容笑貌和举止动作。文学剧本的魅力，一下就攫住了舞台艺术创作者的心。”[①]而这样超越文本的艺术检验方式，在其创作过程中就已经展开，通过“一人班，独自分扮许多人物”[②]的方式加以验证。也正因为如此，当饱含丰富内容的超文本的艺术想象落在纸面上时，虽必然会丢失许多艺术的信息，但其依然活泼生动，充满感染力。

老舍说，小说“不应当拿一定的形式来限制”[③]，“‘五四’运动对语言问题上是有偏差的”[④]。他努力摆脱其影响，将文学语言拉回到生活声场中，以特别的文学创作实践给现代文坛带来了不一样的文学语言面貌。

二、喧哗与沉默：老舍文学世界里的声音

声音具有空间性特征，文学文本无法直接记录声音的机械波，所以在文字世界里，声音只是被模拟、被形容的。可即便如此，文学里也能塑造出丰富的声音世界。因为有了声音的参

①北京人民艺术剧院《艺术研究资料》编辑组.《茶馆》的舞台艺术[M].北京：中国戏剧出版社,1980:193.

②老舍.对话浅说[M]//老舍全集：第16卷 文论.北京：人民文学出版社，2013:542.

③老舍.文学概论讲义·第十五讲 小说[M]//老舍全集：第16卷 文论.北京：人民文学出版社,2013:149.

④老舍.关于文学的语言问题[M]//老舍全集：第16卷 文论.北京：人民文学出版社,2013:373.

与，文学世界才呈现出它的多维性、立体性，也因而充满生机。老舍文学作品的精彩之一就在其文学的声音。当然，声音具有多重性。许多研究者发现，老舍的文学作品是难得的可供朗读的文本。文字之下，作家构建出丰富立体的声音世界。在这当中，喧哗与沉默两种对立的声音是老舍作品里的显著存在，也是独特存在。

老舍早期作品的声场给人的印象是喧哗而嘈杂的，尤其是环境声场。《老张的哲学》一开场，便是学校迎接检查时的人声鼎沸。在《赵子曰》中，老舍给天台公寓设置了这样戏谑的声景：

> 王大个儿的《斩黄袍》已从头至尾唱了三遍。孙明远为讨王大个儿的欢心，声明用他的咳嗽代替喝彩。里院里两场麻雀打得正欢，输急了的狠命的摔牌，赢家儿微笑着用手在桌沿上替王大个儿拍板。外院南屋里一位小鼻子小眼睛的哲学家，和一位大鼻子大眼睛的地理家正辩论地球到底是圆的还是方的。[①]

嘈杂是生活的本原状态，内在的无序、随意与放任是日常特别是市井最典型的表现。而老舍显然又是故意放大了这种周遭声景的嘈杂，作家要借此为老张及那群学生的荒唐行为作铺垫。最初的两部作品对老舍而言具有游戏性，因此在表达上他挥洒恣肆；正如他自己所说，是缺少控制的。缺少控制在一定

① 老舍．赵子曰 [M]//老舍全集：第 1 卷　小说．北京：人民文学出版社，2013:201.

程度上能有效地传达出作家对生活感受的主体印象。

及至《二马》，老舍已经以相对严肃的态度面对写作了，但他对嘈杂生活本态的确认并没有改变。《二马》开篇写道："礼拜下半天，玉石牌楼向来是很热闹的。"所热闹的是各式"打倒"的声浪，而伴随的是叙事人对政党政治偏执的批判。到了30年代，老舍再写到这样的嘈杂时已经不再是背景声场，而是将喧哗声场背后人的精神本质刻画了出来。《我这一辈子》描绘的街面兵变景象是："忽然，我听见一排枪！""又一排枪，又一排枪！""啪，啪，啪，啪，四面八方都响起来了！"在四下的黑暗之中，"我"只能听到枪的声音，个体的恐惧在密集的枪声中升起。更恐怖的是当主人公借着点着的街铺的火光看清散兵游勇抢掠后人们的疯狂——"男女老幼喊着叫着，狂跑着，拥挤着，争吵着，砸门的砸门，喊叫的喊叫，嗑喳！"作家从巡警的视角，审视融化在民众血液里的贪婪和从众的集体无意识。固然社会秩序的破坏者是军阀，但在没有了外在约束时，人们喊出的是近乎兽的声音。于是，喧哗声场的构建已经不只是社会生活形态的展示，而是民族精神状态的呈现。

20世纪50年代老舍的戏剧里也有喧哗，但突显的不再是嘈杂。与之前的小说不同，他把戏剧环境声场的构建交给了舞台说明，最终呈现在观众面前的主要是声音与动作。《龙须沟》的幕启——"门外陆续有卖青菜的、卖猪血的、卖驴肉的、卖豆腐的、剃头的、买破烂的和'打鼓儿'的声音，还有买菜还价的争吵声，附近有铁匠作坊的打铁声，织布声，作洋铁盆洋铁壶的敲打声。"各种声音交织出民间的生活场景。《茶馆》

的幕启，一段对茶馆的说明呈现在舞台上时就是鸟、说话、叫卖等各种声音的混杂。喧哗声景突出的是生活场景里的民俗风貌。自然声响与人类生活的声音，是作家关于北京城生活最鲜明的听觉记忆，也是眼下北京民俗声景保存与研究的重要内容。在戏剧里人的喧哗，如《茶馆》的开头，茶客在义愤于时政时终究被王利发“莫谈国事”的提醒化解。《龙须沟》《大红院》也多有人声鼎沸的场面（两戏最后），但都在快板儿或合唱声里化芜杂为有序。

在喧哗的环境里，文学人物登场。在老舍的小说和戏剧里，有两类截然不同的人物：一类人喧哗而显得聒噪，另一类人则言少而近乎沉默。比如老张（《老张的哲学》），小说开头就是略显慌乱又似乎经验丰富的老张的各种声音安排，赵子曰（《赵子曰》）在他的公寓第三号里谈论京剧、麻将等等。他们在小说的场景里总有很多的话，以此在别人面前完成对自我的建构，而事实上完成的是作家对他们的解构。在“不彻底的批判”视角下，人物以自己的声音完成了对自己的塑造。老舍早期小说里所谓的“先进”人物，如王德、李应、李景纯、小马、李子荣等，也无不通过语言来表露显现。老舍说早期创作“小说中是些图画，记忆中也是些图画”，他最初关注的更多在场面，在热闹——“这是初买来摄影机的办法，到处照像，热闹就好”。[①]20 世纪 30 年代以后，老舍小说里仍然有这样相对喧哗的人物，虽然这些人大多从主要人物退居为次要人物。如

① 老舍．我怎样写《老张的哲学》[M]//老舍全集：第 16 卷 文论．北京：人民文学出版社，2013:162-163.

《离婚》里的张大哥，《骆驼祥子》里的虎妞，《四世同堂》里的祁老人，等等。他们开始都生活在自己的世界里，以自己理解的方式看待生活，并将之“说”告于他人。他们身上有各式的缺陷与不足，但作品里他们的声音完美地表现出各自的不完美，使得他们显现出生动性、真实性，反而有了可爱的一面，成为比较鲜活的人物。

与喧哗的人物相对应，老舍还善于写人物的沉默和无声。老舍早期小说里的人物是热闹的，人物的声音混杂在环境的声音之中。进入30年代，他的很多小说的主要人物，在日常情境中都显得相对沉默甚至木讷，但他们有丰富的内心声景。在老舍的中短篇小说里，比较著名的作品如《老字号》里的主人公辛德治还有钱掌柜，他们都是相对寡言的人。“三合祥卖的是字号。多少年了，柜上没有吸烟卷的，没有大声说话的；有点响声只是老掌柜的咕噜水烟与咳嗽。”与他们相对的是，周掌柜的话语及他的经营手段制造出一个喧哗的空间，在此空间里，辛德治以激烈丰富的内心独白对抗外部的喧嚣，从精神上抵抗“没规矩”的现代经营。《断魂枪》里的沙子龙，从一个走镖侠客变成一个独坐客栈的阅读者。他的话也很少，特别是在话多而不分轻重的王三胜和执着的孙老者面前。小说没有描写他的内心声音，但人们能记住他深夜院内的独语：“不传！不传！”内心对时代的判断是坚定而有力的。长篇小说如《离婚》《骆驼祥子》的主人公也都不是话多的人。无论老李在家还是在单位，都要将说的话往回收，在心里说；收不住的，也往少里说。而他周围，无论是他老婆还是同事，都在不停地但又无意义地言说着。在他看来，他的同事们“和苍蝇同类，嘴不闲着便是生命的光荣”。由此可见，他对衙门生活及周遭人的厌恶跃然纸上，追求上的分歧也一目了然。祥子也是极少话的人，买车时“拍出九十六块钱来：‘我要这辆车！’”。“我要这辆车，九十六！”显得简单而执拗。在人和车厂里，听到的是刘四与虎妞的声音，祥子几乎没有声音。拉包月时，有曹先生、曹太太、高妈的声音，祥子也是极简单的话。但看似木讷的祥子却在计划着、观察着、追求着，也常常反思着，这是他内心的声音。《四世同堂》里瑞宣的寡言让瑞全都生气，“可是大哥是那么能故意的缄默”，“他不愿时常发表他的意见”。而他冷不丁地表达意见——“还是打好！”多少是让人吃惊的，却也显示着他内心的清醒。乔治·斯坦纳说：“与其说沉默是一堵墙，不如说它是一扇窗。”（《逃离言词》）形如上述作品的人物，他们在现实生活中寡言少语，并不是因为他们天生丧失言语的能力，而是他们无法与他们的环境及周遭的人们对话。足见缄默本身也是一种声音，是无声之声。从另一种意义上说，他们处在被环境压抑的情境下，他们只能选择与自己对话，与自己商量。

戏剧人物必须用台词来塑造。20 世纪 50 年代的戏剧里，人物普遍是比较喧哗的，主要人物与次要人物又各有不同的表现方式。次要人物通过职业特征、形象类型来塑造。比如唐铁嘴、刘麻子靠嘴吃饭，所以巧舌如簧；而二德子显然是靠打架过活的人，言语简单。不同的声音、不同的语言勾勒出职业不同、价值观不同的世相人形。主要人物在戏剧情节、细节塑造的同时，也会通过自白来表露心迹。《茶馆》结尾处三个老人“撒纸自祭”的各自人生简述与悲情追问是喧哗的。秦仲义：“全世界，全世界找得到这样的政府找不到？”王利发：“为什么就不叫我活着呢？我得罪了谁？谁？”常四爷：“我爱咱们的国呀，可是谁爱我呢？”三人的悲情追问道出了不同阶层人的辛酸与无能为力，这是人物塑造的点睛之笔，是作品直击观众内心的声音。

无论是小说或是戏剧，无论是喧哗还是沉默，老舍的作品都以独特的声景形态将读者带入一个独特的文学世界，也以人物各异的声音方式引发读者的思考，震撼读者的心灵。通过声音媒介，老舍为我们提供了中国普通民众的生活场景以及作家在此当中的思考。

三、声口与说表：传统叙事里的声音

老舍的文学作品里有对民族的深入思考，有对个体的深切同情，所以，它是现代的。同时，阅读老舍的作品，又可以鲜明地感受到一种来自传统的美感和来自民间的亲切。在这当中，声音是老舍承续传统的重要内容。老舍首先借鉴了语言运用，表现了对音节之美的重视。他说：“民间的曲艺……把严格的诗的规矩打破了，但把语言的音节的美留下来了。”[①] 老舍在创作中注重音节的长短、声调的平仄，显然这是对民间美学的继承与发展；也因此，他的作品可被诵读并不是一个意外的收

① 老舍．文学语言问题 [M] // 老舍全集：第 17 卷　文论．北京：人民文学出版社 ,2013:715.

获，而是作家有意为之的结果。当然，他在文学叙事上的借鉴更为明显。

一方面，老舍对“声口”等传统叙事理论有借鉴。“声口”一词出自点评家金圣叹评价《水浒传》人物：“人有其性情，人有其气质，人有其形状，人有其声口。”[①]评书作为口头艺术，要通过说书人之口，将故事及人物呈现给观众。书场里的说书人，可以略有肢体的参与，但主要依靠“口”——声音。叙述之外，“一人多角”决定了说书人必须让人物语言“显示书中人物的个性、品位、身份、文化、修养等”，从而“人人不同”[②]，也就是注重“声口”。老舍将人的性情、气质及形状与人物的“声口”融为一体，通过他们在作品里的声音来展示他们的性情、气质，甚至形状，将“声口”的功能充分发挥。

上文我们简单分析了老舍作品里的喧哗与沉默，具体到每个人物，情形又各不相同。比如在《骆驼祥子》中，刘四、虎妞在寿宴上吵架，虽然本质上都是粗人，言语粗白，但刘四气急败坏。虎妞开始时心虚嘴硬，被动招架，后来发急斗狠说出的话火气十足。父女两人相似又不相似，情绪也随情势而变化。人物声音能有效塑造人物自身，其根本就在于人物各有其“声口”，即老舍自己说的“话到人到”[③]。这种极致的文学想象形态不仅超越了中西文学的书面文本传统，而且接续了流行

① 金圣叹．金圣叹批评第五才子书水浒传 [M]. 天津：天津古籍出版社,2006: 序 5.

② 田连元．谈评书艺术的形式特点：说、演、评、博 [J]. 曲艺,2018(9):62.

③ 老舍．对话浅论 [M] // 老舍全集：第 16 卷　文论．北京：人民文学出版社,2013:546.

于民间的口头文学，特别是北方评书、曲艺。韩南说："声口的概念证明与近代的，甚至现代的中国小说有着特殊的关联。"[①] 在他看来，这是变革的不彻底，可能是因为中国传统讲故事者的模仿的残余影响，从而忽视了中国作家的主动承继与发展。

另一方面，老舍将民间说表叙事的手段熔铸到现代小说之中。中国的小说源出于街谈巷议、道听途说，"说—听"的声音传播逻辑出其本意，评书、话本、拟话本对这一传统一脉相承。传统说书人及传统小说的叙事人常以细致的模仿、平易的叙述、体贴的评论，让听众在不觉陌生的无感距离中形成共鸣。因此，中国传统小说中最突出的特点是对说书人的保留及其艺术化。20 年代的短篇小说以启蒙大众为己任，从一开始就让叙事人居于俯视书中人物、俯视读者的位置，拉开了叙事人与读者的距离。

老舍的小说实际上是让"说书人"回归，不以"启蒙者"的姿态居高临下，而以具有丰富生活经历的邻人姿态自处，俯下身说、表、评，如叙家常。比如《骆驼祥子》的开头："我们所要介绍的是祥子，不是骆驼，因为'骆驼'只是个外号；那么，我们就先说祥子，随手儿把骆驼与祥子那点关系说过去，也就算了。"因为并没有第二个讲述者，所以这里的"我们"是作为讲述者的"我"与听（或读）者（老舍在有的小说里直接称"你"）的共称。这就构成了"说—听"合围的现场效果。

---

① 韩南．中国近代小说的兴起 [M]. 徐侠，译．上海：上海教育出版社，2004:10.

《离婚》开头一句“张大哥是一切人的大哥”，证明叙述人既通晓世事又有些玩世不恭。一边要讲一个话题严肃的故事，另一边又不拉起脸来训话。老舍说因为自己的经历与性格，所以“要笑骂，而又不赶尽杀绝”，“失了讽刺，而得到幽默”。[①]所以，讲述人的态度是作家意向的最好证明。

叙事人的现身并不是多大问题，现代小说里也很多见。更为突出的是叙事人在叙事过程中的“多用议论和比喻”[②]，这在客观上突出了叙事人的声音。传统说书人有表——叙述故事、白——模拟故事中人物说白、评——解析评论等三项职能，评论是传统叙事特别是评书等口头叙事不可或缺的组成部分，甚至是最关键的部分。因为有议论的存在，所以传统评书不但带给听众生动的故事，更在此过程中引导听者拓展了对故事细节的发现，以及对生活细节的认识。说书人的“评”又常常超越本文，与听者分析互动，进行价值判断与传播，让相对陌生的事件、情节或因果，通过解析、启发并归纳到听众既有的价值体系之中，使他们获得精神上的满足。事实上，现代小说叙事人也运用了这一功能。热奈特认为叙事者叙事之外的功能是引导、传播、鉴证和意识形态影响，韩南认为其功能包括解释、元叙述、互动、解说、评论及个人启示[③]。说法虽有不同，但

---

① 老舍.我怎样写《老张的哲学》[M]//老舍全集:第16卷 文论.北京:人民文学出版社,2013:163.

② 王卫东.论老舍小说的叙述声音[J].北京联合大学学报,2001(4):9–14.

③ 韩南.中国近代小说的兴起[M].徐侠,译.上海:上海教育出版社,2004:11.

评论功能的存在却是毫无疑问的。老舍的小说虽在形式上取消了说书人，但实际上保留了说书人的一些功能，在“表”“白”中充分呈现出其生动性，使得人物能够更形象地传达出自己的声音。在“评”时，呈现出叙事人的态度与价值判断。这样的叙事人介于书场实在的说书人与虚构文本中隐在的叙述者之间。说书人自身的“真实”性与讲述内容拟“真实”的声音，共同构建出阅读者的现场感与“真实”感。真实、真切客观上顺应了接受者的心理期待，事实上产生了共鸣的效果，夯实了阅读者与讲述者之间及其对讲述内容的“信任”关系。老舍的叙述人保留了“真实”性功能，基于现代小说的立场，往往在评论时，注入现代的价值观及对现代人生存困境的分析，从而重构了阅读者的价值体系与人生态度。在非第一人称叙事中，“我”“我们”在文中出现，比喻、议论的介入，显示出老舍并不试图隐藏对叙事的参与。强烈的主观意识的流露是作家创作意志的最直接表达。

在“声口”及说书人“说表”之外，老舍还积极借鉴传统说书的叙事技法。比如长篇小说开头的“开脸儿”，情节叙述过程中荡开一笔的“闲书”等。但老舍不止于借鉴，更注重创新，所以他的小说没有停留在“声口”与“说书人”处，而是将传统说书的叙事技法与现代的心理刻画、现代的文体、现代的价值观融合在一起。老舍的第三人称叙事，人物常常是全知的，但当讲述者描摹主人公的心理时，讲述者会贴近模拟，近乎第一人称。

综上，老舍对声音的专注与他深受传统文艺影响分不开。

老舍也读旧小说，但影响一定是现场感受的评书、相声更为直接和强烈。他创作中强烈的“声音”意识与之分不开。说书大家柳敬亭的老师莫后光说：“夫演义虽小技，其以辨性情，考方俗，形容万类，不与儒者异道。”（吴伟业《柳敬亭传》）“说书虽小技，然必句性情，习方俗，如优孟摇头而歌，而后可以得志。”（黄宗羲《柳敬亭传》）说明通过“说表”“声口”来“辨性情”“句性情”是说书行当的祖传技艺。而柳敬亭回去“养气定词，审音辨物，以为揣摩”[①]遂成大家，说明声音在这一传统艺术中具有很重的分量。清末民初，评书在京津盛行，且名家辈出。老舍的青少年时期是在评书流行的年代里度过的，与罗常培放学后听书是他后来津津乐道的回忆。在老舍看来，评书、相声等直接与听众面对面的语言艺术，有通晓人心、笼络人耳的技巧，因为“他们接近民众或生活在民众里”，“事实与人物多半是精确生动，说出来使人爱听，而且相信”[②]。冯梦龙在《古今小说·序》中说：“宋人通俗，谐于里耳。”[③]宋代的作品很通俗，契合老百姓的耳朵和眼睛。冯梦龙所说的“谐”是书面的“谐”，其基础还是类似评书式的“口头＋表演”的声色。评书、曲艺出于大众也合于大众，显示出传统叙事的优势。老舍认为借鉴和利用接近或生活在民众之中的艺术表现手法，就可以抵达他所追求的“精确生动”，借此也可

① 倪钟之．中国曲艺史[M]．天津：百花文艺出版社，2019:315.

② 老舍．谈相声的改造[M]//老舍全集：第12卷　戏剧．北京：人民文学出版社，2013:666.

③ 冯梦龙．喻世明言：第1卷[M]．长春：吉林摄影出版社，2004:1.

以将民众认为真实的声音传达出来，进而让读者相信和喜爱。这样的艺术选择在现代文学发生和渐趋成熟的阶段是少有人去尝试的，但并不意味着它就没有价值。20世纪30年代鲁迅曾说："我相信，从唱本说书里是可以产生托尔斯泰，弗罗培尔的。"①当然，不是因为鲁迅有此论述，中国的曲艺里便能产生出大师级的创作者，而是由此表明，哪怕是在文体意识特别强的鲁迅那里，文体本身也并没有什么高下之分，通俗文体自有其艺术生命力。老舍了然中西，即使身处西方的文学现场，但他更认可传统的价值，并在自己的艺术创作中选择继承，也为有价值的传统在其他领域的消逝而扼腕。在《茶馆》里，评书先生邹福远感慨："正经东西全得连根儿烂！"其痛心疾首正是老舍心声的直接表达。老舍之于传统非但不排斥，相反他更能体察传统文化的独特价值及艺术魅力，新中国成立后也为之做了不少保护与发展的工作。

四、文心与气韵：从声音到文本的转化

老舍的创作并没有满足于外在形式的"谐于里耳"，而是更注重"入于文心"，即用文本表"文心"。所谓"文心"者，"言为文之用心也"（刘勰《文心雕龙·序志》），也就是"文"内在思想情感表达的深刻性与外在的形式之美，二者统于一方，可谓"入于文心"。老舍对文的"用心"是从字、句、段落到修辞、对话等言语的每个细节，而他重要的经验是："写完几

① 鲁迅．论"第三种人"[M]//鲁迅全集：第4卷．北京：人民文学出版社，2005:453.

句，高声的读一遍，是最有益处的事。”[①] 这里的益处自然是对言语运用恰当的益处。在老舍的作品中，我们可以收获关于“文心”更为丰富的内涵。

（一）声景民俗

作为一个拥有世界文学眼光的作家，老舍清楚只有真正属于自己的东西才是世界上有价值的，所以，老舍是较早强调并实践民族风格、民族气派的中国作家。他说：“我认为民族风格主要表现在语言上。”[②] 文学的民族风格可以在很多方面呈现，但语言一定是最关键的一环，事实上也是具备了民俗学价值的一环。不同于“五四文艺腔”，老舍作品的语言在对话中保留了短句的主体性，又在描写时容纳了适当的长句。更重要的是，老舍通过对北京日常生活语言的锤炼化用，将彼时北京街巷的生活样态、生活中的言语情境呈现给了阅读者，构建出比较完整的声景系统——一种独特的民俗生态。在这声音之中，包含了中国北方普通大众“民间的，喧腾的、撒欢的、顺畅的、平面的”[③] 发声方式和生活方式。这种地方性特征，是中国这个国土广袤、民族众多的国度多样性文化的一个代表，是文化民族性的重要组成部分。20 世纪 20 年代乡土文学虽然也有王鲁彦、蹇先艾等对一方故土的描绘，但终究数量和篇幅有限；加之多了“寄寓者”的省审眼光，所以难以呈现地方全貌。其

---

① 老舍 . 言语与风格 [M] // 老舍全集 : 第 16 卷　文论 . 北京 : 人民文学出版社 ,2013:230.

② 老舍 . 关于文学的语言问题 [M] // 老舍全集 : 第 16 卷　文论 . 北京 : 人民文学出版社 ,2013:370.

③ 葛红兵 . 中国文学的情感状态 [M]. 济南 : 山东文艺出版社 ,2008:51.

中最为缺少的，可能就是属于地方的“声音”。虽然从秦始皇起就开始了“书”同“文”的努力，但“口”同“声”的普通话的有力推广则是近些年的事。中国社会语言的复杂性、多层次性与多系统性虽显驳杂，但也正因为这种驳杂才孕育了表达的丰富性，也才成就了中国文学的丰富性。

（二）历史话语

在老舍作品的“声音”中，不但有一方的民俗，也有散现着历史的记忆。与历史文献不同的是，老舍以个体化的声音来记录历史，使历史具备了温度，这是文学独有的魅力。在不同的作品中，老舍记录历史的影像或显明或隐约地在背景中呈现，即使如五千字的《断魂枪》，作家也都给出了一段非常写意的情境叙述，然后再呈现相对具体的历史的声音。千年未有之变局，对小民而言就是天翻地覆。“年头的改变教裱糊匠们的活路越来越狭。”（《我这一辈子》）“年头是变了。”（《老字号》）这里对“变”的感慨是生命个体最真切也是最痛苦的声音。其他如《老张的哲学》《赵子曰》可见 20 世纪 20 年代中国社会的教育面貌，《小坡的生日》记录了作家所关切的国人在南洋的奋斗史，《四世同堂》无疑是中华民族在抗战中发出声音的最好记录。另外还有《大明湖》（虽然作品已毁）对“五三”的关注，《断魂枪》（《二拳师》未创作）对武侠江湖的书写，《老字号》对传统商业文化衰落的呈现，等等。

（三）生命追问

索绪尔在《普通语言学教程》中指出：“思想是正面，声音是反面……我们不能使声音离开思想，也不能使思想离开声音。”[①]老舍说：“言语为灵魂的化身”，“文字，也是灵魂”。[②]可见，无论从语言学的理性分析，还是文学的感性体悟，其结论是一致的，即声音与思想、灵魂是一体的两面，是内在的统一。当然，“事实本身不就是小说，得看你怎么写”[③]。韩南说文言、白话、口语都是传达文化的，近代三种文学的区别“在对问题所持的态度，在价值观上强调的不同方面”[④]。老舍用近乎口语的文字入文，并没有走向传奇或英雄主义，相反是将口语的鲜活与现代“人”的观念有机结合，扎根于坚实的现实生活，描摹出那一段中国的生活与文化“真”的声音。因此，当老舍的作品进入现代文坛，它不只是增加了一种具有北京地方口语特色的文学样本，而是丰富了现代文学的思想内涵。

（四）因声求气

声音的传统不只在民间，中国文学之正宗的诗文，也对声音倍加重视。《毛诗序》说：“在心为志，发言为诗。”诗的本体是“言”，而非“文”，是可以“歌咏”的。白居易《与元九书》说诗者：根情，苗言，华声，实义。曹丕《典论·论文》：“故言语者，文章关键，神明枢机，吐纳律吕，唇吻而

---

① 索绪尔．普通语言学教程[M]. 高名凯，译．商务印书馆，1982:158.

② 老舍．文学概论讲义·第七讲 文学的风格[M]//老舍全集：第16卷 文论．北京：人民文学出版社，2013:67.

③ 老舍．我怎样写短篇小说[M]//老舍全集：第16卷 文论．北京：人民文学出版社，2013:193.

④ 韩南．中国白话小说史[M]. 尹慧珉，译．杭州：浙江古籍出版社，1989:12.

已。”强调“文”的语言要重视音韵，是寻求契合人的口头。老舍的文学创作正是依循“情感”，以“声音”展现的传统，重视对人物“声口”的贴合。“谐”耳并不只合于民间，也是“文心”的需要。

但在音节上，老舍的“文”更重视内在的精神气韵。刘大櫆认为：“盖音节者，神气之迹也”，“合而读之，音节见矣，歌而咏之，神气出矣”。（《论文偶记》）老舍的“文”受桐城派影响，所以在他作品声音和谐的背后，是不断探索文字内在气韵统一与升华的努力。在《老牛破车》里，老舍在创作反思和总结里总会提到“不懂何为技巧，哪叫控制”“信口开河”[①]“匀净是《离婚》的好处”[②]；在《骆驼祥子》里提到“不蔓不枝”，但“收尾收得太慌了一点”[③]。两处说的都是作品的布局结构，关心的是作品内在的气韵统一。

追溯文学的历史，本就是从口头而渐入书面，且不断在口头里汲取营养的。在中国文学史上，“声音”是重要的文学传统。《诗经》中有十五“国风”，共160篇作品，描摹的就是各地百姓劳动、生活的“声音”。周朝设置言官，通过采收民风以指导周王朝政令的制订与调整。民风，也即民间的“声音”，其由来已久。徐德明教授曾提出中国文化传统中两个系统的观点——讲

---

① 老舍．我怎样写《老张的哲学》[M]//老舍全集：第16卷　文论．北京：人民文学出版社，2013:164.

② 老舍．我怎样写《离婚》[M]//老舍全集：第16卷　文论．北京：人民文学出版社，2013:190.

③ 老舍．我怎样写《骆驼祥子》[M]//老舍全集：第17卷　文论．北京：人民文学出版社，2013:467.

台与书台，或者叫“书院与书场”，它们分别承担着上层知识分子与城市普通民众的“教化”任务。虽然二者都以“书”为载体，但一个是文本化、思想性的文本，另一个是感官化、生活性的声音，两者构成“官方”与“民间”两大文化形态。五四新文化运动某种意义上是打破两极壁垒，使雅俗彼此融合的开始。很多人注意到了张恨水等人的“引雅入俗”，而极少关注老舍的“引俗入雅”，即将民间的方言、评书的“声口”引入现代的文学艺术之中，省视与反思的却是现代人的生活与文化。

马克思说：“语言是一种实践的现实的意识的学说。”[①] 老舍说，语言是生命的一种方式。他以特别的语言形式记录感官所捕获的对社会、生活和人生的认知，所以难免感性。也正是由于他的感性，我们感受到的是真实与真挚。相对而言，中国现代文学（我们假定以胡适《文学改良刍议》为开端，如果往前推移起点另论）从一开始就是充满理性与思辨的。因为肩负了文学所不能承受之重，批判、呐喊等等实际上削弱了文学作为艺术的感性要素，哪怕是抒情的郁达夫，骨子里也还是要向祖国呐喊的。老舍虽然不以思辨深刻见长，但他有火一样滚烫的心，他把对“生活”的认识置入文学里，有用这滚烫的内心丈量现实生活和他关切的人民的决心。这种关切又显示出内在的理性。

作为一位从底层走出来的作家，老舍文艺创作的一个重要立意就是代底层发声——“世界上有千千万万的受压迫的人，

① 宋振华．马克思恩格斯和语言学[M].长春：吉林人民出版社,2002:17.

其中的每一个都值得我们替他呼冤，代他想方法。”[①] 老舍坚持保留的说书人的“声音”，其实就是一些研究者所指的“代言”，只不过是讲述的类型。不像展示式叙事，叙事人意图退出。老舍不追求“零度写作”，当然，任何写作都不可能真正是“零度”。老舍不回避他在叙事中的情感，也无意隐藏其态度，因此，他的隐含读者便是同样身处生命或生活困境的底层普通人及其同情者。老舍自幼穷苦，但性格似母亲一样刚强。他替底层人发出声音，也认为这就是自己应有的声音，“而不是找些漂亮文雅的字来漆饰”[②]。与其说老舍独爱这语言，不如说这是他对原声的保护。语言构建了范畴，规定了经验世界，任何被粉饰后的语词都将不再是它本身。

① 老舍.我怎样写《牛天赐传》[M]//老舍全集:第16卷 文论.北京:人民文学出版社,2013:200.

② 老舍.我的“话”[M]//老舍全集:第17卷 文论.北京:人民文学出版社,2013:307.

第二节　白话文

“五四”新文学运动的一个重要转变就是语言的革故鼎新，所以这也是一场包含了语言革命的“白话文运动”。这场变革固然离不开理论论战的“破”，但更重要的是在文学创作实践中不断创新的“立”。从1925年《小说月报》刊登《老张的哲学》开始，“老舍”这个名字进入文坛并成了一个风格独特的作家。如今我们描述其贡献时常常会提到“人民艺术家”和“语言大师”两个头衔，一个强调其艺术层面的成就，另一个则突出其语言方面的能力与贡献。老舍的作品在民国时期就已进入语文教材，甚至是突出语法规范的教材。他的语言观念及文本实践塑造出了怎样的文学语言呢?

一、俗白

白话文是现代作家的普遍共识,也是大家不断追求的目标。它是一个不断发展、完善的过程。白话文的“白”指向的是语言的特征。那么，什么是“白”呢?“五四”初期胡适写信给钱玄同界定“白话”，强调白话的“白”：“是戏台上‘说白’的白，是俗语‘土白’的白。”“是‘清白’的白，是‘明白’的白。白话但须要‘明白如话’。”“是‘黑白’的白。白话便是干干净净没有堆砌涂饰的话。”[①]

第一点讨论的主要是来源。实际上戏台上的“白”与俗语的“白”并不相同，但胡适已经意识到白话之“白”与“口白”的关联性，虽然他仍坚持少量文言词汇的参与。后两点则主要讨论白话应具备的特征：简练与清浅。胡适虽然创作不多，但他对白话的判断大体是捕捉到了自身特点的。但是，“五四”作家在创作实践中并不能很好地处理这些语言的基本问题，包括“文”与“白”的问题，也包括欧化语法的问题。但老舍进入文坛之初就在语言方面显示出鲜明的“口白”特征。

这里其实有个基本问题，就是为什么要“白”？一是沟通的便利。新文学对白话的需要本质上是文学文本与读者更通畅交流的需要。文言文由于高度的凝练与书面性特征，使得没有较好语文修养的读者无力阅读它，所以以白话代替文言就能显著降低阅读的语言门槛。最便宜最高效的交流自然是日常口语。老舍的小说充分利用了老百姓的日常口语：“我愿在纸上写的和从口中说的差不多。”[②]因为其文“和从口中说的差不多”，所以读者一看就懂。文学文本与读者之间没有了语言的鸿沟，作家与读者的沟通自然更加顺畅。二是表达的自然。古文家的文字虽然从构思到落笔大约都是以文言为根底，也似乎是自然的，但实际上这不过是自幼教化、训练的结果，是脱离了日常

---

① 胡适．答钱玄同书[M]//胡适文存：第1卷．北京：华文出版社，2013:36.

② 老舍．我的“话”[M]//老舍全集：第17卷 文论．北京：人民文学出版社，2013:307.

语言的另一套系统。白话则使书面语回归日常，无须更换“嘴脸”另行一套，客观上使表达自然而然。当然，老舍在其文论里也提到，强调“自然”的重要性是白话使用中的问题。三是交流的亲切。文言让阅读者情不自禁地正襟危坐，无形中拉开了文本与阅读者之间的距离。老舍说，亲切“不单纯是技巧的产物”[①]，客观来看，白话本身为文本的亲切感提供了可能。

白话有助于上述目标的达成，但并非只要是白话就必定是易懂、自然而又亲切的。这就涉及另一个问题——如何“白”。

（一）简练

作为日常沟通工具的语言，最根本的特征是简洁。简洁在艺术表现中就是直击事物本身，减少繁复的修饰。老舍认为：“比喻在诗中是很重要的，但在散文中用得过多便失了叙述的力量与自然。”[②]减少修饰，所能使用的自然是“白描”；不能因语言繁复而影响表意，就必须在“白”上下功夫。老舍认为没有修饰的、“白”的语言，恰恰有其自身的美，作家最重要的工作是保存这种美。“第一要维持言语本来的美点，不作无谓的革新；第二不要多说废话及用套话，这是不作无聊的装饰。”[③]老舍的文学作品极力将生活的本来面貌描绘出来，

① 老舍．语言与生活 [M] // 老舍全集：第 16 卷　文论．北京：人民文学出版社，2013:605.

② 老舍．言语与风格 [M] // 老舍全集：第 16 卷　文论．北京：人民文学出版社，2013:228.

③ 老舍．言语与风格 [M] // 老舍全集：第 16 卷　文论．北京：人民文学出版社，2013:230.

而绝不滥用修辞。他说："一个字只有一个形容词，我们应再给补充上：找不到这个形容词便不用也好。""能直写，便直写，不必用比喻。"[①] 鲁迅的作品以白描著称，我们统计分析他的《伤逝》，会发现其中形容词与副词占比大约是27%，名词、动词的占比在65%。而考察老舍的作品《月牙儿》，则发现形容词与副词占比大约是18%，名词、动词的占比大约是75%。用词本身自然不是判断作品好坏的直接依据，但它显示出作家在写作中对修饰的克制。鲁迅的描写功力惊人，而对老舍作品的词汇统计证明，他在写作中对修饰词汇的使用更加克制。

（二）清浅

当然，简洁、简练"不是简略、意思含糊"[②]。虽然简练是在语言控制上形成的语句结果，但依然要实现阅读者对内容的理解。要实现的效果是容易理解、容易接受，这就是老舍常说的"清浅"。他一直认为，简洁、简单反而是有表现力的，"小说的文字须于清浅中取得描写的力量"[③]。从某种意义上说，清浅就是要放弃语言层面的故弄玄虚，将所要表达的内容最大限度地直抵阅读者，而作品能够感染读者的力量则在阅读者对内容的认识、建构及反思中生成。因此，老舍要清浅的是语言，

---

① 老舍．言语与风格 [M] // 老舍全集：第 16 卷　文论．北京：人民文学出版社，2013:228–229.

② 老舍．人物、语言及其他 [M] // 老舍全集：第 16 卷　文论．北京：人民文学出版社，2013:550.

③ 老舍．言语与风格 [M] // 老舍全集：第 16 卷　文论．北京：人民文学出版社，2013:232.

而厚重的是内容和思想。作家依照“它怎样说，我便怎样写”[1]的路径贴近生活的语言，这里的“怎样”强调的是日常口语的表达方式，也是浅显易懂的表达习惯。

（三）现成

所谓清浅、简练的语言并不是脱离语境而生造。老舍说：“我们须从生活中学习语言。”[2]因此，老舍强调的“白”，实际上还是日常生活中的“口白”。白话创作，还是需要以生活为依据。老舍认为衡量语言恰当与否，也是看所用的语言是不是现成的。老舍说：“大家都那么说，就现成；只有我们自己那么说，就不现成。我们不能独创语言，语言本是大家伙的。”[3]“五四”初期的白话，因为处于探索阶段，所以存在各种脱离现实生活语言的创造、借鉴和杂糅等。傅斯年称之为“欧化白话文”，也被称为“五四文艺腔”。胡山源总结其有六大特点，如句子长、形容词副词多、比喻多、词彩熟、重复、硬用西洋文法[4]。这一时期的“白话”之后成为文坛、报刊、电影等反对者嘲笑的内容，原因主要还是脱离了生活，有违老舍说的“现成”。当然，老舍说的“现成”不是将日常语句简

---

① 老舍．我的“话”[M]//老舍全集：第 17 卷 文论．北京：人民文学出版社，2013:308.

② 老舍．谈文字简练[M]//老舍全集：第 17 卷 文论．北京：人民文学出版社，2013:765.

③ 老舍．谈用字[M]//老舍全集：第 17 卷 文论．北京：人民文学出版社，2013:586–587.

④ 胡山源．小说综论[M]．上海：上海中央日报出版社委员会，1945:57–59.

单照搬——“口语不是照抄的，而是从生活中提炼出来的”[①]。创作者的责任就是“运用现成的言语把意思正确的传达出来”，要“找到那最自然最恰当最现成的字”。[②]

“白”不等于俗。老舍认为语言本身是没有俗雅的，关键在于“字的俗雅，全看我们怎么运用；不善运用，雅的会变成俗的，而且比俗的多着点别扭”[③]。

二、如话

既然“白”依从“现成”，也就是依照口语，那么口语实践的结果就是“话”。如果说“白”指向的是语言特征，那么“话”则指向的是语言类型。老舍反复强调他对日常口语的借鉴、吸收和利用。

“话”是人们日常表达的以声音为介质的言语内容，它与书面语一样是表达者与接受者的中介载体，但区别是“话”对应“说—听”的结构，以口、耳完成人际的信息传递。当日常口语成为文学表达的载体时，老舍认为“‘自然’是最要紧的”[④]。一方面“自然”是尽力去除创作者的刀斧痕迹，使之

① 老舍 . 关于文学的语言问题 [M] // 老舍全集 : 第 16 卷　文论 . 北京 : 人民文学出版社 ,2013:369.

② 老舍 . 言语与风格 [M] // 老舍全集 : 第 16 卷　文论 . 北京 : 人民文学出版社 ,2013:227.

③ 老舍 . 话剧的语言 [M] // 老舍全集 : 第 16 卷　文论 . 北京 : 人民文学出版社 ,2013:611.

④ 老舍 . 言语与风格 [M] // 老舍全集 : 第 16 卷　文论 . 北京 : 人民文学出版社 ,2013:230.

贴近于人们的日常表达，让读者不被语言形式所排斥。这也是为什么老舍在语言选择方面一再强调“现成”的原因。另一方面“自然”则表现为语言处置的恰当，“要说什么必与时机相合，怎样说必与人格相合”①。

这在实践上是有极大挑战的。老舍强调，创作者在文学表达时不要刻意地修饰，要讲真话。他说：“朴实的文字能够独具风格，力求花哨而辞浮意晦是一种文病。真话是说到根儿上的话，从心窝子掏出来的话，它一定不需要无聊的修辞。”②所以，这个“真”又是建立在创作者与描写对象，更是创作者与作品背后对应的现实生活中的人与事的情感基础上的。他认为真热爱，就能创作得出。③好的文学语言不在“字典与词源”，“妥当的字，结实的句子是由事理人情中得来的”④。要懂得事理人情，归根结底还是要在生活中体会与发现。老舍说：“语言与生活分不开。生活丰富，语言才会丰富。”“有修养的作家必是生活丰富的作家。”⑤他在很多文章里都强调，从“生活”中学习语言[1]。生活的丰富不只带

① 老舍 . 言语与风格 [M] // 老舍全集 : 第 16 卷　文论 . 北京 : 人民文学出版社 ,2013:231.

② 老舍 . 谈文字简练 [M] // 老舍全集 : 第 17 卷　文论 . 北京 : 人民文学出版社 ,2013:765.

③ 老舍 . 文学创作和语言 [M] // 老舍全集：第 18 卷　文论　工作报告译文 . 北京 : 人民文学出版社 ,2013:219.

④ 老舍 . 谈文字简练 [M] // 老舍全集 : 第 17 卷　文论 . 北京 : 人民文学出版社 ,2013:765.

⑤ 老舍 . 文学修养 [M] // 老舍全集 : 第 16 卷　文论 . 北京 : 人民文学出版社 ,2013:422–423.

来语言本身的丰富，更在于只有从生活中来，才能在作品中最终还原生活。

向生活学习语言，就必然要面对一个“方言土语”的问题。老舍比较喜欢利用“方言土语”来增强作品和人物的活泼，他觉得“有劲儿”[①]。顾石君为老舍提供了许多原以为“有音无字”的字词，使得北平的方言语汇可以落到纸面。于是，“笔下就丰富了许多，而可以从容调动口语”[②]。老舍在《语言、人物、戏剧》一文中认为，“语言性格化、地方性、哲理性，三者是统一的”[③]，可见“方言土语”是文学语言不可缺少的组成部分。新中国成立后，基于推广普通话的需要，老舍的立场有所变化，但这并不能改变“方言土语”在他过往创作中所产生的积极意义。

如果说以上文字回答了“话”从何处来，那么下面我们来看老舍的“话”在文学文本里是怎样呈现的，也就是“说什么”与“怎么说”的问题。

“说什么”主要集中在人物身上，就是作品里的人物说什么样的话。老舍说：“对话是人物性格的索隐。”[④]优秀的文

① 老舍.土话与普通话[M]//老舍全集：第18卷 文论工作报告译文.北京：人民文学出版社,2013:33.

② 老舍.我怎样写《骆驼祥子》[M]//老舍全集：第17卷 文论.北京：人民文学出版社,2013:467.

③ 老舍.语言、人物、戏剧[M]//老舍全集：第16卷 文论.北京：人民文学出版社,2013:600.

④ 老舍.人物、语言及其他[M]//老舍全集：第16卷 文论.北京：人民文学出版社,2013:551.

学作品要想塑造出性格鲜明的人物，要做到“话到人到”[①]。老舍作品里的人物是生动而各具个性的，其得益于语言与人物的契合。所谓契合就是“如此人物，如此情节，如此地点”[②]。最关键的契合是那些符合人物日常口吻的对话，使得老舍笔下的人物一开口便凸显出人物的性格、处境、情绪，这在传统曲艺里被称为“声口”。鲁迅的小说多创作于“五四”初期，语言中的文白掺杂还比较明显。《祝福》里的鲁四老爷说“可恶！然而”，人物与语言尚是契合的，他终究是个“讲理学的老监生”。但祥林嫂问：“一个人死了之后，究竟有没有魂灵的？”这话多少与一个未读过书的农村妇人是有些距离的。《骆驼祥子》里，虎妞再见到丢了车回来的祥子，说：“祥子！你让狼叼了去，还是上非洲挖金矿去了？”“狼叼了”一面是戏谑祥子是小孩子，另一面也算是狠的咒骂。虎妞在粗俗男人中间形成的粗犷的话语风格就显露了出来。“非洲”这种新式地名，在虎妞看来就是“遥远”的意思，其实“非洲”在哪儿她并不真知道，只为表明祥子离去了许久。而“挖金矿”则因为对虎妞来说，人生不为了钱，还能为什么。简单的一句话、一个声音就把一个人活生生地立在读者面前。如上文所引，老舍主张语言要从生活中学习，但他也强调，学习语言要把语言与人物、事

① 老舍．对话浅论 [M] //老舍全集：第 16 卷　文论．北京：人民文学出版社，2013:541.

② 老舍．话剧的语言 [M] //老舍全集：第 16 卷　文论．北京：人民文学出版社，2013:609–610.

物联系起来学[①]。明白了人物的生活，不只找到了语言的泉源，同时也能理解人物的品质、思想与感情。

作品内人物所说的是“话”，跳出作品，叙事人所说的也是“话”，这个“话”就是叙事作品怎么说。借鉴西方文学后，中国现代作家都努力将纯粹叙事功能的讲述者隐去，而让作品人物用自己的行动和语言来展示。老舍的小说（戏剧不存在这个问题）叙事人并未完全消失，于是，这类似于传统小说或说书的叙事人，用他独特的话来讲述各色人物的故事。如果说老舍小说的人物各具性格，那么，他小说里的叙事者也往往是生动活泼而又幽默风趣的人。他的话总能引起读者的兴趣。比如：《老张的哲学》开头，叙事人介绍老张“三位一体”时的幽默；《赵子曰》第二段肆意评论“专租学员”的洞明；《骆驼祥子》开头摆出的轻松；《四世同堂》开头祁老人的担忧。叙事人的存在不但没有让作品受损，相反，它还是老舍作品文本独特而重要的支撑。

三、为文

“白”也好，“话”也罢，说到底都是“文”的基础。何以为文？老舍说要“经过锤炼琢磨，便成为精金美玉”[②]。让日常语言转化为“精金美玉”，成为一种可供人们欣赏的

---

① 老舍．人、物、语言 [M] // 老舍全集：第 16 卷 文论．北京：人民文学出版社 ,2013:595–596.

② 老舍．戏剧语言 [M] // 老舍全集：第 16 卷 文论．北京：人民文学出版社 ,2013:537.

艺术品，足见其追求的高远。日常生活有好的语言资源，如何进入文学，则需要提炼打磨的功夫。老舍说他“总是一面出着声儿，念念有词，一面落笔”[①]。虽然根植白话口语，可并不是“照抄”，而是要“从生活中提炼”[②]。老舍生活的年代，日常口语是驳杂的，不但有书面语，还会混入典故，也必然掺杂着各式土语、行话。老舍坚持以口语声音为依据，所以他强调，过分书面的不浅白的语言不用，“而用顶俗浅的字”[③]。同时，“不借助于典故，也不倚赖土语、行话，而只凭那么一些人人都懂的俗字，经过锤炼琢磨”[④]。在这锤炼中，老舍有如下追求。

（一）音节之美

口语的日常性决定了它自身的现实、琐碎、重复与冗长，它天然地与文学性、诗性相对存在。韩南认为，由于认识到白话不比文言简练，所以晚清改良家只得极力抬高“顺畅”的价值。[⑤]但诗性、简约、凝练并不只是文言所独有，关键是如何处置语言与所要描述或叙述的对象之间的关系。老舍没有简单

---

① 老舍．对话浅论 [M] // 老舍全集：第 16 卷 文论．北京：人民文学出版社，2013:542.

② 老舍．关于文学的语言问题 [M] // 老舍全集：第 16 卷 文论．北京：人民文学出版社，2013:369.

③ 老舍．我怎样写《二马》[M] // 老舍全集：第 16 卷 文论．北京：人民文学出版社，2013:171.

④ 老舍．戏剧语言 [M] // 老舍全集：第 16 卷 文论．北京：人民文学出版社，2013:537.

⑤ 韩南．中国白话小说史 [M]．尹慧珉，译．杭州：浙江古籍出版社，1989:15.

地将北京口语直接入文，而是通过揣摩、选择、锤炼以及控制加以调适。“我的文章写的那样白，那样俗，好像毫不费力。实际上，那不定改了多少遍！”[①]句子长短、念着绕嘴、音节字眼不对劲、不嘹亮、不干脆等任何问题，他都借助声音来调整。老舍的文字还是富有音乐性的。他在写作中对声音的考究之一就在于合口，表现在文本效果上就是朗朗上口。他的作品大多也是适合朗读的。“声”合于节奏即为“音”，故而其文本可称得上具备音乐性。“一段文字的律动音节是能代事实道出感情的，如音乐然。”[②]

老舍的作品文字能够摆脱日常口语的琐碎，成为现代文学成熟的载体是有原因的。口语通过“烧”而获得其“香”味。老舍也认为现代白话“惊人的简单”是“极大的进步”[③]。应该说，这当中也离不开他自己的努力。在简约之外，老舍还努力赋予其文学语言以力量。所谓的力量，第一是语言准确的表达力。表达力就是语言的准确与有效，可使内容的呈现获得最佳的效果。老舍以人物运事件，因事件、人物设表达，因人物、表达择语句、词汇，因而既准确有效，又效果极佳。老舍自己也曾因用浅明简洁的文字写成《小坡的生日》而得意。据统计，

① 老舍．关于文学的语言问题[M]//老舍全集：第16卷 文论．北京：人民文学出版社，2013:365.

② 老舍．言语与风格[M]//老舍全集：第16卷 文论．北京：人民文学出版社，2013:231.

③ 老舍．我的“话”[M]//老舍全集：第17卷 文论．北京：人民文学出版社，2013:305.

《骆驼祥子》只用了 2413 个汉字，词汇也大都通俗易懂[①]。用简单的语词，准确描摹出人、事、物的特点，“我们就可以用普通的话写出诗来”[②]。

（二）震撼的穿透力

老舍在作品中经常用朴素的语言揭示混杂于日常的发现。“小说的文字须于清浅中取得描写的力量。”比如在《骆驼祥子》里：“苦人是容易死的，苦人死了是容易被忘掉的。”在《茶馆》里常四爷发问：“我爱咱们的国呀，可是谁爱我呢？”没有任何修饰，也没有华丽的辞藻，但它能捕获读者的心，并为之感动，这是质朴的而有表现力的[③]。当然，这也是老舍诗性的表达。作为现代诗人的朱自清就认为，老舍作品中的写景如一首诗。此外，老舍的诗性还表现在从现实中发掘的超现实的“荒诞性”。它表现在《骆驼祥子》《月牙儿》结尾人物的决绝上，用声音的方式传达出来，显示出诗的意蕴。比如《茶馆》（非演出本）中第一、三幕的最后：“我要活的，可不要死的！（怪笑）哈哈哈……！”“好（蒿）！好（蒿）！”从现实走入荒诞，使作品不只有现实的沉重，更有审美的张力，丰富了作品的诗蕴层次。

---

① 王建华. 老舍的语言艺术 [M]. 北京：北京语言文化大学出版社 ,1996:6.

② 老舍. 人、物、语言 [M] // 老舍全集 : 第 16 卷 文论. 北京 : 人民文学出版社 ,2013:596.

③ 王建华. 老舍的语言艺术 [M]. 北京：北京语言文化大学出版社 ,1996:59.

（三）一生锤炼

语言的锤炼贯穿于作家创作的全过程，老舍说创作要在“文字上花一番琢磨的工夫”[①]。随着时间的推移，琢磨、提炼日渐纯熟，他的文学文本也渐趋精到。

20 世纪 20 年代中期，老舍初写小说，白话里多少也夹着点文言。《老张的哲学》开头：“甚至于洗澡平生也只有三次。洗澡固然是件小事，可是为了解老张的行为与思想，倒有说明的必要。”“固然”确实增强了叙事语言的俏皮，也是他不完全“白话”的证明。朱自清在评价老舍早期的作品《老张的哲学》和《赵子曰》时说：“老舍先生的白话没有旧小说白话的熟，可是也不生。”[②]“生”“熟”之间，是老舍一方面熟悉日常白话，对之揣摩、选择与加工，另一方面又试图借助文言形成“离间”的幽默效果。当然，这判断可能也与朱自清生于江淮地区，所熟悉的白话即为“官话”有关。这与老舍基于北京日常口语加工后的白话多少是有些出入的。

到了 30 年代，老舍对幽默的认识、对语言的驾驭能力日渐成熟，对文字可谓驾轻就熟、信手拈来。比如《月牙儿》的开头，作者描写第一次关注月牙儿时的情形：“我倚着那间小屋的门垛，看着月牙儿。屋里是药味，烟味，妈妈的眼泪，爸爸的病。”屋内、屋外的形态描写简洁而富于变化。屋外的“我”有形态有动作，无人问津中，用了一个相对完整的句子。而屋

① 老舍．形式・内容・文字 [M] // 老舍全集：第 17 卷 文论．北京：人民文学出版社，2013:342.

② 知白．《老张的哲学》与《赵子曰》[N]. 大公报（天津），1929-2-11(15).

内则实际上是四个相对独立的意象，彼此没有语言上的勾连。药味多苦，不是家里有病人不会有，所以特别突出，这个主要通过嗅觉感知。尔后是相对熟悉的烟味，烟味因煎药而起。与煮饭基本是从烟囱排出的烟不同，这烟弥漫在整个屋子里，让人透不过气来,这大概也是“我”选择一直待在屋外的重要原因。这里既涉及鼻子也可能关联到眼睛。妈妈的眼泪显然是“我”所见到的。妈妈的眼泪可能是烟熏引起，但也少不掉因为担心父亲的病而难过。而爸爸的病则是多官能与认识判断的结果。一个七岁的孩子通过药、烟、泪等知道父亲的状态，一个叫“病”的概念。而这些意象又构成了她对这个突变状态下的家的理解，也促成身处屋外的她的新处境的生成。屋内与屋外形成了呼应，而这样的情境构建，老舍只用了三十来个字就完成了。这里没有一个形容词，没有一点儿心态的刻画，但身处冷落悲哀里的小女孩的形象已经跃然纸上。

20 世纪 40 年代后，老舍的文字在平顺老练之外更多出了一份温度。关于生命的卑微与挣扎，关于生活的困境与无奈，可以说老舍的笔下字字滴血。《四世同堂》的开头，一个眼界有限的老人最大的心愿是太太平平地庆个八十大寿，这是他对生活的特别期待。他的人生“安分守己”，所求不过是“消消停停的过着不至于愁吃愁穿的日子”，而所谓的“吃”不过就是“窝头和咸菜”。如此卑微的期待只能说明现实的残酷。虽然“北平的灾难过不去三个月”的论调多少有些叙事人对老人的调侃，但背后却是老人大半辈子难得消停的证明。老舍最后未完成的长篇小说《正红旗下》也是如此。戏剧《茶馆》里，常四爷痛问："我爱咱们的国呀，可是谁爱我呢？"王利发问："单不许我吃窝窝头，谁出的主意？"平铺直叙的文字外壳之下，是作家最深切的同情。

注释：

［1］老舍《我怎样学习语言》等多篇文章强调此观点。

第六章 修与改

修改原本是文学创作不可缺少的一个环节，不过在不同的历史阶段，推动文学作品修改的背后包含了诸多因素，有时已经完全超越了文学创作本身的范畴。所以，我们可以从“修”与“改”两个层面去看待。“修”更多是以完善为指向，往往集中于字词的斟酌，很少涉及作品主体；而“改”则可能是伤筋动骨的调整或另起炉灶。当然，这修改可能由作家自己来完成，也可能出自别人之手，还可能是以既有作品为母题开展的跨文体、跨艺术类型的再创作。这些在老舍的作品中都曾发生，值得关注。

第一节　《茶馆》版本与主题的变迁

《茶馆》自 1957 年 7 月在《收获》创刊号上发表以来，由于各种原因形成了多种版本。1986 年《秦氏三兄弟》以“《茶馆》前本”的名义发表。根据文本，我们大致可以将《茶馆》的版本归为三个阶段：第一阶段是《秦氏三兄弟》，第二阶段是 1957 年《收获》创刊号版，第三阶段是 1958 年的单行本与 1958、1963、1979 年的演出本和 1982 年的电影脚本。

一、从《茶馆》“前本”看口述史料叙事

严格意义上的口述史最早出现于 20 世纪 40 年代的美国，国内也有不少学者由于研究需要，零星地进行了口述史料的收集工作。口述史使历史在文本形态之外，又增添了新的来源。在现当代文学特别是当代文学研究中，口述史料提供了丰富而鲜活的历史素材，为研究者廓清历史真实、丰富历史认知作出了不小的贡献。但口述史料自身的特质又决定了，在对其引证使用时要慎之又慎。这里以对《茶馆》“前本”的考证为例，对现代文学口述史料及相关问题作一粗浅的分析。

老舍的《茶馆》是中国话剧史上的经典，公开刊出的版本就有多个。1957 年 7 月发表在《收获》创刊号上的是它最初的版本。1958 年 6 月中国戏剧出版社出版的单行本，较之前

版本有了较多文字及细节方面的修改，应是吸收了北京人民艺术剧院导演和表演人员的建议，或创造性地发挥后与舞台表演基本吻合的版本。此后由于时代因素，《茶馆》在定本的基础上向“红线”切近而或多或少地改动产生了多个修改版本，“文革”后又逐渐向1958年的版本回归。在各版本之外，《茶馆》还有“前本”——最早是焦菊隐在1957年《文艺报》举行的关于《茶馆》的座谈会上提到的《茶馆》初稿。老舍研究者关纪新在《老舍评传》中也提到《茶馆》在定稿之前还有一稿。这些表述均未提及“前本”一词。“前本”之说起于1986年《十月》第6期发表的《秦氏三兄弟》，其明确以“《茶馆》前本”为副标题。无论是《老舍文集》还是后来的《老舍全集》，都称《秦氏三兄弟》为《茶馆》“前本”，并在收录该剧处作如是说明：“一九五七年，作者写完此剧后在北京人民艺术剧院征求意见，该院演、导人员建议以此剧第一幕第二场的‘茶馆’为主线另写剧本。作者采纳了这个意见，写出了《茶馆》一剧，遂放弃此本。”[①]“前本”之说看似已是定论。从名分上说，《秦氏三兄弟》作为“前本”是确凿无疑的；但从身份上说，《茶馆》真是脱胎于我们所见的《秦氏三兄弟》吗？我在阅读相关历史资料时发现有很多可疑之处。

首先，关于“前本”创作时间的质疑。张桂兴在《老舍年谱》“1956年部分”中说：“同年，《茶馆》脱稿。据《老舍新作〈茶馆〉脱稿》云：‘全剧四万来字……以北京茶馆为背景，通过出入

① 老舍．秦氏三兄弟[M]//老舍全集：第11卷 戏剧．北京：人民文学出版社，2013:166.

茶馆的一些人物的活动，从侧面揭露出旧社会——戊戌政变时期、军阀混战时期和国民党统治时期的黑暗。’（本年 12 月 22 日《北京日报》）。”[①]余思在一篇文章中也说，1954 年第一届全国人大通过《中华人民共和国宪法》，这是中国人民政治生活中的一件大事。老舍也很激动，想写一个话剧来歌颂宪法所确定的合法公民的普遍选举权使中国人民真正能当家作主，行使民主权利。1956 年 8 月，老舍果真写出了这个剧本，于是拿着初稿到北京人艺，读给曹禺、欧阳山尊、赵起扬、刁光覃、夏淳等人听。曹禺等人听罢一致认为第一幕第二场很生动也很精彩，但后几幕不理想。他们研究后认为，可以以第一幕为基础，发展成一个戏……曹、焦、赵带着这个想法来到老舍家，老舍听后立刻表态说：“好！这个意见好！我 3 个月后给你们交剧本！”果然 3 个月后，这个名为《茶馆》的剧有了着落。[②]刘章春在《〈茶馆〉沧桑录》中说，1956 年 10 月，郭沫若用《虎符》的上演税，约请北京人民艺术剧院和中国科学院的部分同志去京郊周口店附近参观北京猿人遗址。在冷餐会上，老舍向大家透露，他的新剧作名字叫《茶馆》。[③]“《茶馆》大事记”的首条写明：1956 年 12 月 2 日，老舍先生来到北京人艺，在二楼会议室亲自给大家朗读新创作完成的三幕话剧《茶馆》[④]。根据以上材料大致可知，《茶馆》的创作时间起点在

---

① 张桂兴 . 老舍年谱：下册 [M]. 上海：上海文艺出版社 ,1997:679.

② 余思 . 剧院与剧作家的双向互促：北京人艺与“郭、老、曹”[J]. 戏剧、戏曲研究（人大复印资料）,1998(1):10–14.

③ 于是之 . 老舍先生和他的两出戏 [J]. 北京文学，1994(8):28–33.

④ 刘章春 .《茶馆》的舞台艺术 [M]. 北京：中国戏剧出版社 ,2007:304.

1956年，那么我们基本可以断定，其“前本”写于1956年并于当年8月完稿，而非1957年。

其次，关于“前本”作品名称的质疑。“前本”是否一定是现在看到的《秦氏三兄弟》呢？胡絜青在《关于老舍的〈茶馆〉》一文中说：“老舍在写《茶馆》之前，写过一个叫《人民代表》的多幕话剧……写《茶馆》的时候，特别是在第一幕里，老舍就借用了《人民代表》的某些情节和人物……在某种程度上，《人民代表》的失败孕育了《茶馆》的成功。”[①] 而克莹的《患难情缘——老舍与胡絜青》记述：“老舍就是在此种外部条件的宽松和创作思想的转变下写《茶馆》的。《茶馆》最初是老舍写《国会大选》的一幕戏。他把《国会大选》的第一幕写在茶馆里。”[②] 我们在《老舍全集》里没看到有《人民代表》一剧，而陈徒手在《人有病　天知否——1949年后中国文坛纪实》中介绍了这样一些材料：“北京人艺原副院长欧阳山尊对老舍毫不畏惧的写作劲头印象至深：全国普选时，老舍先生写了一家人都成了代表的《一家代表》，人艺也排了。后来觉得这样描写不够典型，效果不一定好，就停下来了。我们去跟老舍解释，老舍非常痛快：‘你们说不行，就不要了，我再写。’话语中没有丝毫埋怨……没想到，他又说：‘我又想写一个，你们觉得不行，我就不写下去了。’（1998年10月16日口述）”“老演员英若诚回忆排练《一家代表》所遇到的尴尬场景：我们排

① 胡絜青．关于老舍的《茶馆》[M]∥克莹，李颖．老舍的话剧艺术．北京：文化艺术出版社，1982:408.

② 克莹．患难情缘：老舍与胡絜青[M]．合肥：安徽人民出版社，2000:224.

过《一家代表》，歌颂宪法，比较一般。我演一个资本家，正好开始‘三反’、‘五反’，戏就不好演了。我们也不客气，对老舍先生说：‘这不灵了。’老舍先生勤奋，不介意，真扔了《一家代表》，重新写新的。（1998年8月18日口述）”“1956年8月，曹禺、焦菊隐、欧阳山尊等人听老舍朗读《一家代表》剧本时，曹禺就敏感地注意到其中第一幕茶馆里的戏非常生动精彩，而其他几幕相对较弱。”① 这样看来，《人民代表》似乎是《一家代表》之误，《茶馆》的“前本”似是《一家代表》，但这显然是不对的。《老舍全集》（第10卷）的“本卷说明”记：“《一家代表》写于1951年，同年《北京文艺》第三卷第一至二期发表其中第一幕，1985年8月中国戏剧出版社《老舍剧作全集》第4卷全剧收入。”《老舍研究资料考释》（上）也指出：“1951年10月1日，两幕六场话剧《一家代表》在《北京文艺》第3卷第1期开始连载，至11月1日第3卷第2期续载完第一幕后中辍。剧本写一家四口分别当选为教育、救济、学生和护士界人民代表的故事。”② 而中辍的原因是该杂志的休刊。[1] 可见《一家代表》定为1951年作，不可能是1956年。虽然涉及“代表”问题，却与“普选”无关。“普选”人大代表问题，中共中央1953年初才会议通过，并于当年首次在全国实施，而我国第一部宪法则是1954年才通过实施的。

① 陈徒手.人有病 天知否:1949年后中国文坛纪实[M].北京:生活·读书·新知三联书店,2013:99-100.

② 张桂兴.老舍研究资料考释:上[M].北京:中国国际广播出版社,1998:351.

《一家代表》中自然不会有任何谈及“普选”的内容，更重要的是作品根本没有任何关于“旧茶馆”的戏。《茶馆》“前本”不可能是我们现在看到的《一家代表》。欧阳山尊及英若诚显然记错了。可以肯定的是，《秦氏三兄弟》这一作品名称并没有人（包括作者家人）在回忆中提及，哪怕是与之相似的名称。舒乙在《从手稿看〈茶馆〉剧本的创作》（同样发表在《十月》1986 年第 6 期，而内容上看则应该是当年 4 月份在香港的讲话稿）一文中谈“前本”的发现时也没有使用《秦氏三兄弟》，而称“前茶馆”，并说明稿件首页上有老舍亲笔所题“茶馆”二字。舒乙依此否定了《人民代表》的说法（但其否定并无逻辑上的依据），认为此作才是《茶馆》的“前本”①。余思的文章中说“还没来得及起剧名”，或有可能；但如老舍这样的老作家，深知题为文眼，不取名就去征求意见可能性不大。

最后，关于“前本”内容的质疑。对《一家代表》的否定并不意味着就可以肯定《秦氏三兄弟》是那个“前本”。因为在 1957 年 12 月 19 日《文艺报》举行的关于《茶馆》的座谈中，焦菊隐谈到“前本”时有这样的表述：“第一幕是作者原来写的一个关于‘普选’的剧本初稿中的第一场。原来是写兄弟三个：一个是谭嗣同派，一个保皇党；另一个主张实业救国。”“一直写到解放后。”②然而，《茶馆》第一幕戏在《秦氏三兄弟》中却是第一幕第二场。而且，老三秦叔礼充其量只是个满身恶习的“小地痞”，我们找不到什么细节可认定老三是“保皇党”。

① 舒乙 . 由手稿看《茶馆》剧本的创作 [J]. 十月 ,1986(10):135–158.

② 焦菊隐 , 等 . 座谈老舍的《茶馆》[J]. 文艺报 ,1958(1):19–23.

而《秦氏三兄弟》第四幕的时间是“一九四八年春”，显然未到解放后。从焦菊隐的身份及说此话的时间看，他的话不会与内容有太大出入。于是之曾在一篇《论民族化》的学术文章提纲中，提到曹禺接触到《茶馆》第一幕时的那种狂喜。曹禺自己也说：“我记得读到《茶馆》的第一幕时，我的心怦怦然，几乎跳出来。我处在一种狂喜之中，这正是我一旦读到了好作品的心情……”[①]然而，我们可以看到的《茶馆》的第一幕与《秦氏三兄弟》的第一幕第二场在总体构思上是一致的。而根据林斤澜的《〈茶馆〉前后》记述，这个题材也是老舍酝酿已久且早与人分享过的，虽然两作品在人物与部分细节上有差异。如果“前本”就是《秦氏三兄弟》的话，那么曹禺实际上对于这一场已经研究得很细了，不可能在看到《茶馆》时有如此的惊讶。我以为“前本”的第一幕第二场与《茶馆》的区别应相当大。依据上面的判断，我以为“前本”不应当是我们现在看到的《秦氏三兄弟》。

林斤澜在回忆中提及《茶馆》“前本”的题材来源时说：“最初是以天津工商业家凌其峻一家为基础，派人帮着采访，向他汇报‘素材’。”[②]这似乎与秦仲义暗合。同时其他材料所反映的“前本”内容也与《秦氏三兄弟》的内容最为接近。因此，我推论《茶馆》“前本”应该另有其本，极可能被名

① 曹禺．曹禺谈《茶馆》[M]//刘章春．《茶馆》的舞台艺术．北京：中国戏剧出版社,2007:186.

② 林斤澜．林斤澜文集：六　文学评论卷[M]．北京：北京师范大学出版社,2000:441.

之为《××代表》，而《人民代表》的可能性极大，这也是欧阳山尊和英若诚会记错的原因。而且这稿是《秦氏三兄弟》的前身，较之《茶馆》，《秦氏三兄弟》的内容与之更为接近。《秦氏三兄弟》应是老舍在创作、修改《茶馆》时对前本不忍抛弃而进行修改后写成的，而修改的时间可能是“1957年”（可能手稿有标注，但舒乙在文稿中未说明）。这也就是《老舍文集》《老舍全集》将《茶馆》的“前本”误认为是1957年的原因。当然，“前本”也确有是《秦氏三兄弟》的可能，它的前提是：焦菊隐的所谓“保皇党”是时代性的“扣帽子”，“第一场”是误记；曹禺的那段回忆表述不当；胡絜青等人的陈述与事实都有极大偏差……。我的判断作为一种推测正确与否，还需要有更多更详尽的史料给予证明，《茶馆》的“前本”当是一个悬案而非定论。

然而说到史料就会发现，《茶馆》的“前本”问题就是史料的问题。第一，作家文集、全集的编辑有缺失。中国现当代文学除了《鲁迅全集》因集全国之智慧编辑相对严谨外，其他文集、全集的编辑都因投入（包括财力与精力）的局限而导致讹误、差错、漏缺等问题存在，在研究中的权威性大减。第二，口述史虽为研究中的重要资料，但由于其形成往往是多年后的追忆，叙述者常常处于记忆力衰退的晚年，加之口述者作为参与者的双重角色带来叙述中的取舍等问题，因此口述史的采用必须要有内外资料的互证，否则可信度有限。第三，由于政治对当代中国社会的长期影响，历史经历者在叙述与记录中多有自我保护式的曲笔、掩饰，不加考证，事实难以浮现。第四，一些现当代作家的手稿等资料很多都保存在其子女手中，而子女往往出于“避尊者讳”的动机，以自己的尺度对资料加以筛选性呈现，从而只能使研究者获得片面的信息。上述问题的存在决定了从事中国现当代文学研究，有时需要投入精力去考证史料。然而，在当下的学术研究中，“成果”功利性的导向过分突显，史料工作本身又不受重视，从事资料整理的学者难以得到学界与体制的认同，于是就更少有能沉下心来对文学史料加以研究整理的学者。很多研究者但凡有点儿一手的“新”材料就急切地搞出“成果”，更不会花时间在史料的考证上。这是不是我们这个学科需要反思的呢?

二、从《秦氏三兄弟》到《茶馆》

《茶馆》是老舍先生的戏剧代表作，是中国当代话剧史上的扛鼎之作，也是世界戏剧长廊中不可多得的作品。《茶馆》的多种版本，虽变动不多，却形成相去甚远的艺术效果。1986年《秦氏三兄弟》更以“《茶馆》前本”的名义发表。“前本”的身份虽难以确定，但它与《茶馆》在内容上有什么样的关系，艺术上又产生了怎样的差别呢?

从文本校读中可以发现，《秦氏三兄弟》与《茶馆》之间有如下承继关系：一是情节的继承。《茶馆》第一幕基本上是对《秦氏三兄弟》第一幕第二场略作改动而来。二是一些人物的沿用。包括秦仲义在内的几个人物在《茶馆》中被沿用。三是剧本结构思路的截取。在《秦氏三兄弟》中，基本上截取了新中国成立前的各个历史关键时刻，到了《茶馆》中还基本沿用这一思路，并都强调与时事保持距离。

新中国成立后老舍的文学创作主要集中在戏剧方面，其中的原因与甘苦自然也是多样的。自回国到完成《茶馆》的创作之前，老舍的创作多紧跟时代，以自己最大的热情去歌颂时代、宣传政策。这一时期他的绝大部分作品都是配合宣传方针政策而写，目的是教育民众，共同建设社会主义新时代。《秦氏三兄弟》是一部与时事有一定距离的作品，虽然它所描写的是近现代中国的各个历史关键时刻，涉及社会的动态与走向；而到了《茶馆》，这种距离感则更为明显地表现出来。作者所称的“埋葬三个时代”的主题，我们也可以从文本内容上清楚地看到，作者关注的焦点已经由时代的潮头、浪尖转到被潮头所推动的水面。作者视点的转移，带动的是作品本身一系列的变化。

我以为这种变化并非任意的、随机的，而是老舍对自己解放前创作思路、风格时隔数年的回应，或称为“回归”。这些“回归”在某种意义上说是作家的行为主体对创作主体的一次解放。因为老舍在《题材与生活》中谈道：“作家总是选择与他的创作风格一致的题材来写。”[①] 可见，正是有了这样一次解放，作家才真的进行了“创作”，才产生了这样的经典。谈及这次“回归”，大约包含如下几个方面。

（一）对“小人物”关照的回归

戏剧艺术本身的特点，决定了任何剧本都不可能抛开“人”来演戏。然而，同样描写人，却有截然不同的两种情况：一种

① 老舍．题材与生活[M]∥老舍全集：第16卷 文论．北京：人民文学出版社,2013:514.

是为了说明某个事件而写人，人的存在是为事件服务的，他的言行受制于这个事件；另一种是以生活的原貌去塑造人物和事件，用生活的真实反映事件的真实。在这里“人物”超越了事件，而事件本身也因此获得了提升。可以说，《茶馆》对《秦氏三兄弟》的否定就是后一种写人方式对前一种写人方式的否定。由剧本，我们可以清楚地看到《秦氏三兄弟》所描写的重心并不在“人”上，各幕所展示的分别是戊戌变法失败、袁世凯篡权（也即共和失败）、大革命失败、全国解放前夕的社会，全剧所呈现的是波涛汹涌的社会面貌。也就是说，全剧的重心在“事”，而不是在“人”。剧中的主人公也是全剧的中心。秦伯仁在每一幕中都是那个立于时代潮头的人物，看到他便可以看清那个时代的社会大势。而作者在四幕剧中选取的时间，又都是中国近现代社会具有阶段性意义的节点，于是四幕的连贯给读者、观众展现的是中国近现代史发展的总貌。到了《茶馆》，戏剧的中心便由政客秦伯仁转到了一个旧社会的公共场所——茶馆。这里作者描绘了几十个形形色色的人物，几乎涵盖各个阶级、阶层和行业，真正是“三教九流、各色人等”。同时各个人又有各个人的悲喜，作者所关注的也正是他们“怎么活着和怎么死的”[1]。剧中对“人”的关注是很明确的：“这年月呀，人还不如一只鸽子！”“爸爸不是人，是畜生！可你叫我怎么办呢？”“拆了！我四十年的心血啊，拆了！”“为什么不叫我活着？我得罪了谁？谁？”“我自己呢？我爱咱们的国呀，可是谁爱我呢？”如此等等，不一而足。于是之说，

① 王行之．老舍论剧 [M]. 北京：中国戏剧出版社 ,1981:200.

老舍对剧中人物的关注也是平等的[1]。我们清楚地看到作者是带着巨大的痛苦看着这群同样痛苦挣扎的人们。因为在这群人之中，绝大多数是“小人物”。作者以“小人物”之心去体验“小人物”的处境——他们基本处于社会最底层，相当的无助和无奈。作者对他们的关注也就集中在他们的生活困境上。虽然说在《秦氏三兄弟》中作者对这一点也略有涉及，但就整体而言，只是处于一个极次要的地位。如果说《秦氏三兄弟》中作者所要展示的是“吃人的社会”，那么在《茶馆》中，作者则力图让读者看到“社会的吃人”。当然，对老舍而言，关注“小人物”并没有什么新鲜的。老舍前期的小说创作，几乎可以用“关注‘小人物’”来概括题材特征。在这里，作者再一次凝聚起对“小人物”的关照，可以说是对这一创作思路的“回归”。当然，这一“回归”并不是一种简单的重复。老舍小说创作早期，他的关注点比较分散，常带着自己的设想对“小人物”寄予同情，但他自己也是茫然的；但在这里，作者以一个身处新社会作家的立场，采用戏剧的形式比较集中地对他们给予观照。这是一种前所未有的开拓，也是老舍对这一创作思路的一次大的整合。

（二）对“旧人物”（即文化）批判的回归

众所周知，老舍的小说以塑造“旧人物”见长，而对于这些“旧人物”又往往表达出批判的态度。老舍对人的批判每每可归结到对文化的批判。他一再地强调：“文化过熟就意味着残废。”而在作者眼里，旧中国、旧北平的文化的“过熟”，

① 于是之．于是之论表演艺术[M]. 北京：中国戏剧出版社,1987:113.

就表现在人们生活的程式化和他们“敷衍”的生活态度。

《秦氏三兄弟》本身以社会批判为主旨，对人和对文化的批判也是有的，比如老太太抽大烟、老三沉迷唱戏等。然而，与浓墨重彩的巨大的政治风暴相比，对他们的寥寥几笔就显得相当暗淡了，并且，由于作品重心的牵引，这些往往被忽略。到了《茶馆》，时代的面貌走到了后台，人物成为戏剧描绘的重心，于是也就实现了对“旧人物”及文化批判的回归。作者对于全场几十个人物几乎一律采取了批判的态度，尽管对于其中的大部分“小人物”他饱含同情。老舍总是“拿冷眼把人们分成善恶两堆，嫉恶如仇的愤激，正像替善人可以舍命的热情同样发达”①。老舍对人的批判可分为对“恶”者的批判和对“善”者的批判。对于“恶”者，作者不惜嘻、笑、怒、骂，而对于“善”者，作者则总带着几分委婉。《茶馆》中作者对于各色人物的批判大致也可以按此来分类。对于“恶”者，如庞太监、沈处长之流，作者可谓毫不留情。作者利用他们自己的语言及别人之口，可谓极尽讽刺之能事。当然，这种批判不具有文化批判的意义，从某种意义上说是站在阶级层面上的批判。真正具有文化批判意义的，还在于对“善”者，特别是对“旧人物”的批判。前者在戏剧中是一种“明”的主旨，而后者则是一种“暗”的主旨，是作者的主要目的。

《茶馆》中有一大批“善”的却又是“旧”的人物，他们在剧中总处于比较重要的位置。作者对于他们也采取了批判的态度。老舍在看北京人艺排演此剧时，为了让演员的表

① 舒济.老舍和朋友们[M].北京：生活·读书·新知三联书店，1991:82.

演更加到位，曾经指出："一幕是闭关自守，二幕甘心做奴隶，'混'得更精。第一幕'混'有艺术性，第二幕'混'是为了吃饭。"[①] 导演焦菊隐也强调："他们之中，多数是活一天，算一天，混日子。"[②] 我们不妨来看几句台词："那不是因为乡下种地的都没法子混了吗？""在街面上混饭吃，人缘儿顶要紧。""你混的不错呀！穿上绸子啦！""都是久在街面上混的人，谁能看不起谁呢？""您的记性可也不错！混的还好吧？""瞎混呗！"这一系列"混"的出现并非偶然。作者意在以此表明，这一群人的生活哲学即是"混"的哲学。而对"混"字的最好诠释就是老舍在早期小说中不遗余力批判的"敷衍"。在这群"混"日子的人当中，有消极"混"的，如松二爷，也有积极"混"的，如王利发。消极者自不必说，我们只来考察这积极"混"的代表。

王利发在剧本中具有贯穿线的性质，同时又是作者给予关注的重要对象。作者给王利发的定位是"最善于应付的"[③]。叶浅予先生作了一些《茶馆》人物漫画，老舍给题了词。虽然有几分幽默，却可以部分地作为人物的"判词"。其中王利发的三幕形象各有四句，分别是："真真假假，千变万化。只求饱暖，太平天下。""随着时代，大改其良。任他开炮，我须

① 陈徒手.人有病 天知否:1949年后中国文坛纪实[M].北京:生活·读书·新知三联书店,2013:112-113.

② 北京人民艺术剧院《艺术研究资料》编辑组.《茶馆》的舞台艺术[M].北京:中国戏剧出版社,1980:195.

③ 王行之.老舍论剧[M].北京:中国戏剧出版社,1981:199.

开张。”“为作顺民，心机用尽。顺民不行，悬梁自尽。”① 王利发二十多岁继承父业，同时也继承了父亲“混”的生活哲学。他曾有这样一段精彩的阐述：“在街面上混饭吃，人缘儿顶要紧。我按着我父亲遗留下的老办法，多说好话，多请安，讨人人的喜欢……”对这一生活理念，他显出了相当的自信。再来听一下他对唐铁嘴说的话：“你要是不戒了大烟，就永远交不了好运！这是我的相法，比你的更灵验！”他几乎深信，只要如此就不会出“大岔子”。然而这种“混”并不能放之四海。随着时代的变化，“那套光绪年间的老办法”便不灵了。为了“混”下去，他注意改良，但是“年头一旦大改良起来，我们的小改良全算白饶，水大漫不过鸭子去……”②。他始终跳不出那个“混”的圈子的改良无法让他实现“混”的愿望。那些被动地应付的办法和措施——递包袱、改公寓、添评书以至想用女招待，只能成为一种暂时性的回避，而不可能得到任何真正意义上的解脱；甚至往往连暂时的效果也没有。有人曾经对作者把王利发处理成自杀而死表示不理解，认为没有这个必要。[2] 我以为王利发的死是必然的，他有许多死的理由，在这里我只从对“旧人物”批判的角度来谈他的“必死”问题。老舍对于存在于人们性格之中的“混”或称为“敷衍”的态度可谓痛心疾首，就如他在小说中的处理一样。在戏剧中，作者

---

① 北京人民艺术剧院《艺术研究资料》编辑组.《茶馆》的舞台艺术[M]. 北京：中国戏剧出版社,1980:299-301.

② 老舍. 我这一辈子[M]//老舍全集：第 7 卷 小说. 北京：人民文学出版社,2013:498.

也力图让这种“敷衍”的方式消亡。而作为这种生活方式的代表，王利发只有死才足以表明这种生存方式的不可取。但从剧情看，到此时，王利发生活的理念——敷衍已不再奏效，生存的基础——茶馆已经成为他人的鱼肉，生命的寄托——家庭已经离散。他已经不复有生的理由与希望，对他而言，死是别无选择的选择。

（三）对自身艺术特点的回归

老舍的小说最初受人关注，并不以情节或技巧，而是以其语言的才能和幽默讽刺的文风。而《月牙儿》等名篇之所以能震动文坛，则在于它的“诗化”的审美特质。在《茶馆》里，老舍的幽默才能和语言能力是众所周知的。然而，在新中国成立后的相当长的时间里，老舍的创作由于受到对内容熟悉程度的限制，他在这些方面的特点和才能被极大地埋没。我们看到的东西很大程度上显出一种生硬，许多时候，人物的语言近乎口号。这些问题也是造成《茶馆》之前，老舍的作品虽不少但精品不多的重要原因。到了《茶馆》，由于题材的“解放”，老舍这些方面的才能也获得了新生，实现了在艺术手法上的回归。

作品的“诗化”风格在老舍很多中短篇小说中都有比较突出的体现。在戏剧中，《茶馆》应该是第一次，也是唯一一次。“人们以工笔风俗画卷《清明上河图》来比喻《茶馆》的艺术美。”[①] 李健吾在1957年《文艺报》举行的座谈会上指出：“这

① 周瑞祥，张我威．诗情画意的舞台形象[M]//中国艺术研究院话剧研究所．话剧表演导演艺术探索．北京：文化艺术出版社，1982:46.

个戏有这个戏的特点。用中国话说，这是‘图卷戏’，是三组风俗画。每幕每场都是珍珠……”这种珠串式的结构方式，符合诗歌意象跳跃的要求。每一幕表面看似相互独立，但实质上后一幅“风俗画”是前一幅的间隔继承。三组画之间是同一意象的跳跃与变化。“诗化”的另外一个重要方面就是剧中大量象征的使用。老舍自己也承认在此剧中运用了技巧，我想象征应该是其中的重要部分。

首先，茶馆本身既是一个社会的缩影（这是大家经常提及的），同时又是一种文化的指代。“茶馆”作为一个旧社会的重要公共场所，是人们之间交流的重要途径，同时人们的各方面的特点也在此得以展现。我们看这么一段“数来宝”：“有的说，有的唱，穿着打扮一人一个样；有提笼，有架鸟，蛐蛐蝈蝈也都养得好……。爱下棋，（您）来两盘儿，赌一卖（碟）干炸丸子外撒胡椒盐儿。讲排场，讲规矩，咳嗽一声都像唱大戏。”一个茶馆直接体现着这个社会的文化。作者对于文化的批判通过“茶馆”的兴衰来传达，而王利发的命运也就是“茶馆”的命运。“茶馆”最终走向衰亡是一种历史的必然。

其次，考察剧中的人物，我们不能不引用老舍说的“三教九流，各色人等”来形容。我以为这里所谓的“教”“流”“色”“等”并不是泛泛的概括，而是表明剧中的人物是按一定的标准划分好的。这一标准既可以是阶级、阶层、行业，也可以是善与恶……每一个人物的出场所要体现的是他所属的那一群（类）人，他个人的悲喜存亡也是那一群人的命运。也就是说，剧中的人物已经全然成为一种“符号”，生动的“符号”。所有“符号”的汇集构成了一幅社会的全景图。曾经有人责难：“几个人物都世袭传代，也觉得不好。有一个两个还可以，相面的、说媒拉纤的、打手、特务都是世袭的，就未免嫌多。”[3]产生这疑惑的根源在于不理解老舍在这里的意图。老舍曾经建议，在表演时，“父子都由同一个演员扮演。这样也会帮助故事的连续”①，使观众有一个连贯的感受。因为在剧中，父与子是同一类人的“符号”，他们本身是同一的，只是由于年龄的缘故有了两个个体，实际上他们之间的父子关系并没有什么意义。

最后谈一谈语言的诗化。《茶馆》的语言已经作为一个艺术特点在上面指出。由于谈到此的人很多，我只指出它的“诗化”特征的问题。中国的现代戏剧主要是接受西方文学观念的影响，追其根源必须考察西方文学的历史。我们溯源而上，以古希腊的戏剧来看，诗与戏剧并没有什么不相容的东西。诗的特点在于语言，而戏剧的特点在于表现形式。只要在这两个方面符合要求，就可以实现两种文学体裁（我们现在的分类）的融合。在《茶馆》中，全文充满诗的节奏与韵律，我们抽出任何一段，读来都朗朗上口。我们试看作品的开头：

王利发　唐先生，你外边蹓蹓吧！

唐铁嘴　（惨笑）王掌柜，捧捧唐铁嘴吧！送给我碗茶喝，我就先给您相相面吧！手相奉送，不取分文！（不容分说，拉过王利发的手来）今年是光绪二十四年，戊戌。

① 王行之．老舍论剧 [M]. 北京：中国戏剧出版社，1981:201.

您贵庚是……

王利发 （夺回手去）算了吧，我送给你一碗茶喝，你就甭卖那套生意口啦！用不着相面，咱们既在江湖内，都是苦命人！（由柜台内走出，让唐铁嘴坐下）坐下！我告诉你，你要是不戒了大烟，就永远交不了好运！这是我的相法，比你的更灵验！

寥寥几句台词，看似平常，却如同唱出来的一般，没有一丝生硬。而全剧的语言是如此的流畅！就全篇而言，该柔和的地方就柔和含蓄，当激烈时又针锋相对。语言的情绪与剧中人物的情绪及全剧的情感趋势相契合。剧中每个人都是一个特别的诗人，而全剧又是一首丰富多彩、气势恢宏的叙事抒情散文诗。

从《秦氏三兄弟》到《茶馆》，老舍在蕴积良久后的这么一次回归，从艺术层面说是铸成经典的关键因素。

三、《茶馆》的变迁

《茶馆》自 1957 年 7 月在《收获》创刊号上发表以后，版本（这里包括舞台演出本和电影脚本）几经变化。这当中我们可以将变化放到三个问题中考察，即语言润色的问题、“红线”问题和结尾问题。语言润色方面的变化虽多，但不大，偶有增删和分解，确实更为流畅。因为语言问题并非本书所要解决的问题，所以，我只讲后两个问题。由于艺术部类的某些特殊性，在对一些问题考察后，我们再对电影版的《茶馆》作一些单独分析。

（一）“红线”问题

这个问题的形成是在特殊历史阶段产生的特殊现象。1956年春，中共中央提出了在文化艺术界贯彻“百花齐放、百家争鸣”的方针。1957年2月27日，毛泽东在国务会议第十一次扩大会议上发表了《关于正确处理人民内部矛盾的问题》的讲话，全面分析了党提出的“双百”方针的社会基础和迫切需要。然而，由于反右派斗争的扩大化，戏剧界有一批同志被错划为右派分子。仅1957年7月到1958年3月，共十七期《戏剧报》上就点名批判了近百名戏剧工作者。于是，人们的言行越来越小心谨慎，人们的思维方式也开始“异化”，“悉数地入了‘道’”，形成一种“集体无意识”。在考察问题时，这种“无意识”就独立于个体本身而发挥作用。最先提出《茶馆》“红线”问题的是北京人艺的演员和导演。1957年12月19日在《文艺报》举行的座谈会上，焦菊隐和夏淳阐述了这一看法，其他人也有类似甚至更为离谱的看法。这说明在当时“红线”已经成为一个大多数人都认为需要面对的问题。尔后关于本剧的批评之声有增无减，《茶馆》几乎成了“毒草”。对于剧本的改动我想谈两个问题。

一个是“红线”的渗入和加强，这实际是从根本上打破了老舍在本剧构思中所使用的独立的话语系统。他的这一话语系统的构成就是他的“小人物”生活系统和“文化批判”系统，而这两个系统又在某种程度上是一体的。作者利用这个话语系统对这样一种社会现象进行思考并努力寻求答案。“小人物”

的生活系统以真实平凡的生活为视点，当然它不可能跳出社会政治的大环境。因为大环境的恶化，“小人物”在他们的生活系统中发出忧怨之声；与此同时，又以他们的方式来面对这一切。以王利发而言，面对康顺子的遭遇，他在十多年后说：“我到今天还没忘，想起来心里就不痛快！”这是真实的，然而他只能也只会“不痛快”而已。对于整天的打炮，他只会在四下无人的时候咒骂几句；对于“茶馆”被夺而不复有生的希望时，他只会指天问地和最终选择自祭自尽。老舍通过“小人物”的生活系统使读者、观众与人物的情感相契合，将台上人物的情感积聚转化为读者和观众的情感，以此形成共鸣。而“文化批判”系统是这一话语系统的又一重要组成部分。老舍对于文化的关注在上文已经谈过，可以说，文化在老舍的意识里占有不可替代的位置。他在本剧中也试图从对“文化批判”的视角反映他对社会现象的思考。剧中，一方面消极“混”世者松二爷“饿死啦”，积极的“混”世者王利发也悬梁自尽了，他们的死不光表明了他们的“生活哲学”的消亡，同时也是他们身上所携带的“过熟的文化”的消亡。应该说，这是老舍的意识层面愿意看到的。另一方面人的“生”的危机的加剧，也不得不让以人为载体的文化发生危机。饮食文化的代言人明师傅，连“家伙”都当了；民间曲艺的代言人、“评书的名手”邹福远抛出除他“没有人会说”的绝技也不上座，等等。他们只能眼睁睁地看着“正经东西”“连根儿烂”。“茶馆”作为社会文化的代言，它的日见冷清及至纷纷倒闭，既是一种历史趋势的表征，也是一种危机来临的暗示。老舍以此表明他对他所关注的领域的思考，全篇也是在这样一种话语系统中陈述与思考的。“红线”的加入破坏了这个话语系统的独立性和它内在的和谐。过多的政治性话语打乱了原有系统的严整性，使整个剧的逻辑体系出现紊乱。

比如 1963 年演出本，在后两幕中分别加入这样两段：

（第二幕）

演讲学生　同胞们，请大家看看政府当局吧！正当各国列强要瓜分我国的生死存亡关头，政府当局甘愿做亡国奴！……

王掌柜　（劝说）咱们换个地方成不成，我明儿要开张……

演讲学生　王掌柜，国家兴亡，匹夫有责。现在中国是一盘散沙，我们要唤醒民众。（高呼）誓死不做亡国奴！

（第三幕结尾）

学生甲　老人家，城门打开了！

学生乙　我们的队伍进城了！

（二人将“反饥饿”“美军滚出去”标语贴在墙上，学生们的歌声雄壮。）

这两段给我们的感觉是，一群陌生人冲了进来，说出一堆只有概念而没有形象的话，让人无所适从。其原因就在于加进的内容与原著的话语系统是不一致的。

“红线”的加入导致的另一个问题是对原著艺术美的破坏。

在上面，我们已经谈了对于作品内在和谐的破坏，除此之外，对于作品诗化语言的特色也是一个破坏。为“红线”而加入的内容，绝大部分并非出于老舍之手，显得生硬而空洞。仅以上文所举内容来看，虽然那些话与当时学生的身份以及革命时代的情境相吻合，但不能与整个戏剧融为一体。

（二）对结尾的改动

《茶馆》自首次排演至今，没有一次是按原剧本完完整整地将各幕结尾演好的。1958 年时，在第一幕的原结尾后加上：“茶客甲　（正与乙下象棋）将！你完啦！”以后一直保留。1959 年老舍在《老舍剧选》中接受了这一变动。1963 年第二幕结尾是吴、宋二人入公寓抓走了两个革命学生。第三幕结尾则是游行的学生高呼口号，有的冲到茶馆里来张贴标语，常四爷兴奋地张罗着给学生们送开水。1979 年第二幕将吴、宋敲诈部分的对话移到末尾。第三幕删到王利发走向后院（准备自尽），长时间空场，前场渐暗，门外渐亮。1982 年的电影脚本第二幕演到王利发看见刘麻子当街被斩首而闭上眼睛。第三幕沿用 1979 年的处理方式。

按原作（1957 年版）来看，老舍在第三幕结尾采用了隐喻性手法，我想这是老舍所说使用技巧的又一重要方面。我们来看老舍原作中的设计：

第一幕，康顺子“又饿又气”昏了过去，而此时的庞太监却高喊“我要活的，可不要死的！”，并继以三声怪笑；第二幕，大令进入茶馆以刘麻子为逃兵，下令“绑！”，那一边刘麻子喊着“老爷！我不是！不是！”，可这边依旧是一个“绑！”

字；第三幕，沈处长上场，一个“传”，七个“好（蒿）”，就是听到王利发已经“上了吊，吊死啦！”，依然是两个“好（蒿）”。

三个时代的社会恶首的三位代言人都在剧末登场了，老舍用荒诞的手法表现他们的存在，这既是社会荒唐的表现也是社会荒唐的原因。而这三个人物同样也是一个社会符号在不同历史时期的不同体现，老舍对他们一律用这种隐喻暗示的方式加以讽刺。只有以这样的方式，才会不超出他所设定的话语系统。

然而改动之后，效果都变了。第一幕加入了所谓“神来之笔”。确实，“将！你完啦！”一语双关，一方面能够增强“埋葬三个时代”的“埋葬”的气势（这大约也是老舍后来不得不接受这个改动的原因），但另一方面则是它对原作场景和情节荒诞性的消解。1979、1982 年对第二幕的改动亦是如此。而 1963 年以后对第三幕的处理方式则完全取消了剧本中的荒诞性和隐喻性作用。所以，从这个角度来讲，各次的演出本及电影脚本都是对原作的背离。

结尾改动的另一个影响是破坏了原剧本的基调。由于老舍对剧中人物观照的多角度，使得剧本形成一种“乐而不淫，哀而不伤”的基调。剧中有很多较为幽默的处理，读者、观众在看到时都不禁要笑。然而，轻轻一笑之后又感觉这当中有无限值得思考的东西。剧中同样有很多悲剧性情节，但是，作者让人物将各种情感大量地压抑于内心（也只有这样才符合一般中国人的表达方式）。于是，我们只能看到淡淡的悲哀。这种基调也是老舍所设定的话语系统的一部分。但是，结尾的改变以及一些追求“红线”的处理，将原剧中的这种基调破坏了。1963 年的变动，使该剧带有了一些不和谐的高亢。1979 年，特别是 1982 年电影《茶馆》的一些包括结尾在内的处理，则增加了该剧的悲剧性，看了让人黯然神伤。应该说，这不是作者的本意，也不是他想让读者、观众看到的。

（三）关于 1982 年的电影《茶馆》

该电影是由谢添导演、1979 年舞台剧演员原班人马表演、北京电影制片厂拍摄的。戏剧作为一种时间性艺术，保存是一个问题，北影厂将此剧拍成电影，无疑是为戏剧艺术作出了巨大贡献。此剧在 1983 年还获得了“金鸡奖”特别奖，它享有这份荣誉是应该的。用谢添的话说，这里还主要是老舍和焦菊隐的功劳。电影版的《茶馆》基本上是以 1979 年夏淳重排的舞台剧为基础，对内容进行了部分的删减，同时又增加了近五十个外景镜头。电影作为一种综合性艺术有着它自身的特征，大量电影手段和技巧的使用使得电影版的《茶馆》已经从根本上脱离了舞台剧的艺术范畴，成为一部更为独立的艺术作品。电影手法不在本书讨论之列，这里我只就内容的问题作些分析。

首先是电影在三段的前面都加上了旁白。据谢添介绍，原本只想在开头加旁白，后来夏衍同志建议在中间也加上，而原在舞台上起串场作用的大傻杨转而成了一个剧中人物。大傻杨在第一幕中是不成问题的，也符合那个文化氛围。然而到后两个场景，他在其中显得有些不协调。其次是一些外景的使用。应该说有些外景的使用还是不错的。如谢添的得意之笔是：在王利发送走来报信的小丁宝之后，出现了一幕出殡的场面。笔者以为其中当然也有败笔。比如第一幕在康顺子进茶馆之前，门外有一名新娘正骑在新郎牵着的毛驴上，目的是反衬康顺子的不幸。但是康顺子作为一群人的代表，需要她来表明她们的处境。这种处理只能增强康顺子个人不幸的效果。再次是电影对原著的删减。因为电影时长限于两个小时以内，而舞台剧长达三个多小时，所以这个问题也是迫不得已。但是，这样的删减给原剧留下的遗憾是不可避免的，最为突出的就是原作中的丰富性被削减，还有一些地方的连接稍显勉强。比如删掉了“收电费”的一段，小刘麻子的话就有点儿突然。最后是“左”的思维模式的影响依然存在，于是我们可以看到影片中有很多凸显“革命”的改动。这实际上是对“红线”问题的部分延续。

如果说“红线”问题更多表现为特殊时代特殊产物的话，那么关于结尾的处理则更多反映出导演对于作者理解的问题。这里有个比较特殊的情况就是老舍曾于1958年4月4日，在《中国青年报》发表了《谈〈茶馆〉》一文阐释本剧的主题。于是之及之后的阅读者也都一致以老舍所说的思路来思考本剧。但是，如果我们抛开作者的话来看这部作品，细细品味，那么能获得的自然会超出被限制的。其实，我们并不是因为“对作者的理解而造成对作品的误解”，实际上我们是没能真正地理解作者才造成误解。然而，无论剧本如何改动都不能改变它是一部话剧史上巨著的本质。我想这个问题并没有什么可奇怪的。任何一部伟大的作品，它的伟大都不会只在某一个方面。改动只会使它成为一块含有杂质的金块。

对于一部伟大作品的解读可以从多个角度进行，而任何的文学批评都不反对主体的介入。

注释：

［1］《北京文艺》1950年9月10日创刊，老舍主编，王亚平任副主编。1951年11月，中华全国文学艺术界联合会第八次常委扩大会议通过决议：调整全国性文艺刊物。为此，《北京文艺》根据决议精神暂时休刊。1955年5月20日《北京文艺》复刊，老舍任编辑委员、主编，直至1966年上半年"文化大革命"开始停刊。——摘自《老舍研究资料考释》（上），第347–348页。

［2］张恨水在1957年《文艺报》举行的关于《茶馆》的座谈会上发言，提出此观点。

［3］赵少侯在1957年《文艺报》举行的关于《茶馆》的座谈会上的发言。

第二节 “三改”与20世纪50年代的文化抉择

宋强在《人文》第1卷（后由《中华读书报》转载）上还原了新中国成立初期围绕老舍《骆驼祥子》重新出版与否，在人民文学出版社内部的争论，及老舍为出版所作出的修改情况①。作品修改是20世纪50年代作家因应政治需要而出现的较为普遍的文学活动，巴金、曹禺、李劼人等许多作家都与老舍一样修改过自己的作品；而老舍50年代并不只修改过往的小说作品，还不断修改新创作的话剧，多维度参与“戏改”，我们称之为“三改”。可以说，这些都是新中国成立后他在北京的生活的重要组成部分。对老舍而言，“三改”不只是简单的艺术活动、重要的工作，还是老舍精神历程的重要印迹。“改”是特殊年代文学生态中比较特殊的文学现象，但在后世“道德家们”眼中，或可成为作家劣迹、污点的证据。他们站在道德制高点上挥着艺术伦理的大棒品评老一辈作家，忽略时代语境及时代语境下知识分子的自我确认与自我选择。离场的他们自认为他们所虚拟的境界、假想的品质及极端的行动才是道德的。

① 宋强．老舍《骆驼祥子》的出版历程[N]. 中华读书报,2019-10-30(12).

但作为学者，我们需要还原的是真实情境下，也是普通人的作家，其行为的内在逻辑和动力，其理想与牺牲、困境与痛苦、痛定与决绝。20世纪50年代的老舍经历了思想的改造、转变，他适应时代，但最终又舍弃了这个时代。

一、“三改”

环境并不以个人的意志为转移，人生活在环境之中，只能依环境的变动而应变。新中国初的十七年政治环境、文化环境诡谲，对文艺工作的要求也瞬息万变，身处其中者都无法回避，也无力逃脱。“改”是新中国成立后的社会关键词，对宏观经济来说是把社会经济基础从民主主义向社会主义转化的过程；对个体而言是把农民、个体工商业者、小资产阶级知识分子变成社会主义新人的“改造”过程；对艺术作品而言，是把不适合社会主义社会需要的作品变成适合社会主义社会需要的作品的“修改”过程。不同维度的改造客观地关联在一起。政治的变动使得对文艺“修改”的要求也随之变动，身处其中的文艺工作者必须面对这些变动。

（一）关于改文

《骆驼祥子》在经过出版社内部争论、反复修改后最终于1955年出版。而多卷本的《郭沫若文集》《茅盾文集》《巴金文集》等都在1953年出版。楼适夷回忆说，出版社（彼时楼正任职人民文学出版社）列入了老舍的名字，但经过长时间多次的要求，他就是不肯允诺：“我那些旧东西，连我自己都不想看，还叫别人看什么呢。出了一部《骆驼祥子》就算了吧，我还是今后多写一些新的。”[①] 楼适夷说这是1957年后的事，如果不是他记忆有误，那就说明在此之前又有一番争论。在老舍自己的文字里，最明确说明要对小说作品进行修改的表述是1951年10月15日致铃木择郎、桑岛信一的书信，里面提及：“《四世同堂》全部须加修改，故第三部不便发表。何时能动手修改，尚不可知，因手下工作极忙，无暇及此。”[②] 事实上，在老舍从美国回来后，《四世同堂》的第三部《饥荒》就在1950年的《小说月刊》上进行了连载，但至第20段中止。一年后的这段与日本友人的交流与连载中止在表达的事理上是一致的：要修改。然而，老舍最终也没有完成他所说的“全部修改”，所以，生前他也未完整出版《四世同堂》。虽然后来有马小弥13段甫安修、老舍合译版的回译，赵武平16段哈佛版的回译，但都非《四世同堂》的中文原貌。“忙”自然是老舍生活的常态，但对修改的抗拒应该是更重要的原因。老舍长女舒济说：“在开头的十七年中，以作家政治排队，修改作品始于解放初，当时文化部艺术局编审处主持下选编老作家选集。1951年8月开明版‘老舍选集’，开创先河。后来只在人文社出版了‘骆’（《骆驼祥子》）、‘离’（《离婚》）和‘短篇小说选’三本小说（1956年10月《老舍短篇小说选》由人民文学出版社出版，收入《柳屯的》《善人》等十三篇作品）。其他或文集推托始终不出。这恐怕在老作家中修改过旧作最

① 舒济.老舍和朋友们[M].北京：生活·读书·新知三联书店,1991:231.

② 老舍.致铃木择郎、桑岛信一[M]//老舍全集：第15卷 散文杂文书信.北京：人民文学出版社,2013:675.

少的了！”旧作的修改绝不是个体化的行为，而是这个特殊时期的统一规范。1950 年 11 月中央人民政府政务院发布《关于改进和发展全国出版事业的指示》：“书籍、杂志的出版、发行、印刷是与国家建设事业、人民文化生活至关重要的政治工作。”“政治工作”的定位绝不只是简单地对工作重要性的强调，而恰恰是国家对其属性的明确界定。宋强的文章中反映的人民文学出版社内部关于《骆驼祥子》是否出版的激烈论争，所围绕的就是上面所说的政治属性。王任叔的反对基于政治考量，最终的出版也是基于政治需要。老舍的修改是必要的政治表态，但他又无法超然地全盘否定自己的过去。放弃出版，但承诺“写新的”，是逃避的方式，也是可以接受的表态。

（二）关于改剧

承诺了“多写些新的”，要“诗吟新事物，笔扫旧风流”，老舍在努力兑现。在几乎所有新中国成立前就已成名并留在大陆生活的作家中，老舍一定是在高产作家行列的。十多部话剧，多部戏曲，一部半（《正红旗下》只能算半部）长篇小说，另外散文、论文若干，翻译、报告之类不计，周扬称其为“劳模”[①]大概也是受之无愧的。在这当中，老舍的戏剧成果体量最为突出，当然修改也是最多的。这“改”不包括作家创作未完成的自我完善、自我调整，而是创作完成后甚至已经公演、发表后，基于不同原因的被动修改。

新中国成立后老舍的话剧创作数量与最终成为经典之间形

① 周扬 . 建设社会主义文学的任务 [J]. 文艺报 ,1956(5/6):4–16.

成了巨大反差，这是他在解放前的小说创作中没有发生的。如果说这是文体带来的差异，那《茶馆》的巨大成功又足以说明他具备惊人且独特的戏剧才华。差别不过在于一种作品是配合政策的命题作品、应景之作，很多是在“赶任务”[①]中赶出来的，而另一种是源自内心酝酿多年的创作欲望的结晶。命题写作常常会因为命题人与答题者之间的理解差异（差异本身从身份、立场、文学背景等方面已经天然地存在了）产生分歧，或因政策本身在不断变化，于是老舍就在繁忙的公务之余不断地、反复地修改作品。老舍并不排斥修改，他认为“文章必须修改”，好的作品是改出来的。抗战中，他的话剧创作主要通过与戏剧家合作来完成，所以，新中国成立后他创作的戏剧依然愿意去听取演员、导演和专家的意见。对于作品专业方面的修改，他往往也抱比较积极的态度。但是在创作中，老舍需要面对的更多是非专业者或者是非专业问题带来的各方面的修改意见，这使得作家陷入疲于奔命、无所适从，以致心灰意冷的境地。面对第十版《春华秋实》，老舍说：“假若部分不好，我准备再接受意见，修改再修改；假若通体都不好，就放弃了它。”[②]1953 年老舍在《咱们今年都要拿起笔来》一文中算了这么一笔账——“以一个长约五万字的剧本来说，有两个月即可草成初稿。假若这个剧本

① 王行之．老舍论剧 [M]. 北京：中国戏剧出版社 ,1981:172.

② 王行之．老舍论剧 [M]. 北京：中国戏剧出版社 ,1981:190.

需要改写六七遍，大约再需五六个月即可定稿。”[①]“假若”看似假设，但假设自有其现实依据。而“已经从头至尾改写过十遍，用了九个月的时间”[②]的《春华秋实》是某种极致（虽然极致，仍然是命、答双方都无法满意的），其他作品也不例外，因为老舍就是个被动的答题者。即使非命题的作品如《茶馆》，也无法逃脱被修改的命运。

因为老舍的许多话剧是应新政策的要求而创作的，专业外的声音是必然存在的，也是作家能预见的，但是老舍实际要面对的是各式领导、专家以及导演、演员这个“创作集体”。他早早地被挤压到“出技巧”的位置上，事实上“集体”意见又无法也不可能统一。无所适从的局面让他只能抵抗，“我决定不再等，而仅就个人所能理解的独自起稿”[③]。放弃公共意见，独自构思，看似是方法的问题，实际已经表明了他的一些态度。创作完成后，他仍然谦虚地面对各方的意见，最典型的是《春华秋实》一轮又一轮地修改，最终第十版时又回到了作家的第一版，也就是独立创作的框架之上。虽然老舍自己说第十版跟第一版之间并不是一个简单的回归[④]，但前后九个月的修改，对时间、精力有限的老舍来说，不能不说是巨大的损耗和浪费。

---

① 老舍．咱们今年都要拿起笔来 [M] // 老舍全集：第 14 卷　散文杂文．北京：人民文学出版社，2013:509.

② 老舍．致胡乔木 [M] // 老舍全集：第 15 卷　散文杂文书信．北京：人民文学出版社，2013:684.

③ 王行之．老舍论剧 [M]．北京：中国戏剧出版社，1981:180.

④ 王行之．老舍论剧 [M]．北京：中国戏剧出版社，1981:187.

“它未必是好戏，可是真卖了力气。”[①] 当创作成为“力气”活时，作家内心的悲哀可想而知。实际上在 1953 年初，他在写给胡乔木的信中就说：“我希望，领导上也应该设法调整作家的工作，不要教他们忙到不可能拿起笔来的程度。”[②]

（三）关于戏改

“戏改”是新中国成立后文艺工作的一件大事，它直接关系到老百姓日常文化生活的内容。因为精通传统戏曲、曲艺，又在抗战中与民间艺人过从甚密，所以回国后老舍很快就被聘为文化部戏曲改进局顾问、戏曲改进委员会委员，参与“戏改”就成为老舍工作的重要组成部分。当然，老舍的主要工作是在北京市文联，“顾问”“委员”这些头衔都非行政序列中的职务，因此，老舍原本只能“顾问”——看看、问问、听听，可他却并没有停留在“顾问”（更多的“顾问”大约是顾而不问，或不顾不问的）这个层面，而是作了许多建设性的努力。他前前后后写了 50 多篇与戏剧、曲艺有关的文章，内容涉及相声改进、曲艺创作等。他热心大众文艺事业的诸多努力可以从 1950 年的日记中看到印迹。老舍对“戏改”的最直接参与就是改编或创作戏曲、曲艺作品。除了相声、鼓词这些相对轻量化的作品外，老舍还创作了多部戏曲作品。从创作数量上看，虽不算多，却各具代表性。

除《柳树井》外，老舍的戏曲创作基本都发生在 1956 年后。

① 老舍．致胡乔木 [M] // 老舍全集：第 15 卷 散文杂文书信．北京：人民文学出版社，2013:684.

② 王行之．老舍论剧 [M]. 北京：中国戏剧出版社，1981:179.

彼时，文艺界对传统旧戏的修改基本已经告一段落。在此之前，他主要通过参会讨论、写文章等参与到“戏改”当中。从老舍的文章里，多少能看出老舍对粗暴修改是非常反感和反对的。在1951年的《新文艺工作者对戏曲改进的一些意见》里，他主张：“假若一出老戏，经过检讨，认为可以不改，就爽性不必改。”[①]不能为改而改，为借鉴而借鉴。在《略谈戏改问题》一文里，他主张“戏改”的主体应当是艺人与文化人——“发动艺人与文人合作改戏”。到了1954年底，“戏改”经历了一段时间之后，很多他在1951年担心、反对的问题依然在发生。老舍不但重申了自己的看法，他拟定的文章标题更为直接——《论“粗暴”与“保守”》。总体而言，在“戏改”当中，特别是在对传统戏曲的改革问题上，老舍的观点和主张不但与“戏改”执行者不相契合，还公开反对，显得比较另类。

二、思想改造

无论是改书、改剧还是参与“戏改”，老舍相对矛盾的行为背后，是他接受思想改造过程中各种认识判断矛盾的外化。回国后的老舍处在跌宕澎湃的大环境下还有极微妙的小环境中，个体在进退之间犹疑不定。

法国理论家布迪厄认为社会各个面都是一个“场”，文学有“文学场”，经济有“经济场”，政治有“政治场”等。政治不但直接决定作品的评价——“政治标准第一”，还在文艺创作的题材、方法、风格等各方面作出规范，最根本也最基础

---

① 王行之．老舍论剧[M]. 北京：中国戏剧出版社，1981:111.

的是对作家的思想改造。“思想改造”理论来自日丹诺夫，毛泽东在延安整风中提出相关问题，新中国成立后认为知识分子应该经历先于受教育者的“先受教育”——“我们的文学艺术家，我们的科学技术人员，我们的教授、教员，都在教人民，教学生。因为他们是教育者，是当先生的，他们就有一个先受教育的任务”[①]。而且，这也“是我国在各方面彻底实现民主改革和逐步实行工业化的重要条件之一”[②]。老舍作为在文坛享有盛名又曾极具影响的作家，是不折不扣的“文学艺术家”。当然，老舍需要被“改造”还有其他两个重要原因：一是抗战中老舍一直生活在国统区，与“根正苗红”的解放区没有关系。虽然老舍担任“文协”的实际负责人是国共两党相互妥协的结果，虽然他深受党内高层，特别是周恩来总理的重视而被邀请回国，但在其他人特别是极端宗派主义者眼里，老舍终究没有受过党的教育。二是抗战胜利后的老舍去了帝国主义的中心——美国，一待就是三四年。再往前，老舍曾受聘于伦敦大学东方学院做教师，还在英国待了五年。多年资本主义社会的生活经历使他需要接受“思想改造”以确保与新社会的协同性。事实上，这样的“思想改造”在作家的其他文字与活动中已经显现。

所谓的“改造”就是促使思想转变的方法过程。对于茅盾、巴金、老舍这些被确认为现代著名作家且都担当着比较重要的社会团体领导职务的“文艺文学家”们，“改造”就不可能如“文革”中的“牛棚”和“五七干校”那么直接，而是要在生

① 毛泽东文集：第 7 卷 [M]. 北京：人民出版社，1999:270–271.

② 毛泽东文集：第 6 卷 [M]. 北京：人民出版社，1999:184.

活、工作中潜移默化。

（一）社会职务的间接性改造

从本质上看，社会职务并非个人身份的组成部分，因为个体的社会职务是以充当公共结构要素存在的，其属性决定于公共结构而非个体本身。但日常生活中的人们总会将个人的社会职务视作个体的身份象征，这种认知上的错位就使得人们往往将个体公共身份属性等同于个体属性。而从有社会职务的个体角度来说，社会活动中的个体需要压抑自身个性以呈现职务的公共属性。

回国后的老舍最主要的社会职务是北京市文联主席，然后还有若干社会兼职。所以，在特定场合出现的可能是舒主席、舒委员、舒会长、舒理事、舒代表等，于是他的发言、表态便是主席、委员、会长、理事、代表的发言与态度。这些身份都是社会主义新中国的社会身份，自然就是社会主义新中国的声音。所以，老舍回国后发表的很多官方文字必须与这些身份协同起来。虽然后来它们被收入全集，虽然可能是由他主笔，但严格说来很多并不是他的。老舍是害怕开会的，我想这里面不只是时间的问题，更是因为这个时间里他必须“不再是自己”。正是这种经常性的“角色扮演”，无形之中也在对老舍进行着思想的改造。

（二）社会环境下的有意识补课

实际在此之前，老舍已经主动接触毛泽东的文艺理论。在《毛主席给了我新的文艺生命》一文中，老舍特别强调回国后找了一部《毛泽东选集》，头一篇读的就是《在延安文艺座谈会上的讲话》（以下简称《讲话》），说明回国后的老舍已经清楚地知道《讲话》对新中国文艺界的意义。虽然没有参加第一次“文代会”，但“文代会”上把《讲话》确立为新文艺的唯一正确方向，确立文艺为政治服务、为工农兵服务的原则性信息，老舍一定有所了解。但《讲话》对文艺的界定、对知识分子的界定、对文艺功能的界定却不是老舍读一读就可以了事的，这也是为什么在回国两年半后，老舍会写出《毛主席给了我新的文艺生命》（在《人民日报》发表）的文章。如果说读《讲话》只是改造的主观能动性的体现，那么文章就是改造的成果。如果说后来对普通教师和文艺工作者的思想改造有具体明确的指令，那么对老舍的思想改造虽然没有可查的指令，但显然他早早地就被“点拨”了。

（三）社会生活中的无意识改造

1950 年 1 月 4 日接受《进步日报》采访大概是老舍最早的亮相。1 月 10 日老舍在《文艺报》第一卷第八期发表了《美国人的苦闷》一文。前后几天老舍几乎都在发出一个声音：商业化的美国是万恶的。这是老舍对美国生厌的重要原因，处处只谈利益、不见人情，老舍无法接受。但这声音之中，是对敌我立场的宣誓，是对人民政府的亲近。而在《新社会就是一座大学校》一文里，老舍将自己置于斗“地主恶霸”的现场，控诉会场齐声喊“打”的能量场让温和宽厚的老舍也不知不觉地喊出来。老舍对“生命”的哲学概念有三重不同的认识：最初年轻时是基督教的，50 岁后是改造思想、重塑生命的，最后是以毁灭生命去抵抗暴力。老舍曾经论述 20 世纪 30 年代以前世界文化思潮的两派：一派是托尔斯泰主义，另一派是尼采主义。他是不倾向于尼采的，认为超人的、狂欢的乃至暴力的运动终将吞没尼采的生命。而带有某种群羊效应顺势而下的是另一种“集体无意识”，而这确是当时中国最普遍的思想改造手段。沈从文《川行书简》中有“一出来，心中即只有一件事，放下包袱，去掉感伤，要好好的来为国家拼命作事下去，来真正作一个毛泽东小学生”的表态，有“要努力工作，你定要努力拼命工作，更重要还是要改造，你还要改造，把一切力量用出来，才对得起国家”的劝勉，有“一个一个的申诉，特别是老婆婆对于乡保长兼地主的申诉，事越琐碎越使人起严肃感。因为这即是阶级斗争和农民革命”[①]的现场教育，有“对于爱国主义的爱字，如不到这里地方来看看，也是不会深深明白国家人民如何可爱”[②]的感慨。现实的生活存有各种教育的素材等着老舍、沈从文去认识，去表态。

三、挣扎

老舍的回国是契合个人意愿的。首先，老舍的文学创作始于海外，回国前也是在美国从事着文学创作与翻译（大约也是与职业作家最接近的阶段），但他创作的根基在中国，回归便成为必然。其次，家人、朋友也大多在国内，所以如果继续停

① 沈虎雏.从文家书：从文兆和书信选[M].上海：上海远东出版社,1996:190.

② 沈虎雏.从文家书：从文兆和书信选[M].上海：上海远东出版社,1996:172.

留海外，他就会成为没有生活空间的工作机器，这与他的人生取向是不一致的。再次，虽然有多年的海外经历，但海外生活与道地的北京市民生活造就的老舍很难相容——“一想到水煮牛肉就反胃。”最后，以周恩来为代表的中央人民政府高层的关切和召唤让他对回归之路也充满信心。回归是否存在顾忌，老舍没有任何文字表露，但有也是很自然的情况。毕竟他当时身在美国，美国的报刊对共产党政权必定有各种歪曲否定。当然，国内的朋友也会将人民政府成立前后的欣喜传递给他。老舍内心是带着忐忑踏上归国之路的，归来之后就是自己对这个新中国期待、发现与印证的过程。

（一）归来的惊喜

老舍归来带着多大的期待不得而知，毕竟人民政府如何他并未亲见，而且这政权也才刚刚成立，但归国后的老舍一定是有所震撼的。1950 年 3 月 4 日，老舍的小品文《老姐姐们》刊登在《留美学生通讯》杂志上，这是中国留学生在美国发行的一份油印中文期刊。老舍的语态还是冷静而客观的，没有溢美之词，不回避现实生活中的苦难，可老舍却在这些姐姐的苦难劳作中看到了她们内心对于这个人民政府的善意，也看到了她们在面对新时代时发生的改变，还看到了侄儿们变成了“进步的工人”①。这与他此前写给劳埃得的信里描述的“我哥哥差点饿死。现在他的孩子全有了工作，他自己也恢复了健康。他们全都非常喜欢这个对人民真好的新政府”是基本一致的。

① 老舍．老姐姐们 [M] // 老舍全集：第 14 卷 散文杂文．北京：人民文学出版社，2013:418.

看似极平淡的描述，却潜藏着老舍内心按捺不住的兴奋——对“光明的前途”而且是贫苦人的“前途”的兴奋。然后又有1950年春，人民政府要为老百姓修龙须沟，老舍强调：一是政府不“宽裕”，二是修沟惠及底层百姓[①]。新政府为穷苦人着想、为穷苦人办事正契合了老舍对理想社会政府职能的期待。1950年7月，老舍在给劳埃得的信中说：“湖和河全都重新治理过了，水都变得干净了。今年的小麦收成比去年要好，饥荒就要过去了。”[②]半年时间，北京城大变样。回国一年以后，老舍又写了《我热爱新北京》。这时的北京，不只是抗战之中《想北平》式的故都神思，而是在人民政府治理下实实在在变化了的首都。写北京的“下水道”“清洁”“灯水”[③]都是新政府在一年间完成的，这在老舍看来是合乎人们期待的北京城的改变。北京的“城”与“人”是老舍内心关切与价值考量的依据。回国初期的老舍在情感上认定：“在感情上觉得跟共产党有天然关系，跟新政权是一头的。”老舍主动当起了“歌德”派，虽然当今社会上有所谓“文人缺少独立人格”的指责，但老舍应是问心无愧的，因为他歌颂的确实是“德政”。

（二）奉献与牺牲的矛盾

老舍是矛盾的。有时他激动得热泪盈眶，有时又内心溢满

---

① 老舍 .《龙须沟》写作经过 [M] // 老舍全集：第 17 卷　文论 . 北京：人民文学出版社 ,2013:554.

② 老舍 . 致大卫·劳埃得 [M] // 老舍全集：第 15 卷　散文杂文书信 . 北京：人民文学出版社 ,2013:662.

③ 老舍 . 我热爱新北京 [M] // 老舍全集：第 14 卷　散文杂文 . 北京：人民文学出版社 ,2013:438–439.

悲凉。与民生接触，他感到温暖；与“官”打交道，他心中总是忐忐忑忑地不太舒服，不安全。有时候迫于压力要表态，甚至责骂已经被官方“定性”的朋友。老朋友如胡风还是能谅解他的。老舍只是一个普通的知识分子，不是思想家，他的文学创作的贡献还是占主流。他能够意识到的政治上的问题只能埋藏于内心，偶或私下里和朋友曲语传达。他在文学想象与虚构中仍隐隐地寄托着这些不安的情绪。在生命的最后关头，老舍的骨头是硬的，是有气节的。老舍的矛盾还在于，他一方面认定新社会需要自己去牺牲参与建设，就如抗战时期对他的需要一样；而另一方面老舍又发现公共事务对他的挤压使他完全丧失了“自由”，哪怕是应景配合地写点戏剧的时间都抽不出来。老舍回国后与劳埃得保持了三年相对频繁的通信，在这些信里最常见的词就是忙。从最初“我现在要干的事太多，实在是太忙了”，到后来“我要干的事太多，简直找不出时间来处理我自己的私事”，再到“我现在仍忙于写那部话剧（《春华秋实》——引者注），不知何时才能完成”，“我实在太忙，要同时做很多事”。虽然都只是个“忙”，却能清晰地感受到他情绪的转变。显然，转变并不来自“忙”本身，而在于老舍发现很多是无谓的“忙”。特别是太多的身份带来太多的“会”，有时不得已不太重要的会他就不参加了。

（三）仍走在异路上

舒乙回忆他父亲 20 世纪 50 年代的写作状态时说：“跟延安、国统区来的许多作家心态不一样，老舍心想自己是穷人出身，没上过大学，亲戚都是贫民，在感情上觉得跟共产党有天然关系，跟新政权是一头的。一些作家受到精神压力，谨慎小心，有的做投降状，生怕自己是否反映小资情调？是否背离党的要求？而老舍没有顾虑，如鱼得水。”[①]“如鱼得水”一说似乎与老舍的创作体验并不能完全吻合，但回归之后的情感共鸣是确实的。老舍对新中国的认同与主人翁精神（舒乙所谓的“如鱼得水”大概就是指这个）在回国初期充分释放，但作为作家的老舍很快发现自己被置于一个并非自己所希望的角色之中而无法脱身，也无力抗拒。虽然偶有些直接或间接的抱怨，但总体上他仍然配合着这个自己寄予巨大社会理想的人民政府的各样人物给他布置的“作业”。写于1962年的《可喜的寂寞》一文，我们可以看到“可喜”是“小科学家们”的，而“寂寞”是老舍自己的。这里不只是文艺与科学的不可跨越，更是老舍十分努力却无法与时代合拍。而到了“文革”发端的1966年，老舍已经无法再去认同眼前的社会。他说：“我也无法和一九六六年的北京学生一样思维或感受世界”，“你们大概觉得我是一个六十九岁的资产阶级老人”，“跟不上革命的步伐”，“我们这些老人不必再为我们的行为道歉”。[②]

改书、改剧、“戏改”作为纯粹的艺术创造活动并不罕见于中外文艺史，但老舍的“三改”是特殊环境下“舍我”的非艺术行为。所以，虽然老舍是一个艺术家，虽然他不懂政治，但他与传统中国的读书人和士大夫一样，内心都有一个“家、

---

① 陈徒手．花开花落有几回？[J]．读书，1999(2):3-12.

② 老舍．与英国人斯图尔特·格尔德、罗玛·格尔德的谈话[M]//老舍全集：第18卷 文论工作报告译文．北京：人民文学出版社，2013:284.

国、天下”的政治情怀，有“天下兴亡，匹夫有责”的责任担当。因此，只要对新中国有利他就干，哪怕这或者并非他的本意，比如改书；只要对老百姓好，他就歌颂，哪怕一个戏让他改上很多遍。显然，他在政治上是个平庸的人，他顺应滚滚而来的人民的历史洪流，以为如此人民就会过上好日子。只是当他惊醒时，他才意识到自己并不在洪流中，洪流也不可挡，可他依然要以死明鉴！但“明鉴”在洪流中却被裁定为“自绝于人民”。这种荒诞的结果是老舍的艺术直觉早已感知并呈现了的——在《断魂枪》的正文前，老舍写道：“生命是闹着玩，事事显出如此。”[①]新中国成立后老舍回到北京的十七年常常被文学史忽略（除了《茶馆》），被学者们不屑，但却是老舍人生中最充实也最伟大的一段岁月。

---

① 老舍．断魂枪 [M] //老舍全集：第 7 卷 小说．北京：人民文学出版社，2013:320.

第三节　四十年改编热与大众化叙事

小说与戏剧的互动由来已久，而随着电影、电视等艺术形式的出现，文学作品与影、视、剧的转换就成为文艺活动的重要内容。中国现代作家作品被改编成影视剧在 20 世纪 30 年代就已发生，至今不绝。20 世纪 40 年代在美国，老舍的《骆驼祥子》原本有计划拍成电影并在中国影坛引发关注，但终究未能成功。网络上将 1928 年程步高导演，龚稼农、胡蝶主演的电影《离婚》的原作归在老舍名下，可略知《离婚》创作时间的读者明白，这是个误会。老舍的作品最早被拍成电影始自 1950 年石挥自导自演的《我这一辈子》，并且出现了一小波改编潮流。之后由于特殊的社会历史，改编中断了 20 多年。1982 年电影版《骆驼祥子》《茶馆》相继上映，此后对老舍作品的改编一发而不可收。这样一段改编热持续四十年是难得且值得关注的文化现象。

一、丰富的改编

之所以将老舍作品的改编称为现象，是因为在众多现代作家作品的改编中，对老舍作品的改编无论从时间、数量、类型还是阶段性来看，都呈现出与众不同。

一是持续的时间长。中国现代文学自 1933 年茅盾的《春蚕》

被搬上银幕起，特别是20世纪80年代电影事业重新被重视以来，文学作品被改编为电影、电视剧、戏剧的并不罕见。作家作品被改编在20世纪80年代相对集中地出现，鲁迅、巴金、茅盾、曹禺、沈从文等名家（也包括老舍）的代表性作品纷纷被搬上银幕。之后渐渐呈现阶段性，作家一旦重新被文学界所关注，其文学作品的出版、改编便相对集中地出现，比如张爱玲、张恨水等。热潮过后渐趋平静，这也是文学改编的常态，但对老舍作品的改编却呈现出持续、纷呈、动态的过程，历四十年而不衰。这说明对老舍作品的改编并不是一个瞬时的潮流，而是一个值得关注和研究的文化现象。

二是改编的数量大。现代作家作品被改编往往只限于一两篇（部）代表性作品，而名作家会有多部作品被影视化改编，如巴金的《家》就被多次改编成影视作品。张爱玲的作品数量相对较多，但改编成影视作品的也只有十几部。像老舍这样有大量作品被改编成影视剧的，同时又改编成如此之多作品的，在现代文坛是罕见的。从1950年电影《我这一辈子》上映到2020年戏剧《我的理想生活》上演，据我不完全统计，前后有《骆驼祥子》《茶馆》《月牙儿》《阳光》等27篇（部）作品被改编，共改编成40多部电影、电视剧等。这当中有些作品还不止一次被改编，比如《骆驼祥子》《四世同堂》《离婚》《我这一辈子》等。

三是改编的类型多。老舍作品的改编呈现出两个方面的丰富：第一是被改编的作品类型丰富，既有最常见的《骆驼祥子》《离婚》等长篇小说，《月牙儿》《阳光》《断魂枪》等中篇小说，还有《柳家大院》《也是三角》《上任》《兔》等短篇小说。小说被改编成影视剧是最常见的类型。除此之外，《方珍珠》《龙须沟》《茶馆》等戏剧作品也被改编成电影上映，更有《话剧观众须知二十则》《创造病》等两篇杂文也被改编到话剧之中，这确是极少见的。第二是被改编后的作品类型丰富。除了被改编成电影、电视剧、话剧，老舍作品被改编成曲剧的还有 9 部，此外还有京剧、歌剧等其他艺术形式。

四十年的改编也具有比较明显的阶段性。对我们来说，话剧、电影、电视剧本质上都是舶来品。中国的话剧、电影都诞生于 20 世纪初，从 20 世纪 30 年代开始成为中国人社会文化生活的重要组成部分；电视剧则要到 20 世纪 50 年代，真正发展则是在“文革”以后。四十年的影视剧发展虽然各有高潮低谷，但总体上都获得了发展与突破。在这样的大背景下，老舍的作品在 20 世纪 50 年代被少量改编后，从 1982 年至今总体呈现出相对稳定的改编态势。但在总体稳定中我们又可以看到相对集中的时段。比如改编为电影主要集中在 1982—1992 年间，改编为电视剧主要集中在 1998—2010 年间，改编为话剧则主要集中在 2010 年后的十多年间。改编为曲剧虽然从时间点上看略显零散，但北京曲剧团对老舍作品的改编热情与努力却在持续。当然，相对集中并不是都在上述阶段性时间内。比如 1985 年的电视剧《四世同堂》，2017 年的电影《不成问题的问题》，虽然不在改编集中期，却也都是优秀的再创作。例外的存在并不能改变老舍作品被改编的阶段性特征。

无论是媒介本身，还是中国社会四十年突飞猛进的发展，都决定着对文学作品的改编有不同的时代需求。电影、电视剧和戏剧对文学文本有不同的要求。电影的不间断有限时长需要相对集中又连贯的叙事，而优秀的长篇小说是电影改编的首要选择；电视剧则是间断不限时长的艺术，由于它的间断性决定了目标文本需要有连续、跌宕的情节，优秀的通俗小说常常可以满足其需求；戏剧作为有间断有限时长的舞台表演艺术，需要更为集中的情节，对立、冲突鲜明的作品往往更有利于改编。从时代的角度看，20 世纪 80 年代的影视剧改编突出地表现为文学表达的需要，改编的基础往往是以尊重原著为前提。虽然情节、人物可能略有调整或增删，但大体不会离原著很远。20 世纪 90 年代中后期到 21 世纪初的电视剧改编，因为商品经济大潮下消费文化的盛行，作品改编相对开放，简单化、戏剧化、通俗化倾向明显。近十年的戏剧则更多地表现为小戏场的人文倾向，在抓住作品精神根柢的同时，突破文体、情节、人物的限制，更大限度地加入改编者对当下文化的审视。

二、视觉性基础

文学与影、视、戏天然地被区别在抽象与具象、创造与接受等对立概念之中，所以不是所有的文学都能成为影视创作者再创作的对象。老舍如此之多的作品被改编，甚至不止一次地被改编，说明其作品自然有它不同寻常的魅力。我认为老舍文学叙事的大众性首先表现为文学叙事的视觉性特质，是视觉性特质让其作品更贴近大众读者，也与影视剧等拥有艺术上更强的共通性。

（一）视觉性表现在故事穿插集于中心

老舍在 1935 年有一系列关于小说“怎么写”的反思，而反思的起点就在“控制”——“我初写小说，只为写着玩玩，并不懂何为技巧，哪叫控制。”[①]而《老张的哲学》后的创作之所以渐趋成熟也得益于“控制”。当然，关于创作的控制是多方面的，比如老舍经常提及的幽默，但我认为老舍最重要的控制在于他通过主线外的穿插使小说背景可观可感。小说因为许多看似与主线不相关的事件的出现而使读者沉浸于小说的情境之中。傅庚生说：“文章颇重穿插，几乎无穿插应不得谓为文章也。”[②]老舍的穿插又有所不同，他将这些穿插以特有的方式关联起来，小说因此而不致松散，老舍称之为“拴桩”。比如《骆驼祥子》里的“车”，《离婚》里的“离婚”。影视剧的改编常常会删除大量无关枝叶，但老舍小说集于中心的穿插却使得作品改编拥有了更坚实的生活基础。

（二）视觉性表现为人物塑造过程中的类型化与个性化

老舍的小说创作虽然是因为在英国读过大量西方文学而起，但其创作中传统艺术对他的影响却不容忽视。比如在小说人物的设定上，老舍显然受到儿时浸染的传统戏曲，特别是京剧的影响，因此才将人物置于相对的类型之中，这大体上也是戏曲生旦净丑的转化。所以，老舍常常通过漫画化、类型化的

---

① 老舍．我怎样写《老张的哲学》[M]//老舍全集：第 16 卷　文论．北京：人民文学出版社，2013:164.

② 傅庚生．中国文学欣赏举隅：修订本 [M]．北京：生活·读书·新知三联书店，2019:129.

手段勾勒出作品人物鲜明的特点。无论是早期作品中的老张（《老张的哲学》）、赵子曰（《赵子曰》）、老马（《二马》）、牛天赐（《牛天赐传》），还是后来的张大哥（《离婚》）、虎妞（《骆驼祥子》）、胖菊子（《四世同堂》），还有戏剧中的唐铁嘴、刘麻子（《茶馆》）等，老舍对他们的描写都有极强的视觉冲击力。虽然有研究认为虎妞的形象及对祥子命运的影响是作家“大男子主义”思想的流露，但我认为这应该是一种误读，虎妞在作品的人物关系中是一个反面人物，代表一种“恶”势力。老舍对人物的形象也毫不客气地描绘为“老”而“丑”——“是姑娘，也是娘们；像女的，又像男的；像人，又像什么凶恶的走兽！”这是由其角色决定的。当然，1982年电影版的《骆驼祥子》颠覆了虎妞的角色，也使作品与原作的表达相异趣了。老舍对主要人物非类型化的细腻塑造也注重视觉效果。祥子是一个不善言辞的人物，但是人物最初的朝气与追求及后来的挫折与堕落，作者都通过对人物形象、衣着、车的形态的描写传达了出来，强烈的视觉效果使得人物形象特别鲜明。

（三）老舍作品的视觉化叙事还表现在人物思想、精神表达的视觉可感

老舍作品的独特在于在描写社会现实苦难的同时，更愿意去发现人物精神的追求与苦痛。而在呈现这些具有抽象特征的思想或精神状态时，作家善于以具象的物或场面来表达。比如祥子这样一个农村出来的、没有受过教育的底层形象，他的追求就被具体化为车。生活的起落就在人物与车的亲疏之间，精神的堕落也表现为对车的远离。老李的那点儿诗意化为“一袭红衣”；《月牙儿》中“我”的生活遭际及面对生活的悲喜都具体化为作品中对“月”的描写；神枪沙子龙（《断魂枪》）因绝世武艺与快枪、火车时代脱节的落寞，表现为月夜小院中练武及“不传”“不传”的自语；等等。视觉化的表达使得思想与精神变成可观可感的对象，小说人物的追求与痛苦变得具体可感。

（四）老舍作品的生动语言强化了叙事的视觉性

老舍是语言大师，说他语言的俗白也好、京味也罢，其根本在于他语言的生命力是可视可感的。从英国起笔，在山东成熟，老舍一生创作千万字，但笔下都是他最熟悉的人与事。这样的记忆是立体的，是视觉化的。比如关于北平，他说：“一想起这两个字就立刻有几百尺‘故都景象’在心中开映。”[①] 写人虽也写外貌，但必要点染其精气神而使其鲜活。比如《离婚》里的张大哥：“长长的脸，并不驴脸瓜搭，笑意常把脸往扁处纵上些，而且颇有些四五十岁的人当有的肉。高鼻子，阴阳眼，大耳唇，无论在哪儿也是个富泰的人。”写事有过程，但更重视画面，使之真切。比如对祥子在“烈日”与“暴雨”下的描写。写对话充满个性，有见言语如见其人的效果。如《骆驼祥子》里祥子与虎妞：“举着盅儿：你喝！要不我揪耳朵灌你！祥子一肚子的怨气，无处发泄；遇到这种戏弄，真想和她瞪眼。”厉声的与无言的真是各人各样。

---

① 老舍．我怎样写《离婚》[M]//老舍全集：第16卷　文论．北京：人民文学出版社,2013:188.

三、大众化叙事

如果说视觉性在表现形式上促成了老舍作品与大众读者的联系，那么，老舍在叙事中与大众的情感相通相融，才是其作品引人关注、引发共鸣，进而竞相被改编的根源。大众化从新文学发生之际就被不断地强调，出现了如“平民的文学”“文艺大众化”“文章下乡”等不同阶段的倡议或口号。口号的持续存在恰恰呈现出现代文学精英化、象牙塔化的事实与需要启蒙、影响一般大众的急切之间的尴尬。直到毛泽东在延安文艺座谈会上提出“文艺为工农兵”，文艺大众化的问题才获得根本的扭转，原本“化”大众让位于“为”大众，有知识者之前“启蒙”的尴尬已经转变为“被启蒙”的尴尬。但老舍及其创作并不以启蒙者自居，而是以感同身受的大众的立场和姿态，来审视芸芸众生的生活本相。既“为”大众呼号，也“化”大众追寻有尊严的生活。老舍将自己及作品置于大众的生活中，表现他们的真实的情感。

其实无论从媒介还是从时代来看，改编者的改编动力大相径庭，其选择的受众也往往会不相同。但是对老舍作品的改编却跨越了媒介，也跨越了时间，事实上也跨越了受众，显示出巨大的包容性。所以，在视觉化叙事的基础上，老舍作品的内在丰富性支持了不同层次需要的实现。

一是大众的民族情感。老舍从出生开始，便感受和经历着中华民族因积弱而被欺凌、因欺凌而奋起反抗的历史大变局。在文学作品里，他对国家面貌的急与恨，对民族灾难的伤与痛，对新社会的唱与颂，无不揭示着内心深厚的民族情怀。无论是早期的《猫城记》还是抗战后的《四世同堂》，无不流露着作家内心对国家、民族的深切情感。虽然也有抽象的、宏观理性的发现，但更多的是作家以普通人的立场来审视国家和民族，传达的也是每一个普通国人内心最朴素的爱恨。

二是大众的审视视角。老舍的内心，不只有国，更有民。出生于底层，生活于底层，正因如此，老舍更能深切地体会普通人的立场与关切。哪怕当了作家、教授，以及抗战中做了“文协”的实际负责人、新中国成立后成为文艺界的重要领导，老舍所交游的总不乏社会的三教九流。他的文学作品也自然地将视线聚集在那些同他一样深受苦难的大众的生活中。在他的文学世界里，有车夫、镖师、掌柜、巡警、艺人、妓女、公务员、教员等等，不一而足。他书写他们的痛苦，书写他们的希望。

三是大众的文化关切。老舍创作的精神动力来自他对中华文化的自觉。他在南开中学任教时背负两个“十字架”的志愿就是因文化而生。在老舍笔下，“文化”不是空洞的概念，而是扎扎实实的百姓的日常生活。在对各阶层生活的细致描绘中，老舍完成了对文化的呈现、审视、批判，也寄寓着作家对文化涅槃的期待。这种对文化的关切是每一个身处其中的阅读者、观众不能熟视无睹的，看后也会深感认同。

四是大众的生命关怀。老舍的作品并不因为关注底层就丧失了对生命的思考，恰恰相反，老舍笔下那些为人们所熟悉的文学人物，如祥子（《骆驼祥子》）、“我”（《月牙儿》）、老李（《离婚》）、沙子龙（《断魂枪》），无不思考、追寻着对生命的看法，对生活的期待。

正是上述特点的共同存在，使得老舍作品的文化厚度、情感深度、叙事温度和精神高度等在不同维度上都拥有丰富的阅读空间，也为影视作品的改编和再创作提供了可能性。

附：老舍作品改编汇总表

时间	片名	导演	类别	备注
1950 年	《我这一辈子》	石　挥	电影	
1951 年	《方珍珠》	徐昌霖	电影	
1952 年	《龙须沟》	冼　群	电影	
1957 年	《骆驼祥子》	梅　阡	话剧	
1958 年	《骆驼祥子》		曲剧	
1979 年	《方珍珠》		曲剧	
1982 年	《茶馆》	谢　添	电影	
1982 年	《骆驼祥子》	凌子风	电影	
1985 年	《四世同堂》	林汝为	电视剧	共 28 集
1986 年	《月牙儿》	霍　庄 徐晓星 刑　丹	电影	
1987 年	《鼓书艺人》	田壮壮	电影	
1992 年	《离婚》	王好为	电影	
1996 年	《龙须沟》		曲剧	
1998 年	《茶馆》		曲剧	

续表

时间	片名	导演	类别	备注
1998 年	《骆驼祥子》	李　森	电视剧	共 20 集
1998 年	《骆驼祥子》	石玉昆	京剧	
1998 年	《离婚》	马军骧	电视剧	共 21 集
1999 年	《二马》	沈好放	电视剧	共 10 集
2000 年	《四世同堂》		曲剧	
2001 年	《我这一辈子》	张国立	电视剧	共 22 集
2003 年	《正红旗下》		曲剧	
2006 年	《月牙儿与阳光》	霍　庄 徐晓星	电视剧	《月牙儿》《阳光》改编
2006 年	《我这一辈子》	李六乙	话剧	
2006 年	《天朝上邦》	李龙云	话剧	《正红旗下》改编
2007 年	《纳妾》	马军穰	电影	《离婚》改编
2009 年	《四世同堂》	汪　俊	电视剧	共 37 集
2009 年	《龙须沟》	李诚儒 王志强 李　伟	电视剧	共 34 集
2010 年	《茶馆》	何　群	电视剧	共 39 集
2010 年	《老舍五则》	林兆华	话剧	《柳家大院》《也是三角》《断魂枪》《上任》《兔》改编
2017 年	《不成问题的问题》	梅　峰	电影	
2011 年	《骆驼祥子》		曲剧	

续表

时间	片名	导演	类别	备注
2011 年	《四世同堂》	田沁鑫	话剧	
2011 年	《我这一辈子》	方　旭	话剧	
2014 年	《骆驼祥子》	郭文景	歌剧	
2014 年	《宝船》		曲剧	
2015 年	《老张的哲学》		曲剧	
2015 年	《离婚》	方　旭	话剧	
2016 年	《猫城记》	方　旭	话剧	
2018 年	《二马》	方　旭	话剧	
2018 年	《饥荒》	张向阳	话剧	《四世同堂》第三部改编
2018 年	《老舍赶集》	方　旭	话剧	《话剧观众须知二十则》《创造病》《牺牲》《黑白李》《邻居们》《我的理想家庭》改编
2019 年	《牛天赐》	方　旭	话剧	《牛天赐传》改编
2020 年	《我的理想生活》	梧　桐	话剧	创编自散文《我的理想生活》
2023 年	《正红旗下》	冯远征 闫　锐	话剧	

参考文献

1. 老舍 . 老舍全集 [M]. 北京 : 人民文学出版社，2013.

2. 曾广灿，吴怀斌 . 老舍研究资料 [M]. 北京：北京十月文艺出版社，1985.

3. 徐德明 . 图本老舍传 [M]. 长春：长春出版社，2012.

4. 徐德明，易华 . 老舍自述：注疏本 [M]. 北京 : 现代出版社，2018.

5. 曾广灿，范亦豪，关纪新 . 老舍与二十世纪：’99 国际老舍学术研讨会论文选集 [M]. 天津：天津人民出版社，2000.

6. 胡絜青 . 老舍论创作 [M]. 上海 : 上海文艺出版社，1980.

7. 克莹 . 患难情缘：老舍与胡絜青 [M]. 合肥：安徽人民出版社，2000.

8. 克莹，李颖 . 老舍的话剧艺术 [M]. 北京 : 文化艺术出版社，1982.

9. 舒济 . 老舍和朋友们 [M]. 北京 : 生活・读书・新知三联书店，1991.

10. 舒乙 . 作家老舍 [M]. 北京：中国青年出版社，2014.

11. 王行之 . 老舍论剧 [M]. 北京 : 中国戏剧出版社，1981.

12. 安基波夫斯基 . 老舍早期创作与中国社会 [M]. 宋永毅，译 . 长沙 : 湖南文艺出版社，1987.

13. 杨立德 . 老舍创作生活年谱[M]. 昆明：云南民族出版社，1989.

14. 张桂兴 . 老舍年谱 [M]. 上海 : 上海文艺出版社，1997.

15. 张桂兴 . 老舍文艺论集 [M]. 济南 : 山东大学出版社，1999.

16. 张桂兴 . 老舍资料考释：修订本 [M]. 北京：中国国际广播出版社，2000.

17. 关纪新 . 老舍评传 [M]. 重庆：重庆出版社，2003.

18. 孙洁 . 老舍和他的世纪 [M]. 上海 : 上海文艺出版社，2019.

19. 王本朝 . 老舍研究 [M]. 重庆：重庆大学出版社，2013.

20. 崔芳芳 . 老舍创作的记忆叙事研究 [D]. 南京：南京师范大学，2017.

21. 韩南 . 中国白话小说史 [M]. 尹慧珉，译 . 杭州：浙江古籍出版社，1989.

22. 韩南 . 中国近代小说的兴起 [M]. 徐侠，译 . 上海：上海教育出版社，2004.

23. 金圣叹 . 金圣叹批评第五才子书水浒传 [M]. 天津：天津古籍出版社，2006.

24. 约翰逊 . 知识分子 [M]. 杨正润，等译 . 南京：江苏人民出版社，1999.

25. 北京人民艺术剧院《艺术研究资料》编辑组 .《茶馆》的舞台艺术 [M]. 北京 : 中国戏剧出版社，1980.

26. 北京市文化局党史资料征集办公室 . 北京文化史资料

选集：社会主义建设时期 第一辑（1949—1956）[M]. 北京：北京市文化局，1992.

27. 杜赞奇 . 从民族国家拯救历史：民族主义话语与中国现代史研究 [M]. 王宪明，高继美，李海燕，等译 . 南京：江苏人民出版社，2009.

28. 陈平原 . 千古文人侠客梦：插图珍藏本 [M]. 北京：新世界出版社，2002.

29. 陈徒手 . 人有病　天知否：1949 年后中国文坛纪实 [M]. 北京：生新 · 读书 · 新知三联书店，2013.

30. 陈文兵，华金余 . 戏曲鉴赏 [M]. 北京：对外经济贸易大学出版社，2015.

31. 厨川白村 . 苦闷的象征 [M]. 鲁迅，译 . 北京 : 人民文学出版社，2007.

32. 马克思恩格斯选集 [M]. 北京 : 人民出版社，2009.

33. 范伯群，朱栋霖 .1898—1949 中外文学比较史 [M]. 南京: 江苏教育出版社，1993.

34. 方彪 . 镖行述史 [M]. 北京 : 现代出版社，1995.

35. 冯梦龙 . 冯梦龙全集 [M]. 南京：凤凰出版社，2007.

36. 傅庚生 . 中国文学欣赏举隅: 修订本 [M]. 北京 : 生活 · 读书 · 新知三联书店，2019.

37. 胡山源 . 小说综论 [M]. 上海：上海中央日报出版社委员会，1945.

38. 黄钧，徐希博 . 京剧文化词典 [M]. 上海：汉语大词典出版社，2001.

39. 梁实秋 . 梁实秋文集 [M]. 厦门：鹭江出版社，2002.

40. 林斤澜 . 林斤澜文集 [M]. 北京：北京师范大学出版社，2000.

41. 林毓生 . 中国意识的危机 [M]. 贵阳：贵州人民出版社，1986.

42. 刘章春 .《茶馆》的舞台艺术 [M]. 北京 : 中国戏剧出版社，2007.

43. 鲁迅 . 鲁迅全集 [M]. 北京 : 人民文学出版社，2005.

44. 马少波 . 戏曲改革论集 [M]. 上海：华东人民出版社，1952.

45. 马思猛 . 攒起历史的碎片 [M]. 北京 : 北京图书馆出版社，2007.

46. 毛泽东 . 毛泽东文集 [M]. 北京 : 人民出版社，1999.

47. 倪钟之 . 中国曲艺史 [M]. 天津：百花文艺出版社，2019.

48. 钱理群，王得后 . 鲁迅散文全编 [M]. 杭州 : 浙江文艺出版社，1991.

49. 钱穆 . 中国文化史导论 [M]. 北京：商务印书馆，1994.

50. 中国延安精神研究会 . 戏剧改革发展史 [M]. 北京：中央文献出版社，2016.

51. 申丹 . 叙述学与小说文体学研究 [M]. 北京 : 北京大学出版社，2004.

52. 沈虎雏 . 从文家书：从文兆和书信选 [M]. 上海：上海远东出版社，1996.

53. 史忠义，户思社，叶舒宪 . 风格研究　文本理论 [M]. 开封 : 河南大学出版社，2009.

54. 索绪尔 . 普通语言学教程 [M]. 高名凯，译 . 北京：商务印书馆，1982.

55. 唐薇，黄大刚 . 追寻张光宇 [M]. 北京 : 生活 · 读书 · 新知三联书店，2015.

56. 王国维 . 人间词话 [M]. 合肥：安徽文艺出版社，2015.

57. 王国维 . 宋元戏曲史 [M]. 上海：华东师范大学出版社，1995.

58. 王建华 . 老舍的语言艺术 [M]. 北京：北京语言文化大学出版社，1996.

59. 戏考大全 [M]. 上海：上海书店出版社，1990.

60. 杨义 . 中国现代小说史：第 2 卷 [M]. 北京 : 人民文学出版社，1998.

61. 于是之 . 于是之论表演艺术 [M]. 北京 : 中国戏剧出版社，1987.

62. 余从，王安葵 . 中国当代戏曲史 [M]. 北京：学苑出版社，2005.

63. 张炯 . 中国新文艺大系：1949—1966 理论史料集 [M]. 北京：中国文联出版公司，1994.

64. 中国戏曲研究院 . 京剧丛刊 [M]. 上海：新文艺出版社，1953.

65. 中国艺术研究院话剧研究所 . 话剧表演导演艺术探索 [M]. 北京 : 文化艺术出版社，1982.

66. 中国艺术研究院戏曲研究所《戏曲研究》编辑部，吉林省戏剧创作评论室评论辅导部 . 戏剧工作文献资料汇编 [M]. 北京：中国艺术研究院戏曲研究所，1984.

67. 周恩来 . 周恩来选集 [M]. 北京 : 人民出版社，1977.

68. 周宪 . 超越文学：文学的文化哲学思考 [M]. 上海：上海三联书店，1997.

69. 周信芳 . 周信芳文集 [M]. 北京 : 中国戏剧出版社，1982.

70. 周作人 . 周作人散文全集 [M]. 桂林：广西师范大学出版社，2009.

71. 朱林宝，石洪印 . 中外文学人物形象辞典 [M]. 济南：山东文艺出版社，1991.

后 记

与老舍的缘分始于读大学时，恩师徐德明先生讲授中国现代文学课程，他对老舍作品的精彩分析引起我阅读的兴趣。后来，我的本科学位论文、硕士学位论文都选择将老舍作品或创作作为研究对象。此后，我时时阅读思考与老舍相关的问题，写些不着边际的文章，一晃也已二十多年，并没有多少满意的成果。2018年我申请到一个教育部课题，做了些相对集中的研究，这便是本书的由来。

拙作付梓，算是对之前老舍研究的一个总结。总体说来，还是借鉴了曾华鹏先生给我们授课时所主张的“以鲁释鲁”。虽然老舍不似鲁迅那样有极强的理论见地和理论自觉，但他强于感性体悟与实践探索，所以，用老舍的文学尺度去衡量他自己的创作，能更直接地触及作家的创作动力与创作理路。虽然这与当下理论先行的做法不合，但无论如何，也算是一家之言。当中有一小部分是多年前的思考，也不去修饰了。

求学的过往、研究的来路，前有恩师不倦教诲，后有妻女家人理解支持，中有同学、朋友诚意帮助，自知是三生有幸，感念之情溢于言表。最后还要感谢宁夏人民出版社杨海军老师，他的热情鼓励与专业工作才让本书能够顺利出版。

易 华

于通州南山湖畔

2023年8月